JAY CROWNOVER

recuperado

Traduzido por Mariel Westphal

1ª Edição

2021

Direção Editorial:
Anastacia Cabo
Gerente Editorial:
Solange Arten
Tradução:
Mariel Westphal
Diagramação: Carol Dias

Revisão:
Marta Fagundes
Arte de Capa:
Hang Le
Adaptação de Capa:
Bianca Santana

Copyright © Jennifer M. Voorhees, 2018
Copyright © The Gift Box, 2021
Todos os direitos reservados.
Nenhuma parte do conteúdo desse livro poderá ser reproduzida em qualquer meio ou forma – impresso, digital, áudio ou visual – sem a expressa autorização da editora sob penas criminais e ações civis.

Esta é uma obra de ficção. Nomes, personagens, lugares e acontecimentos descritos são produtos da imaginação da autora. Qualquer semelhança com nomes, datas ou acontecimentos reais é mera coincidência.

Este livro segue as regras da Nova Ortografia da Língua Portuguesa.

CIP-BRASIL. CATALOGAÇÃO NA PUBLICAÇÃO
SINDICATO NACIONAL DOS EDITORES DE LIVROS, RJ
Camila Donis Hartmann - Bibliotecária - CRB-7/6472

C958r

Crownover, Jay
  Recuperado / Jay Crownover ; tradução Mariel Westphal. - 1. ed. - Rio de Janeiro : The Gift Box 2021.
  227 p.

Tradução de: Recovered
ISBN 978-65-5636-036-2

1. Ficção americana. I. Westphal, Mariel. II. Título.

21-68753   CDD: 813
               CDU: 82-3(73)

Aviso: este livro trata de assuntos que podem ser sensíveis a algumas pessoas. Leia com responsabilidade.

dedicatória

Dedicado ao primeiro amor.

Também dedicado a todos que foram afetados pelo Furacão Harvey. Port Aransas foi atingido fortemente pela tempestade, que aconteceu pouco tempo depois que finalizei este livro.

introdução

Sei que a maioria de vocês está no meu grupo de leitores ou assinou a minha *newsletter*, então já me ouviram falar sobre a inspiração para a história de Cable e Affton, mas para quem estava esperando até o dia da publicação deste livro, quero atualizar vocês.

Cable é inteiramente baseado em uma pessoa real. Ele é baseado no garoto que me ensinou tudo sobre o amor e a perda. Meu primeiro amor. Minha primeira paixão. Minha primeira experiência desastrosa de um coração partido. Quase tudo sobre a maneira como Cable age e reage às coisas é 100% tirado diretamente da minha experiência real lidando com meu próprio garoto destruído. Eu jogo isso na história como se fosse em um qualificador, porque eu quero que os leitores entendam que este não é um livro que trata do vício e da depressão a partir de pesquisas e documentos. Este livro trata dessas coisas do ponto de vista de alguém que estava assistindo a um desastre de trem prestes a acontecer bem na sua frente, e que foi incapaz de impedir o acidente ou a carnificina.

Sei que não existem sintomas simples em livros didáticos para lidar com coisas como depressão e ansiedade, então quero deixar claro que todos os sintomas, explosões, reações e emoções neste livro em particular são aqueles que testemunhei com meus próprios olhos e senti com meu próprio jovem coração. Eu nunca iria querer representar mal a luta associada a essas questões, então este livro retrata única e exclusivamente a minha própria experiência de vida.

Estou escrevendo ficção aqui, pessoal. Admito livremente que tomei liberdade criativa com parte da ajuda médica que Cable procura ao longo do caminho. Eu queria uma conexão entre meus personagens que considerasse importante para a jornada de Cable, então a representação de seu relacionamento com seu terapeuta não é o padrão! Estou ciente disso.

Foi feito de propósito para melhorar a história, por favor, não me enviem mensagens irritadas. (Eu adicionei este aviso depois que Beth, minha preparadora de texto, me deixou várias notas na revisão sobre as conversas antiéticas do doutor Howard sobre a saúde mental de Cable com personagens que não eram Cable. Hahaha. Eu sei que a terapia é um espaço seguro e isso não acontece no mundo real).

Conheci Cable quando tinha dezesseis anos e vivia uma vida bem protegida e tranquila como uma garota de cidade pequena. Um amigo em comum nos apresentou cerca de uma semana depois de ele ser liberado de um programa de reabilitação, por ordem da justiça. O amigo achou que seríamos bons um para o outro; ele faria com que eu me soltasse, e eu estava limpa e não tinha interesse em nenhuma das coisas que o colocaram em problemas. Foi um plano terrível. Nós nos odiamos à primeira vista. Eu estava apavorada com a maneira como ele vivia sua vida, como se não houvesse consequências e nenhum remorso. Ele odiava que eu não estivesse impressionada por ele, que não tenha achado, no instante em que nos conhecemos, que ele era o cara mais legal do lugar. Houve muita animosidade entre nós por cerca de um ano, até que ele se meteu em problemas novamente, passou um tempo no reformatório e foi obrigado a voltar para um programa de reabilitação.

Quando ele saiu pela segunda vez, percebeu que não estava indo a lugar algum dessa maneira e me ligou uma noite, do nada, para perguntar se poderíamos dar uma chance de sermos amigos. Todos os seus amigos usavam drogas, bebiam, iam a festas e viviam tão descontroladamente quanto ele. Ele me disse que precisava de alguém por perto que o mantivesse no caminho certo, alguém que não tivesse medo dele. Eu estava apavorada, mas tinha ainda mais medo do que aconteceria com ele se lhe desse as costas. Eu era jovem o suficiente na época para acreditar que se me negasse a ajudar e ele tivesse uma overdose, ou fizesse algo ainda mais drástico, como tentar tirar a própria vida, seria minha culpa. Então, eu concordei.

Os três primeiros meses foram ruins. Não gostávamos um do outro e não éramos muito bons em sermos amigos. Havia muita tentação o tempo todo, e era uma luta tentar ajudar alguém que não tinha certeza se queria ser ajudado. Bem quando eu estava me preparando para me afastar, dizendo a ele que era muito difícil – eu tinha minha própria vida, meus amigos, meu futuro para me preocupar –, algo mudou.

Talvez ele tenha percebido que eu estava prestes a ir embora e era a única pessoa que ainda lutava por ele.

Talvez tenha sido o fato de um de seus amigos ter morrido em um acidente de carro, embriagado.

Talvez tenha sido na noite em que ele brigou com um skinhead por causa de algo idiota e acabou com uma escopeta enfiada em seu rosto.

Não sei o que o fez acordar, mas ele mudou da noite para o dia. Ele se livrou dos amigos que sempre o incentivavam a viver no limite. Passou de me afastar para ativamente tentar me integrar à sua vida. Ele conseguiu o diploma de ensino médio e cursou o primeiro ano de faculdade com facilidade. Ele acordou para a vida; percebeu que havia muita coisa ainda para viver... tudo o que ele precisava fazer era começar a vivê-la.

As coisas também mudaram conosco. Passamos de sempre estarmos brigando para outra coisa. Eu sabia que era o centro do seu mundo e que suas tendências obsessivo-compulsivas haviam mudado das drogas para mim. Nunca foi saudável. Mas quando você é jovem e esse cara com todo o carisma e todas as palavras certas diz que precisa de você, que não pode viver sem você... Cara, é impossível não se apaixonar por esse sentimento e se deixar levar por toda essa emoção.

Ficamos juntos por um pouco mais de cinco anos. Terminamos de vez quando ele se mudou para Nova York e depois para a Escócia, após o 11 de setembro. Ele ainda é o homem mais enigmático, complexo e atraente que já conheci. Mais de duas décadas depois, ainda comparo todos os homens que entram romanticamente em minha vida com ele.

Não estávamos destinados a ficar juntos de muitas maneiras. Mas quando penso sobre aquela necessidade consumidora de estar com alguém quando se trata do primeiro amor, eu não abriria mão de nada daquilo por nada no mundo. Eu amo poder escrever histórias sobre esse tipo de amor e paixão.

Então, é isso, é daí que o Cable e a Affton vieram... Bem, vamos apenas dizer que ela é a pessoa que eu gostaria de ter sido naquela época. Ela faz tudo certo, enquanto eu fiz tudo errado... Essa é a única semelhança entre nós duas.

É aqui que deixo claro que minha mãe não se parece em nada com a mãe da Affton. Affton realmente tem que lidar com a perda de um membro da família devido ao vício, então ela é muito empática e compassiva quando se trata de lidar com essa doença em particular. Minha mãe é ótima, um dia eu vou escrever uma história para ela, então não terei que colocar um aviso de que todas as mães terríveis sobre as quais escrevo não são em nada como ela.

Minha mãe é incrível. Não tenho nenhuma dúvida sobre isso.

Esta história de amor tem uma trajetória e memórias em cada página. Espero que gostem do meu primeiro amor tanto quanto gostei de compartilhá-lo com vocês.

(Sim, vou enviar um e-mail para Ry – meu Cable –, e dizer que escrevi um livro vagamente baseado nele. Ele já sabe que é a inspiração física para Rule. Duvido que se surpreenda).

prólogo

AFFTON

Eu odiava Cable James McCaffrey.
Eu o detestava.
Eu o desprezava.

Meu pai me dizia que é perigoso desejar o mal a alguém, que é arriscado arranjar problemas pensando mal de um garoto que tinha poder aquisitivo para nos comprar e vender diversas vezes. Mas não pude evitar. Eu realmente o odiava, e a cada dia parecia que ele fazia alguma outra coisa para justificar meu completo e absoluto desdém. O garoto estava um ano à minha frente na escola. Quando eu estava na sexta série, nos mudamos para Loveless, Texas. Eu era magra, tímida e tinha pouco interesse no mundo e na minha nova escola. Meu mundo tinha virado de cabeça para baixo e, embora meu pai visse a mudança como um novo começo, tudo o que senti foi fracasso e perda. Não fiquei impressionada com o garoto loiro, alto e atraente que comandava a escola. Não fiquei impressionada com nada. Não senti nada quando ele sorriu para mim nos corredores. Eu estava entorpecida quando aquele sorriso se transformou em uma zombaria. Não queria sua atenção ou seu desprezo.

Nunca gostei das suas atitudes e total desrespeito às regras, principalmente porque, mesmo assim, ele se safaria de um assassinato, já que sua família praticamente era dona de toda esta pequena cidade do Texas. À medida que crescíamos, o comportamento que já me incomodava ficou ainda pior e mais ultrajante. A indiferença de Cable à autoridade e apatia em relação à decência comum tinha saído do controle. Quando eu estava no terceiro ano do ensino médio, e ele no último ano, percebi a razão pela qual ele sempre me criticou.

Ele era um *usuário*.

Cable usava o *status* e a riqueza de sua família para fazer o que quisesse;

e se afundou nisso. Ele não aparecia na escola se não quisesse. Ele dirigia um carro que era melhor do que o de todos os professores e estacionava bem na frente da escola – no estacionamento dos funcionários –, sem se preocupar se seria guinchado ou não. Cable nunca seguiu o código de vestimenta, embora o resto de nós não tivesse escolha. Nunca vi ninguém impedi-lo de fumar enquanto caminhava pelo *campus*, embora todos os produtos de tabaco fossem estritamente proibidos. Não havia suspensão ou punição para gente como Cable James McCaffrey, e nem preocupação de que a escola chamaria seus pais para uma reunião sobre o seu comportamento. A diretora fazia o possível para fechar os olhos às atitudes do garoto e, em troca, recebia doações consideráveis dos McCaffreys todos os anos para melhorar e aprimorar a escola.

Ele usava as garotas... uma sequência interminável delas. Eu ficava enojada ao ver a maneira como minhas colegas de sala mal se continham para passar pela porta-giratória que eu tinha certeza lhes dava boas-vindas ao quarto de Cable. Ele nunca ficava com nenhuma delas por mais do que uns dias e agia como se não conseguisse lembrar dos seus nomes assim que as descartava. O comportamento desdenhoso e rude não as impedia de correr para fazer o dever de casa quando ele pedia, e não as impedia de implorar por sua atenção limitada quando ele caminhava pelo corredor. Cable era a coisa mais próxima que nossa pequena cidade tinha da realeza, e ele sabia disso. Éramos os plebeus que existiam em seu reino, nada mais, nada menos.

Ele usava seus amigos... ou as pessoas que eram tolas o suficiente para pensar que o mínimo de atenção e tempo que Cable oferecia era amizade. Ele não era legal. Com ninguém. Ele era mal-humorado e rude; estava sempre rodeado de pessoas que lhe diziam o quão incrível ele era, o quão interessante e fascinante cada ação dele era aos seus olhos. Cable não se mexia sem ter uma horda de admiradores dizendo que ele era a melhor coisa que já acontecera na Loveless High School. Tudo o que queriam, era que fossem vistos com ele e conseguir um convite para uma das festas lendárias que ele dava toda vez que seus pais estavam fora da cidade a trabalho.

Os McCaffrey eram donos de um opulento e ostentoso rancho nos arredores da cidade. Seus pais tinham muito dinheiro e fizeram fortunas no decorrer dos anos. Todos na minha escola queriam a chance de entrar na mansão que Cable chamava de casa, para uma festa, sem supervisão, com acesso irrestrito ao sofisticado armário de bebidas de seus pais, piscina aquecida e libertinagem descontrolada. Vários se gabaram de ter visto o verdadeiro Van Gogh que a mãe de Cable possuía, e eu tinha certeza de que a única razão pela qual eles sabiam que era um Van Gogh era porque haviam pesquisado no Google, só para que pudessem se gabar.

Mas a principal razão pela qual nunca entrei para o fã-clube de Cable James McCaffrey era porque ele não apenas usava pessoas, mas também *usava* algo que era assustador e arriscado. Não sei se seus professores viram, se as garotas que não conseguiam desviar o olhar dele perceberam, ou se os garotos que estavam tão colados no cangote dele reconheceram os sinais... mas eu, sim.

Tudo começou em algum momento durante meu primeiro ano do ensino médio, quando Cable estava um ano à frente. Ele sempre foi mal-humorado e perdia o controle rápido, mas quase da noite para o dia seu comportamento se tornou ainda mais errático. As mudanças de humor ficaram perigosas e imprevisíveis. Ele deu um soco em seu professor de história e, enquanto qualquer outra pessoa seria expulsa imediatamente, Cable ficou uma semana afastado da escola e foi recebido de braços abertos assim que seus pais se ofereceram para comprar para a escola um novo placar para o campo de futebol.

Seu comportamento mulherengo também teve início nessa época. Ele estava procurando por algo dentro de outra pessoa, repetidamente. Quanto mais difícil era encontrar, mais ele ficava irritado. O que, por sua vez, o tornava insensível para com a pessoa que ele estivesse no momento, procurando sabe-se lá o quê. Sempre havia uma nova garota chorando por ele nos corredores, e cada vez que eu passava por ela, ficava tão grata por ter sido imune a Cable na primeira vez em que ele sorriu para mim. Minhas emoções devastadas não tinham nada a ver com Cable, e enquanto eu tivesse uma palavra a dizer sobre o assunto, continuaria assim.

A aparência dele também começou a mudar naquele ano. Cable era alto para um adolescente. Se não fosse pela questão da curtição e a necessidade frenética de escapar de si mesmo que o motivava, ele seria perfeito para o time de basquete da nossa escola. Ele era alto e magro, com cabelo loiro escuro bagunçado e os olhos mais castanhos que eu já tinha visto. Cable era bonito de uma forma rude e desleixada. Mas naquele ano e no seguinte, sua aparência amarrotada tornou-se esquelética e errática. Ele perdeu peso. Seus olhos escuros começaram a parecer que ocupavam todo o rosto enquanto suas bochechas ficaram côncavas e sua mandíbula se acentuava. Em vez de ser intenso, enérgico e furioso, ele se tornou inquieto e paranoico. Não aconteceu da noite para o dia, mas as mudanças foram significativas e assustadoras. Quanto mais ele se afastava, mais eu me perguntava por que ninguém que o amava tentou recuperá-lo antes que ele tivesse ido longe demais. Reconheci a viagem que Cable estava fazendo e sabia que o destino final não estava em nenhum lugar que eu gostaria de estar novamente.

Mencionei minhas suspeitas a uma amiga quando Cable parecia ainda pior no início de seu último ano. Ela me olhou como se eu fosse louca e me perguntou *por que* alguém como Cable precisaria usar drogas para lidar com toda a porcaria que o resto de nós tinha que lidar diariamente. Ele era um privilegiado. Ele era amado. Na mente dela, alguém que tinha tudo não arriscaria nada sucumbindo a algo tão comum como o vício.

Eu sabia por experiência própria que o vício não discrimina.

O vício não se importava com quantos metros quadrados a sua casa tinha ou o tipo de carro que você dirigia. Não se preocupava com quem era a sua família ou o seu diploma. O vício era um destruidor de vidas de oportunidades iguais, e eu tinha certeza de que Cable estava profundamente envolvido com aquilo. Eu o odiava, e odiava como ele estava jogando fora sua vida perfeita. Eu não deveria me importar... mas me importava.

Eu me importava porque não podia deixar de fazer isso. Eu conhecia de primeira mão o tipo de destruição que aquele vício causava, e não havia como ficar de braços cruzados e deixá-lo colocar suas mãos sujas, nojentas, viciadas e infecciosas em outra pessoa ao meu redor. Mesmo se essa outra pessoa fosse alguém que eu quisesse muito dar um chute e um soco na garganta. Qualquer pessoa racional diria que eu não tinha motivo para detestar Cable dessa maneira. Ele nunca me atacou abertamente, nem me envergonhou ou fez *bullying* comigo. Tudo o que ele fez foi me notar quando era a última coisa que eu queria. Pode não fazer sentido para ninguém, mas fazia muito sentido para mim. Eu queria me esconder, mas ele não teve problemas para me encontrar. Em minha mente, isso o tornou meu inimigo desde o primeiro dia.

Eu nunca disse uma palavra a Cable James McCaffrey. Em todos os anos que estudamos juntos, nunca, nem uma única vez, houve uma ocasião em que eu precisasse conversar com ele. Eu o observei de longe e o julguei de maneira generalizada. Eu o observei porque era impossível de ignorá-lo e porque eu sabia que estava em seu radar. Eu estava sempre esperando pelo dia em que ele finalmente tentaria a sorte, testaria as águas, embora ele soubesse que eu podia saber o que ele queria a um quilômetro de distância.

Cable não era legal com as pessoas que gostavam dele; de jeito nenhum eu queria descobrir como ele tratava as pessoas que o detestavam. Eu tinha alguns anos antes da formatura e queria passar por eles o mais rápido e silenciosamente possível. Eu não tinha dúvidas de que Cable poderia destruir a tranquilidade dos meus dias restantes do ensino médio com o mínimo de esforço. Então, fiquei fora do caminho dele até sentir que não tinha escolha a não ser me jogar diretamente em seu caminho. Alguém tinha que lhe dizer algo antes que ele se afundasse tanto naquele buraco que não haveria como alcançá-lo. Alguém tinha que tentar salvá-lo antes que fosse tarde demais.

Levei alguns dias para reunir coragem para abordá-lo, porque não queria fazer isso enquanto sua comitiva o cercava. Eu não queria fazer isso quando ele estava no centro de seu fã-clube feminino, e nem onde alguém pudesse ouvir o que eu tinha a dizer. Era como tentar chegar perto de uma celebridade ou membro de uma *boy band* popular. Francamente, era ridículo que eu tivesse que pensar tanto nisso, que tivesse que planejar meu ataque com precisão e cuidado, mas assim o fiz e, finalmente, no final da semana, vi uma oportunidade.

Eu estava sentada em minha aula de inglês avançado, e, por acaso, olhando pela janela que dava para a frente da escola. Não tinha como confundir as passadas longas de Cable quando ele saiu pelas portas da frente, o cigarro entre os lábios, enquanto se dirigia para seu carro esporte chamativo. Era início da tarde, ainda não tínhamos almoçado e ele já estava indo embora. Isso me irritou o suficiente para que eu pedisse para sair da sala e saísse correndo para que pudesse alcançá-lo antes que ele chegasse ao carro.

Eu o alcancei quando ele estava abrindo a porta do motorista. Eu estava sem fôlego, suada e mais do que um pouco em conflito comigo mesma quando me aproximei. Toda a preocupação cuidadosamente construída e a censura gentil que eu estava trabalhando, desapareceram. Eu coloquei a mão na porta e entrecerrei meus olhos na sua direção enquanto ele olhava para mim por cima do metal e do vidro que nos separava. De perto, percebi que ele cheirava a colônia cara e maconha. O cigarro em sua boca não estava aceso e saltou irritado entre seus lábios quando ele retrucou:

— Posso ajudar em alguma coisa?

Seus olhos entrecerrados estavam injetados e suas sobrancelhas escuras formavam um V sobre o nariz. Seu pescoço e bochechas estavam vermelhos. Ele estava sempre pronto para atacar, mas nunca estive perto o suficiente para ver o quão no limite ele estava. Tudo nele estava em estado de alerta.

Soltei a porta e cruzei os braços sobre o peito. Eu podia ouvir a voz do meu pai no fundo da minha cabeça me dizendo para ir embora, para não mexer em águas turvas, e eu praticamente pude ver minha melhor amiga, Jordan, balançando a cabeça e me dizendo que eu não tinha nada que me intrometer nos hábitos de Cable. Não havia como negar que essa era uma má ideia, mas não pude conter as palavras que saíram da minha boca enquanto estávamos frente a frente nos encarando desconfortavelmente.

— Minha mãe era viciada em drogas. — Respirei fundo por entre os dentes entrecerrados. — Ela morreu um mês antes de eu me mudar para cá. Foi uma overdose. Meu pai queria um novo começo, para me afastar do sofrimento de perder minha mãe, mas isso nunca vai embora. Toda essa dor me seguiu até aqui, e seguirá as pessoas que o amam se você não fizer algo sobre o seu problema.

Suas sobrancelhas franzidas se ergueram tão alto que quase tocaram a raiz do cabelo.

— Que merda é essa? Quem é você? Eu ao menos te conheço?

Não deveria doer que ele não soubesse quem eu era, mas doeu. Era minha culpa. Ele olhou para mim e eu desviei o olhar. Tentei manter a cabeça baixa e me misturar; tudo que eu queria era esperar, invisível, até que pudesse deixar Loveless para trás. Acho que fiz um bom trabalho. Nossa escola não era enorme e aquela era uma cidade relativamente pequena, então mesmo que nossos caminhos nunca se cruzassem e que nunca tivéssemos trocado uma palavra, ele ainda deveria saber meu nome.

— Quem eu sou não importa. O que importa é que sei o que vai acontecer se você não procurar ajuda. Você precisa conversar com alguém sobre o que quer que esteja usando e porquê. Entre em algum tipo de programa, Cable. Se você não conseguir ajuda, tudo que você tem, tudo o que ama, vai embora. O vício pega e toma e continua tirando tudo de você. É a coisa mais gananciosa e egoísta do mundo inteiro. — Minha voz falhou um pouco, e ele continuou a me encarar como se eu tivesse perdido a cabeça... algo que realmente deve ter acontecido. Eu não podia acreditar que expus assim toda a minha bagagem referente à minha mãe.

— Eu nunca falei com você. Não a conheço, e você com certeza não sabe nada sobre mim. Quem é você para vir aqui e me acusar de ter um problema com drogas?

Eu esperava fogo e fúria. O que recebi foram perguntas baixas e uma encarada silenciosa enquanto ele continuava a me olhar com o cigarro apagado pendurado nos lábios.

— Sou alguém que perdeu uma pessoa que amava para o vício. — Pisquei para afastar a onda repentina de lágrimas que queimaram meus olhos. — É quem eu sou.

Ele balançou a cabeça e estendeu a mão para tirar o cigarro da boca. Seu cabelo cor de areia fazia sombra em sua testa, e seus olhos escuros pareceram ficar ainda mais escuros enquanto ele fez o que fazia de melhor... me dispensou.

— Que ruim para você, mas estou bem. Estou só curtindo. Nada disso é sério e nem é um problema. Não é grande coisa e definitivamente não é da sua conta.

Sempre que eu contava a alguém sobre minha mãe, geralmente recebia o olhar padrão de simpatia seguido por condolências estranhas. Foi difícil ouvir que ela se foi, mas era ainda mais difícil quando percebiam o porquê de ela não estar mais na minha vida. Tivemos um acidente de carro quando eu tinha quatro anos, onde ela machucou as costas. O que se seguiu foram anos e anos de vício em analgésicos, seguidos por um vício incontrolável de heroína que resultou não apenas na perda da nossa casa, mas também da minha custódia. Papai a deixou depois de sua ida fracassada para a reabilitação, quando eu tinha seis anos, e lutou com unhas e dentes pela minha guarda total. Ele era um cara muito legal para me tirar completamente da vida dela, e é por isso que ficamos no Arizona depois que eles se separaram. Depois que ela morreu, ele decidiu que não havia mais nada para nós em Tucson, então fez as nossas malas e nos mudamos para Loveless, onde sua família havia passado gerações criando suas famílias e construindo suas vidas. Mas, como eu disse a Cable, nenhum lugar estava longe o suficiente dos fantasmas remanescentes dos danos do vício da minha mãe.

Passei a infância inteira vendo o vício roubar minha mãe de mim, e tudo o que esse garoto podia me dizer era "que ruim para você"? Eu não tinha certeza de como isso era remotamente possível, mas o odiei ainda mais naquele momento, do que no minuto anterior.

— Você não está apenas machucando a si mesmo, Cable. Você está prejudicando as pessoas que se preocupam com você. Você precisa deixar que eles o ajudem. — Dei um passo para trás e acenei com a mão na sua direção. — Não que se importe com quem pode ou não machucar. Pelo que posso dizer, você não parece se importar muito com nada ou ninguém.

Ele inclinou a cabeça para o lado.

— Como você se chama?

— Isso importa? — respondi dando de ombros.

recuperado

— Você parece ter opiniões muito fortes sobre mim para alguém que nem mesmo me olha nos olhos quando nos cruzamos no corredor. Você pode querer se preocupar um pouco mais consigo mesma e menos com estranhos. — Ele apontou com um dedo para mim e zombou: — Que tal cortar o cabelo? Comprar algumas roupas desse século? Passar um pouco de maquiagem e talvez tentar sorrir para o espelho. Talvez você deva trabalhar em si mesma antes de tentar salvar o resto do mundo.

Tomou cada grama de autocontrole que eu possuía para não estremecer. Eu sabia que não passava muito tempo obcecada com a minha aparência ou a imagem que apresentava às pessoas a quem eu passava os dias arduamente evitando. Eu estava muito ocupada fazendo tudo que podia para sair desta cidade para me preocupar se a linha do meu delineado estava certinha ou se a minha calça jeans era justa o suficiente. Meu cabelo era alguns tons mais claro que o dele e liso como uma parede. Eu o mantinha preso em um coque bagunçado para que eu não tivesse que fazer muito além de lavar e secar. Eu não estava interessada em ser uma beldade, mas isso não significava que queria que esse garoto, ou qualquer outro, me desse conselhos sobre moda e maquiagem. Eu não queria que ele reparasse em mim, e nunca dei a ele, ou a ninguém, um motivo para isso.

Respirei fundo, e soltei o ar lentamente. Olhamos um para o outro em silêncio por um longo minuto até que Cable quebrou a tensão passando pela porta aberta do carro e me dispensando, da mesma forma que fazia com tudo que considerava indigno de seu tempo.

Antes que ele fechasse a porta, eu falei, com honestidade e sinceridade pontuando cada palavra:

— Eu odeio você, Cable James McCaffrey. — Senti aquilo como um peso no meu peito.

Nossos olhares se encontraram pela janela quando ele estendeu a mão para agarrar a maçaneta da porta.

— Bem-vinda ao clube.

Ele fechou a porta, ligou o motor e saiu em uma chuva de cascalho. Era muito ele e muito decepcionante. Não sei por que esperava que ele admitisse que tinha um problema ou o que esperava fazer ao dizer que não estava sozinho em sua luta contra algo que era muito maior do que ele. Parecia fútil e bobo depois de tudo dito e feito. Eu queria ajudá-lo e queria ajudar minha mãe naquela época. Meu pai me avisou sobre me jogar em causas perdidas, mas não consegui evitar.

Mais tarde, naquela noite, enviei um e-mail anônimo para a mãe de

Cable depois de pedir ao meu pai que encontrasse para mim seu endereço de e-mail comercial. Ela era indiretamente a chefe do meu pai, então ele tinha um milhão de perguntas nos olhos quando me passou a informação, mas não as fez. E não lhe dei nenhuma resposta. Nós passamos por tanta coisa juntos que ele confiava em mim para ficar longe das coisas que deixavam feridas que nunca cicatrizavam. Nós dois tínhamos sido queimados, mas eu não conseguia ficar longe do fogo.

Avisei a mãe de Cable que seu filho estava em um caminho perigoso e, se ela quisesse salvá-lo, era melhor intervir. Era imprudente e louco, mas eu não podia deixar para lá.

Ela nunca respondeu, mas Cable não foi à escola nos dias seguintes, e começaram a surgir rumores de que seus pais o estavam tirando da escola e o mandando para um internato de prestígio na Europa.

Eu estava respirando mais aliviada, dando tapinhas nas minhas costas por ter feito a diferença, quando aconteceu algo que deixou claro que eu havia chegado um pouco tarde demais. Naquele fim de semana, toda a cidade de Loveless finalmente parou de fingir que seu garoto de ouro era perfeito. Eles não tinham escolha a não ser enfrentar a verdade, porque o que aconteceu foi uma confusão sangrenta e brutal bem diante deles. No final daquele fim de semana, todos decidiram que odiavam Cable James McCaffrey tanto quanto eu, e lamentei que essas tivessem sido as últimas palavras que disse a ele.

capítulo 1

AFFTON

O dia seguinte da colação de grau
— O seu pai trabalha para mim, não é, Affton?

A mulher ergueu uma sobrancelha perfeitamente delineada e inclinou a cabeça para o lado como se estivesse honestamente esperando minha resposta. Ela sabia com certeza que meu pai, meu tio e dois primos meus trabalhavam para ela e seu ex-marido na cervejaria e engarrafadora que pertencia à sua família há anos. Eu também tinha uma tia que trabalhava no mercado McCaffrey e minha melhor amiga era garçonete em um dos três restaurantes que eles possuíam. Quase todas as pessoas que moravam nesta cidade trabalhavam, ou conheciam alguém que trabalhava para ela e seu ex-marido, então achei que a pergunta fosse alguma pegadinha. Eu deveria estar celebrando minha liberdade e saboreando minha fuga iminente. Eu deveria estar aproveitando as últimas horas que tinha com meus amigos e os últimos dias com o meu pai. Eu não deveria estar agradando Melanie McCaffrey.

— Sim, senhora, ele trabalha. — Forcei um sorriso e lutei contra a vontade de revirar os olhos.

Eu não tinha ideia de por que a mãe de Cable me procurou quase dois anos depois que enviei o e-mail falando sobre os hábitos perigosos de seu filho, mas aqui estamos. Ela estava parada na minha frente, esperando pelo seu café com leite desnatado enquanto me observava com os olhos entrecerrados.

A cafeteria era um dos poucos negócios em Loveless que os McCaffrey não eram donos; no entanto, isso não impediu minha chefe de pedir sua bebida e concordar prontamente quando ela perguntou se estava tudo bem se conversasse com ela por cinco minutos. Ninguém se preocupou em perguntar se eu queria isso... Eu não queria. Infelizmente, eu ainda tinha alguns meses antes de ir embora para a Califórnia. Tenho sonhado com Berkeley desde que decidi que queria cursar Psicologia. Não precisava de... bem, um psicólogo... para descobrir por que eu queria trabalhar com pessoas destruídas, já que fui criada por uma. Eu estava sempre procurando por respostas que ninguém poderia me dar. Por que ela não pôde me amar mais do que ao seu vício? Por que não fui o suficiente para ela querer lutar contra aquilo? Como ela pôde jogar tudo fora? Eu não era o bastante para ela?

Segui a mulher perfeita e severamente elegante até uma das quatro mesinhas. A Love & Lattes se distanciava, e muito, da aparência de uma Starbucks. Nós nem tocávamos rock; apenas Willie, Waylon e Johnny Cash. Não que eu estivesse reclamando. Meu pai adorava country clássico, então eu era uma das poucas alunas do ensino médio que trabalhava aqui e conseguia cantar quase todas as músicas. Isso irritava meus colegas de trabalho, então, obviamente, eu fazia isso durante cada turno.

Ficamos sentadas em silêncio por um longo momento. Eu não tinha ideia do que essa mulher queria, mas tudo dentro de mim gritava que não era nada bom. A *realeza* não se rebaixava a se misturar com os *plebeus* sem um motivo. Cable não tinha saído do útero como um usuário; ele aprendeu em algum lugar, e eu apostaria um bom dinheiro que foi em algum momento, estando em casa, com essa mulher e seu ex-marido igualmente nariz empinado. Segundo os boatos, o senhor McCaffrey não estava mais em cena. Cable também contribuiu para isso. Aparentemente, o relacionamento já tenso de seus pais não conseguiu superar a pressão de tentar salvar o filho.

Melanie bateu com as unhas bem-cuidadas na lateral da xícara e baixou os cílios de modo que agora encarava a mesa, ao invés de mim.

— Sei que foi você quem me enviou o e-mail sobre meu filho antes do *incidente*.

Pisquei, e depois pisquei novamente, um pouco mais rápido. Ninguém falava sobre o *incidente*. A não ser que quisessem ser expulsos da cidade e condenados ao ostracismo. Ninguém mencionava o *incidente* quando um dos McCaffreys estava por perto. A família inteira fez o possível para apagar o *incidente* da memória da cidade. O *incidente* nada mais era do que sussurros nas sombras e rumores espalhados depois de muitas bebidas. Ninguém queria ser o foco da ira dos McCaffreys e ninguém queria reconhecer que talvez, apenas talvez, o *incidente* nunca tivesse acontecido se alguém, qualquer pessoa, tivesse contido Cable ou feito alguma intervenção em seu nome.

Eu me mexia nervosamente em frente à mulher que poderia acabar com o sustento do meu pai com um único telefonema e desejei tê-lo ouvido o tempo todo e não ter, possivelmente, me metido em problemas.

— Isso foi há muito tempo. Achei que poderia ajudar.

A mãe de Cable pigarreou delicadamente e ergueu os olhos de volta para os meus.

— Você foi a única pessoa em toda esta cidade que percebeu que Cable precisava de ajuda. Todos as outras estavam ocupadas demais tentando agradá-lo ou querendo ser exatamente como ele, tanto que incentivavam seu comportamento. De qualquer maneira, o pai dele não estava por perto para notar. E tenho vergonha de dizer que estava tão consumida pela preocupação por meu ex-marido não estar por perto, que não estava prestando atenção. Não fiz meu trabalho mais importante. Eu não protegi meu filho. — Sua voz falhou um pouco, e observei enquanto seus lábios se apertavam e seus olhos começavam a brilhar. Falar sobre sua falta de habilidades parentais era um ponto sensível. Deve ser difícil ter seu fracasso lembrado a cada batimento cardíaco e a cada minuto que passa, sem a pessoa que deveria ser capaz de confiar em você.

Eu queria ser simpática. Queria ser compreensiva e misericordiosa, mas o lugar dentro de mim, onde tudo isso vivia, foi tomado por ressentimento e raiva. Eu era muito pequena, muito jovem para ajudar minha mãe. Mas esta mulher teve uma eternidade para tentar controlar o seu filho antes que ele fosse longe demais, e ela nem mesmo tentou alcançá-lo até que fosse tarde demais. Ele escapou por entre os dedos dela como água corrente.

— Como você descobriu que enviei o e-mail? — E por que isso importa agora... dois anos depois? O dano já havia sido feito, e não importa o quão fundo o *incidente* tenha sido enterrado, não havia como apagar as consequências das ações de seu filho naquela noite. Os cabelos da minha nuca se arrepiaram quando o alarme zumbiu em minha pele. — Fiz algo de errado? É por isso que você mencionou meu pai? — Eu estava tão perto de ir embora. Tão perto de ser alguém melhor do que esta cidade me deixou ser, mas nunca deixaria meu pai em apuros. Ele era tudo que eu tinha.

— Quando confrontei Cable depois de ler seu e-mail, ele murmurou algo sobre "aquela vadia loira dedo-duro". — Os olhos tão escuros quanto os de seu filho suavizaram um pouco. — Achei que fosse uma colega de classe. Talvez uma de suas ex-namoradas, mas ele não disse mais nada. Ele ficava me dizendo que não tinha ideia de quem havia enviado o e-mail, mas ficou muito irritado com isso. Ele estava indo para um centro de reabilitação muito exclusivo e muito caro no dia em que ocorreu o *incidente*. Eu disse a ele que se não fosse, ele perderia sua herança, e eu o barraria legalmente das contas bancárias da família, às quais ganharia acesso quando tivesse vinte e um anos. — Ela exalou lentamente. — Forcei meu único filho a buscar ajuda e as coisas foram de mal a pior. Eu quero ajudá-lo de verdade desta vez, e a única outra pessoa que parecia interessada no bem-estar de Cable era a pessoa por trás do e-mail. Contratei alguém para rastrear o endereço IP de onde veio. Felizmente, você não atualizou seu computador nos últimos dois anos e seu pai sempre fala sobre você. Ele mal consegue se conter e fala sobre como você é esforçada. E, Berkeley é impressionante. Eu fui para Stanford.

Eu queria rir, mas me segurei. Nosso computador era velho o bastante para poder estar em um museu, e não havia chance de ser atualizado até que eu pudesse comprar um novo para o meu pai.

— Sim, impressionante. — O sarcasmo estava gritante na minha voz quando esqueci por um segundo que estava falando com a chefe do meu pai e a mulher que tinha os meios para me rastrear como se não fosse grande coisa.

Ela fez um pequeno som com a garganta e bateu mais rápido com os dedos na lateral da xícara. Ela estava nervosa e agitada. Fiquei surpresa por não estar tentando esconder isso. Eu é que deveria estar inquieta simplesmente por estar sentada diante dela.

— Cable foi libertado da prisão há três meses; ele está morando em uma casa para viciados em recuperação como parte de sua liberdade condicional. Ele pode sair na próxima semana, mas está se recusando a voltar para Loveless... por muitas razões. Obviamente.

No grande esquema das coisas, dezoito meses na prisão e três meses em uma casa de reabilitação não era nada mais do que um tapinha na mão. Como de costume, Cable James McCaffrey saiu de uma situação terrível praticamente ileso. Nada acontecia com o garoto... nada.

— Cable não estava se esquivando das suas perguntas ou mentindo sobre não saber quem era o responsável pelo e-mail, Sra. McCaffrey. Não andávamos exatamente nos mesmos círculos, e nossos caminhos raramente se cruzavam. — Eu estava nas aulas de AP[1], estudando pra caramba para

---

1   AP (Advanced Placement) – Aulas que ajudam os estudantes a se prepararem para as provas e seleções das universidades.

chegar o mais perto possível de uma pontuação perfeita no SAT². Cable estava matando aula e fazendo o tipo de coisas que o levaram à prisão.

— Fico feliz em saber que Cable está recebendo ajuda, mas nunca fomos amigos ou conhecidos, então estou um pouco confusa sobre por que você sentiu a necessidade de me rastrear e me atualizar sobre o paradeiro dele.

Era uma informação que eu não havia pedido e não precisava; uma informação que deixaria o resto dos meus colegas graduandos agitados. Metade da turma de formandos ainda era membro fiel do fã-clube de Cable. A outra metade... bem, as vendas foram arrancadas e eles estavam muito chateados por terem adorado um falso ídolo por tantos anos. Quando um deus cai, ele deixa uma grande marca no chão por onde seus adoradores andaram.

Eu não podia negar que havia uma sensação de alívio percorrendo meu corpo ao saber que ele não tinha escolha a não ser ficar limpo. Pelo bem da mãe dele, já que ela parecia realmente se importar, espero que se mantenha na linha. Eu queria que as pessoas vencessem o vício, mesmo que essa pessoa fosse Cable.

— Vocês podem não ter sido amigos próximos, mas está claro que se importava com ele. Você não queria que Cable continuasse usando drogas. Você estava olhando por ele e é por isso que estou aqui. Meu filho precisa de pessoas em sua vida que tenham os melhores interesses em mente. Ele precisa de alguém que não diga automaticamente o que ele quer ouvir. — Ela desviou o olhar, e percebi que sabia, assim que disse as palavras, que essa pessoa deveria ser ela ou seu ex-marido. Ela sabia, mas suas mãos estavam amarradas porque Cable a tinha excluído. — Ele não está falando comigo no momento. Ele não fala comigo desde que recebeu a sentença.

Não pude conter um bufo irritado.

— Isso é rude. O mínimo que ele poderia fazer era lhe agradecer por pagar por todos aqueles advogados que conseguiram o acordo de três anos em vez de cinco.

Também foram eles que possibilitaram que ele saísse depois de cumprir apenas dezoito meses. Ela soltou um som estrangulado e pegou o café para tomar um gole. Nossos cinco minutos se transformaram em quinze, e eu, propositalmente, olhei para a tela do meu telefone para indicar que precisava voltar ao trabalho.

---

2   SAT – Uma série de provas aplicadas aos estudantes do ensino médio, cujas notas servem como critério para admissão nas universidades. Como se fosse o equivalente ao ENEM no Brasil.

— Eu preciso voltar. Não tenho certeza de que tipo de relacionamento você acha que tenho com seu filho, mas posso assegurar que não sou a psicóloga ou o ombro amigo que parece estar procurando. Sei o que o vício pode fazer a uma família. Não pude evitar que arruinasse a minha, mas pensei que talvez pudesse impedir que arruinasse a sua. — Eu não deveria ter me incomodado. O vício sempre parecia vencer. Até agora, na minha experiência, ele estava invicto.

Eu me levantei quando uma de suas mãos bem-cuidadas se fechou em volta do meu pulso. Parei instantaneamente e senti minhas sobrancelhas se erguerem o máximo que podiam. Seus dedos e lábios tremiam. Ela parecia estar prestes a chorar, então lentamente me sentei de volta no assento.

— Eu não quero você para mim, Affton. Quero você para Cable.

Senti meu queixo cair e ouvi minha respiração soar tão alto que ela deveria ter escutado. Eu tinha certeza de que a ouvi mal, então entrecerrei os olhos e retruquei:

— Como é?

Seus dedos apertaram meu pulso e seus lábios perfeitamente pintados franziram em uma pequena careta.

— O pai de Cable é dono de uma casa no Golfo, em Port Aransas. É uma propriedade de férias que ele raramente usa. Cable vai passar o verão lá, mas o pai dele e eu só concordamos que ele poderia usar a casa se permanecer limpo e continuar buscando tratamento para o vício. Ele será chamado para exames aleatórios de drogas pelos próximos noventa dias, e se algum de seus testes der positivo, ele volta direto para a prisão.

Puxei minha mão até que ela relutantemente me soltou. Esfreguei o local e continuei a observá-la com os olhos estreitos.

— Tudo isso parece razoável, mas de novo... Não consigo ver o que isso tem a ver comigo. — Deixar Cable à solta em uma cidade turística cheia de bebidas e gente festeira não parecia ser a ideia mais brilhante, mas o que eu sabia sobre os ricos?

— O acordo é que, se Cable conseguir ficar limpo durante todo o verão, se levar a sério sua sobriedade, devolveremos o controle de suas contas a ele. No momento, ele não tem acesso a nada. Sem dinheiro. Sem carros. Nenhum dos nossos contatos. Ele só recebe o que permitimos que tenha. Essa é parte da razão pela qual ele não fala comigo.

Bufei novamente e cruzei os braços sobre o peito.

— A última coisa de que um dependente em recuperação precisa é acesso irrestrito a dinheiro. Essa é parte da razão pela qual foi tão fácil para ele desenvolver um hábito. Seu filho é o sonho de qualquer traficante de drogas.

Ela assentiu com seriedade.

— Eu sei disso agora. Não vou arriscar a vida do meu filho de novo. Se não posso ser quem cuidará dele, então precisa ser outra pessoa que se preocupa com ele. Não quero pressioná-lo. Estou preocupada que ele use novamente apenas para provar seu ponto, se eu ficar muito de perto.

— Que ponto ele estaria provando? — Por terem tudo que qualquer um poderia desejar, os McCaffreys eram emocionalmente ferrados.

— Que sou uma péssima mãe. — Desta vez não houve nada de quase sobre isso. Ela estava chorando. Lágrimas grossas que pareciam algo que você veria em uma novela na televisão. Pessoas reais não ficavam bonitas quando choravam. — Eu não o salvei. Não o impedi. Não o protegi. — Ela fungou ruidosamente e ergueu a mão para enxugar as bochechas úmidas. — Eu não posso estar lá, mas você pode.

Dei uma risada tão aguda e breve que meu peito chegou a doer. Coloquei a mão na barriga e me recostei na cadeira.

— Isso é algum tipo de pegadinha, né? Tem alguma câmera escondida em algum lugar ou algo assim? — Olhei freneticamente ao redor da cafeteria silenciosa, mas nada parecia fora do lugar. Reba estava cantarolando *Fancy*, que soava no sistema de som, e minha chefe estava observando meu encontro bizarro por trás do balcão com uma curiosidade indisfarçável.

A mãe de Cable cruzou as mãos sobre a mesa e ergueu o queixo. Esta não era mais uma mãe em luto. Este foi o legado que ganhou milhões enquanto a maior parte da cidade dormia à noite. Ela estava pronta para a batalha e não tinha misericórdia.

— Estou falando muito sério, Affton. O pai de Cable e eu estamos finalmente na mesma página sobre a saúde de nosso filho. Recaída não é uma opção, por isso queremos contratar você para ser a assistente de reabilitação do nosso filho durante o verão. Será seu trabalho monitorar o comportamento dele e nos informar se ele escorregou. Você supervisionará a mesada dele e será responsável por garantir que ele vá às reuniões e mantenha em dia seus compromissos com seu conselheiro judicial. — Seus ombros se enrijeceram e seu queixo se ergueu um pouco mais. — Berkeley é impressionante, mas também é incrivelmente cara. Estou preparada para lhe fazer uma oferta que seria loucura recusar.

Soltei outra risada incrédula e passei a mão pelo meu rosto surpreso. Já tinha ouvido falar de assistentes de reabilitação... na televisão. Ninguém no mundo real poderia pagar uma babá para cuidar de um adulto capaz. Além disso, ela estava pedindo o impossível.

A única maneira de um dependente químico ficar limpo era se ele quisesse isso. Nenhuma quantidade de amor, supervisão ou pressão poderia fazer um drogado ficar limpo. Não importava quantos soldados ela mandasse à guerra, a mãe de Cable estava lutando uma batalha perdida.

— Berkeley é cara, mas consegui uma bolsa de estudos. Entendo o que você está tentando fazer, e até entendo por que está fazendo isso. Mas você tem que entender uma coisa: a única pessoa que pode manter Cable limpo é ele mesmo. — Não seria por ele querer sua vida pomposa de volta. Teria que ser porque ele queria uma *vida*, ponto final.

Ela deu um aceno brusco e seus lábios se contraíram.

— Eu sei sobre a bolsa, seu pai me contou. Ele está muito orgulhoso de você. A vida na Califórnia é muito cara. O dinheiro tornará sua vida muito mais fácil, Affton. Você poderá estudar e se divertir enquanto experimenta coisas novas, em vez de trabalhar em dois ou três empregos para sobreviver. O mundo é muito maior do que Loveless. Aceite o dinheiro e você terá a chance de experimentar tudo isso.

Balancei a cabeça em negativa, por reflexo. Eu não queria fazer nenhum tipo de acordo com essa mulher, e não queria tentar salvar outro viciado e fracassar.

— Vou me contentar com o que tenho, Sra. McCaffrey.

Ela suspirou e ficou de pé, alisando o tecido da saia com a mão e observei enquanto seus dedos se fechavam em um punho ao lado do corpo. Seus olhos escuros se estreitaram, e eu inclinei a cabeça para trás para ganhar alguns milímetros a mais de espaço. Tive a sensação de que estava no caminho de um predador e prestes a ser comida viva.

— A maioria dos adolescentes vê uma oportunidade de dinheiro fácil e a aproveita. Eu esperava que com você fosse assim tão fácil quanto, mas acho que deveria ter pensado melhor. Todos os outros adolescentes desta cidade ignoraram os sinais de que meu filho estava se transformando em um drogado porque estavam preocupados que Cable não gostasse mais deles. — Seus olhos pairaram sobre meu rabo de cavalo torto e meu uniforme comum de blusa lisa e calça jeans. — Você claramente não está preocupada com as mesmas coisas com que as adolescentes normais se preocupam.

Novamente, a crítica sobre minha aparência. Eu estava ainda mais certa de que Cable herdou seus piores traços desta mulher. Alguém o ensinou

27

como ir diretamente no ponto fraco desprotegido e explorar essa fraqueza.

— Eu não queria que chegasse a esse ponto, mas temo que você não me deixou escolha. — Ela encontrou meu olhar sem vacilar quando comecei a tremer com sua ameaça sutil. — Logo você vai para a faculdade; tem toda a sua vida pela frente... mas e quanto ao seu pai? O que ele terá depois que você for embora, Affton? O que ele vai fazer se, de repente, se encontrar desempregado e sozinho? Você tem uma saída, mas nós duas sabemos que seu pai está preso aqui, suas raízes estão profundamente enterradas, e se eu quiser tornar a vida dele difícil, eu posso, com pouquíssimo esforço.

Eu recuei e considerei brevemente pegar o último gole do café com leite que ela não tinha terminado para que pudesse jogar em seu rosto.

— Você é inacreditável.

Eu me levantei e coloquei as mãos espalmadas sobre a mesa para conter a vontade de agarrá-la. Meus olhos se entrecerraram quando nos enfrentamos. A fúria estava clara em cada linha do meu corpo e a determinação era evidente em cada uma das curvas do dela.

A mãe de Cable negou com a cabeça impecavelmente penteada.

— Não, sou uma mãe desesperada.

— Lembra de como deu certo quando chantageou seu filho para ir para a reabilitação? — Se ela pôde relembrar o *incidente*, então eu também poderia. — O que faz você pensar que isso vai ser diferente? E se ele usar drogas, mesmo que eu esteja lá? Que garantia tenho de que você não vai mexer com o meu pai? — Coloquei a mão na minha garganta enquanto tentava conter a náusea e uma enxurrada de palavrões. Aquilo era muita responsabilidade. Quase acabou comigo uma vez; eu não sabia se conseguiria sobreviver de novo.

— Será diferente desta vez porque tem que ser. Há muito em jogo. Se ele usar, volta para a prisão por violar a liberdade condicional e é tirado da herança. Se você fizer tudo ao seu alcance para mantê-lo limpo, receberá uma taxa considerável pelo verão, e a posição de seu pai estará segura. — Ela pegou a bolsa e tirou um cartão de visitas. Fiquei olhando para ele por um longo tempo, me recusando a pegá-lo. Ela o colocou na mesa com um suspiro pesado e deu um passo para o meu lado. Calmamente, para que apenas eu pudesse ouvir, ela disse: — Estou disposta a fazer o que for preciso para salvar meu filho. Custe. O. Que. Custar.

Ela saiu pela porta me deixando trêmula. Eu não tinha dúvidas de que ela destruiria a vida pacífica e previsível do meu pai para conseguir o que queria.

Rosnando baixinho, peguei o cartão que ela deixou e coloquei no bolso da calça. Achei que odiava Cable James McCaffrey... mas não tinha ideia do que era ódio até que fiquei frente a frente com a sua mãe. Eu queria estrangulá-la. Queria atropelá-la com meu velho e surrado Volkswagen. Eu queria arrancar aquele olhar desesperado de seu rosto.

Tudo o que sempre quis foi sair de Loveless. Desde que tinha idade suficiente para entender que era a única pessoa que poderia fazer as coisas acontecerem por mim mesma, cada movimento meu foi cuidadosamente calculado para me tirar dos cafundós do Texas. Fiquei orgulhosa das escolhas que fiz, satisfeita com meu progresso. Ganhei minha liberdade com sangue, suor e lágrimas... sofri por anos sendo a garota que ninguém conhecia, porque estava completamente focada em uma coisa, e essa coisa não era minha vida social. Todo o sacrifício seria em vão se Melanie McCaffrey me entregasse um bilhete dourado e me oferecesse uma carona pelo caminho mais fácil. Todas as horas de estudo para ser a primeira da classe para garantir uma chance na universidade dos meus sonhos não significariam nada se eu aceitasse seu cheque em branco. Todos os anos, as horas de trabalho árduo que meu pai dedicou para nos sustentar e garantir que eu tivesse uma vida boa não valeriam nada se uma mulher determinada e desesperada pudesse tirar tudo sem nem piscar duas vezes.

Aquele problema que arranjei, quando fui tola o bastante para tentar salvar Cable, foi o *presente* que recebi, mesmo quando estava mais do que disposta a devolver.

capítulo 2

CABLE

Port Aransas
Eu gostava da água.

Apreciava a maneira como poderia ser calma e serena em um minuto, mas assim que algo rompesse a superfície, ela poderia se enfurecer e se agitar com uma violência assustadora.

Eu também respeitava o fato de que você nunca podia dizer o que estava escondido sob a superfície. Não havia como saber a profundidade da água até que você entrasse. Em um minuto, seus pés estavam solidamente fincados na areia, no próximo, você estava com água sobre sua cabeça. Afundando, caindo, se debatendo enquanto submergia.

Era exatamente assim que eu me sentia todos os dias da minha vida. Alguns dias eu conseguia tocar o fundo, mas na maioria das vezes, estava lutando para encontrar o caminho de volta para a superfície, desesperado por respirar.

Observei a água deslizar pelas pontas dos meus pés, tocando a bainha rasgada da minha calça jeans. Minha bunda estava plantada na areia já há algumas horas, e a maré havia começado a subir. Eu estava encharcado e a calça pesaria uma tonelada quando eu voltasse para a casa do meu pai à beira-mar.

Não conseguia encontrar energia para me preocupar com a maré ou a certeza nebulosa de que ficaria totalmente desconfortável quando finalmente me levantasse. Meu desconforto iminente tinha pouco a ver com o jeans molhado e a cueca úmida, e tudo a ver com a realidade de que a solidão que eu buscava estava prestes a ser arrancada de mim.

Tudo o que eu queria era ficar sozinho. Eu havia passado o último ano e meio da minha vida cercado por criminosos e agentes penitenciários, viciados e conselheiros. Eu tinha sido cercado pelo pior do pior, e tudo o que eu queria era um pouco de espaço para respirar.

Eu não conseguia entender.

Meus pais achavam que eu era um perigo para mim mesmo e para a reputação da família. Eles não queriam me deixar com meus próprios recursos. Não confiavam em mim... e eu não poderia culpá-los. Mas isso não significava que não estava irritado com a ideia de ter alguém observando cada movimento meu enquanto eu tentava fazer com que meus pés voltassem a caminhar.

Estava puto por pensarem que eu precisava de uma babá, e odiava a ideia de que alguém estivesse perto de mim o suficiente para ver as fraturas na máscara que eu usava no dia a dia. Eles veriam a verdadeira feiura que eu não tinha mais certeza ser capaz de esconder. Se eu quisesse ficar fora da prisão e recuperar qualquer independência, isso significava não depender mais das drogas para manter toda aquela escuridão à distância. Chega de fingir que estou bem, que a vida nada mais é do que uma festa que não começa até eu aparecer.

Estive bebendo direto de uma garrafa de uísque de quinta categoria e com sabor de canela nas últimas horas, e eu esperava que isso aliviasse a irritação que já estava borbulhando sob minha pele. Eu não deveria estar bebendo. Não deveria estar fazendo nenhuma das coisas que sempre fiz. Sem bebida. Sem drogas. Sem sexo. Praticamente sem diversão.

Os vícios eram uma distração; eu sabia disso mesmo antes de o psicanalista da prisão tentar me esclarecer. Eu nunca quis me concentrar em mim mesmo, no fato de que era infeliz, sem nenhum motivo real para me sentir assim. Eu tinha tudo o que alguém poderia desejar. Era privilegiado... especial... mas nada disso importava. Não conseguia me lembrar de uma época em que acordei satisfeito e contente com a minha vida.

Estava sempre sendo sugado para baixo, meus pulmões se enchendo de insatisfação; mas as garotas, as festas, tudo ajudava a tornar a sensação de sufocamento menos intensa. Eu também não estava pensando em mim; estava pensando em fazer as garotas se sentirem bem, ou estava muito debilitado para me sentir bem. Eu me sentia como se estivesse sempre flutuando. Tudo bem que quanto mais eu usava, mais tomava dos outros, e mais eu me afastava. Todos os dias, eu podia ver a costa se distanciando ainda mais. A essa altura, fui pego por uma corrente e não havia como voltar. Deixei aquilo me sugar sem nem ao menos lutar... sem reclamar.

Fiz uma careta enquanto tomava outro gole da bebida. Eu não

conseguia entender por que o uísque precisava ter um sabor doce, mas considerando que enganei um grupo de garotas do ensino médio, menores de idade, não me surpreendia que elas estivessem bebendo isso. Elas eram provavelmente apenas alguns anos mais novas do que eu, bonitas e convidativas em seus biquínis minúsculos, e queriam que eu me juntasse a elas. Se não estivesse esperando um visitante muito indesejado, provavelmente o teria feito. Eu não tinha muita escolha quando se tratava de desistir de drogas e bebidas, mas ninguém iria averiguar minha vida sexual. A única pessoa responsável pelo meu pau era eu mesmo. Esse era um vício que eu ainda podia manter e não tinha dúvidas de que o faria. De todas as coisas que já me dei ao luxo, as garotas sempre foram as mais fáceis de conseguir.

Peguei a garrafa quando foi oferecida, disse às garotas que ficaria por ali durante o verão e comecei a tomar a bebida horrível enquanto o sol se punha. Eu estaria ferrado se fosse chamado para fazer um exame surpresa amanhã, não apenas porque estava violando minha condicional, mas porque ainda era tecnicamente menor de idade, embora estivesse a um passo do meu aniversário de vinte e um anos.

Cada vez que eu bebia, estava arriscando meu pescoço. O juiz que me sentenciou adoraria me ver cumprir a pena original. Eu não conseguia me importar com aquilo. Embora não quisesse voltar para a prisão, a necessidade de entorpecer todas as emoções tumultuadas dentro de mim era superior a qualquer medo das consequências. Nunca me importei com as consequências... foi assim que acabei nessa situação.

Nunca dei a mínima ao que as drogas estavam fazendo comigo, o que estavam fazendo com a minha vida, o que estavam fazendo com as pessoas ao meu redor. Tudo o que importava era como me sentia quando estava chapado. Eu era livre. Estava acima de todas as coisas que me pressionavam. Eu ficava livre do peso que sempre esteve lá no meu peito. Não me sentia feliz... mas era o mais perto que conseguia disso, e por essa razão era tão fácil deixar a corrente me levar tão longe.

Eu sabia que minha mãe se culpava.

Também sabia que ela me amava e queria ajudar. Não era culpa dela ter se casado com um mulherengo em série e um completo idiota. Se eu me importasse com meu pai, teria me deixado levar por cada merda que ele fazia para arruinar nossa família. Era impossível para ela manter o casamento, e a mim, ao mesmo tempo em que cuidava de sua carreira. No final das contas, ela foi forçada a deixar as duas coisas de lado, mas agora que eu estava fora da prisão, a caminho da sobriedade, e com meu pai fora de cena, ela estava em uma missão para fazer as pazes.

Sua necessidade excessivamente zelosa de se desculpar, de assumir a culpa por todas as coisas que eu tinha feito e se responsabilizar por todas as maneiras como havia falhado, eram demais para lidar. Sua culpa parecia mais pesada do que a minha, e isso não era justo. Ela não deveria estar sofrendo mais do que eu. Sua dor não tinha o direito de ser maior ou pior do que a minha. Eu não aguentava. Mesmo depois de tudo o que ela fez para garantir que eu recebesse a menor sentença possível, e do dinheiro que torrou para se assegurar de que eu entrasse no melhor centro de reabilitação que o estado tinha a oferecer, não consegui suportar seu remorso e arrependimento. O meu próprio estava me sufocando a cada vez que eu respirava. O dela era capaz de me esmagar. Eu a afastei, e desde que ela estava chafurdando na culpa – não importava quantas vezes eu afirmasse que minhas ações eram todas por minha conta e não tinham nada a ver com ela –, minha mãe insistia em cuidar de mim. Se não a deixasse fazer isso, ela enviaria alguém em seu lugar.

Alguém em quem eu pensava todos os dias desde que disse que me odiava.

Alguém que observei desde o momento em que apareceu em Loveless, parecendo tão perdida e sozinha quanto eu.

Affton Reed.

Eu podia ver em seus lindos olhos azuis que ela falava sério. Affton me odiava. Odiava o que eu fazia, e era como se soubesse as coisas que eu faria e também as detestasse. Odiava ficar parada na minha frente dando a mínima se eu vivesse ou morresse, e estava claro que ela odiava saber que era a única que ousava dizer alguma coisa. Ela odiava se importar quando eu era incapaz de sentir porra nenhuma.

Eu não estava mentindo quando disse que ela deveria se associar ao clube "Eu Odeio Cable".

Meus professores me odiavam.

A maioria dos meus amigos falsos me odiavam.

As garotas que usei e deixei me odiavam.

Meu pai me odiava. Isso estava claro. Apesar de todos os esforços que minha mãe fez, de todas as formas como ela apareceu desde o *incidente*, meu pai sempre estava ausente. Ele aproveitou a oportunidade para lavar as mãos e desapareceu. Ele deixou minha mãe e me deixou. Agora que eu estava sóbrio e pensando com um pouco mais de clareza, percebi que não era muito diferente de quando ele estava por perto. Minha mãe ainda estava triste com isso. Eu, não. Mas, novamente, eu nunca fui muita coisa. Ficava incomodado por ela estar sofrendo, mas eu mal conseguia cuidar de mim; não havia como saber de que forma poderia estar presente para apoiá-la.

E sério, eu era o presidente daquele clube em particular.

Eu me odiava. Eu me odiava mais do que qualquer outra pessoa jamais poderia. Não me preocupei em esconder como todo mundo fazia... todos menos Affton.

Eu estava apenas tentando irritá-la no dia em que ela me parou na escola, tentando me salvar e, por fim, me delatou. Era eu quem deveria ser intocável. O dinheiro e a influência dos meus pais me tornaram à prova de balas, mas Affton Reed era realmente aquela que poderia ser considerada incomparável e inatingível. Ela surgiu um dia e parecia saber instintivamente que cada pessoa em Loveless estava abaixo dela. A garota caminhou pelos corredores imune e isolada de todas as besteiras normais do colégio que tornavam a adolescência miserável e exaustiva. Ela não se deixou envolver. Não da mesma forma que eu. Mantive distância porque não queria ninguém perto o suficiente para ver meus segredos. Ela mantinha todos à distância porque não queria que ninguém a segurasse ou a impedisse de seguir em frente.

Eu estava sendo um idiota para ver se algo poderia abalá-la quando disse a ela que precisava cuidar de si mesma antes de se preocupar em cuidar de outra pessoa. Fiquei chocado por ela ter visto através de todas as bravatas e cortinas de fumaça que eu vomitava dia após dia. Estava encrencado, afundando cada vez mais, e ninguém percebeu que eu estava me afogando. Ninguém, a não ser Affton. Eu nem tinha percebido que ela estava me observando, embora eu estivesse constantemente olhando para ela. Se tivesse percebido, teria feito algo terrível, algo ultrajante e imperdoável para que ela não suportasse olhar na minha cara. Eu não poderia ter alguém tão perspicaz e honesto quanto ela observando meus demônios tão de perto. Especialmente alguém que os reconheceu como se fossem velhos amigos.

Fiquei surpreso que minha opinião sobre sua aparência tenha funcionado. Ela não parecia envergonhada ou insegura, mas obviamente se irritou quando salientei que ela poderia se esforçar um pouco mais com sua aparência. Afinal, ela tinha um ponto fraco, e por eu ser uma pessoa terrível pra caralho, cutuquei, esperando que ela *nos* deixasse em paz: eu e meus monstros.

Quanto a ser atraente, Affton não precisava de muita ajuda. Ela era alta para uma garota e tinha um monte de curvas que enchiam seu corpo de um jeito incrível conforme o tempo passava. Seus olhos eram de um tom azul-claro espetacular que quase chegava a ser um violeta. Eram incomuns, e muito pouca coisa passava despercebida por eles. Aqueles olhos viram através de mim e me encurralaram. Seu cabelo loiro tinha um milhão de tons diferentes de branco e dourado. Brilhava como algo valioso ao sol. Era bagunçado, mas combinava com ela. Se Affton fosse toda comportadinha e bem-educada, aquilo a tornaria perfeita demais e completamente inacessível. Sua pele era de uma cor de mel suave por causa do sol, e ela tinha sardas na ponta do nariz. Tudo isso era fantasia para os garotos da escola que se masturbavam no chuveiro. Sempre queríamos o que sabíamos que nunca poderíamos ter. O que sabíamos ser bom demais para nós.

Quando me afastei dela naquele dia, pensei que não nos esbarraríamos mais. Ela me odiava, mas eu não era nada para ela, então deduzi que deixaria o assunto de lado. Imagine minha surpresa quando, no dia seguinte, fui para casa depois de uma festa que durou a noite inteira e encontrei meu quarto inteiro revirado e minha mãe chorando no chão, cercada pelo estoque do meu esconderijo. A vaca loira me dedurou e compartilhou sua preocupação com a minha mãe quando eu não quis dar ouvidos. Eu queria ficar com raiva dela, mas fiquei impressionado. Ninguém em Loveless ia contra um McCaffrey. Ninguém me queria como inimigo.

Minha mãe desabou. Ela disse que deveria saber, que meu comportamento estava sendo errático e hostil por muito tempo. Achei que ia receber um tapa na cara e talvez um sermão, mas não... ela voou na minha jugular. Ela me tirou da escola e disse que eu iria para um centro de reabilitação. Não havia discussão, nem escolha. Ela estava me prendendo e me forçando a buscar ajuda. Agora, eu podia olhar para trás e ver que ela estava fazendo o que achava que tinha que fazer. Na época, eu queria pegar minhas coisas e fugir. A ideia de perder meu único alívio diante do desgosto e descontentamento sempre presentes me fez entrar em pânico. Disse coisas indesculpáveis. O que aconteceu logo depois de eu mandá-la 'ir se foder' e sair de lá furioso, um dia antes de eu ir embora, é algo que nunca seria capaz de reparar. Eu arruinei muitas vidas simplesmente porque minha mãe estava tentando salvar a minha.

Tomei outro gole da bebida com sabor de canela e fiz uma careta enquanto ela descia queimando pela garganta. Talvez fosse até capaz de cuspir fogo. Eu precisava aprender a fazer isso se quisesse passar o verão com Affton Reed olhando por cima do meu ombro. Ela tinha alguns dos escudos mais fortes que já vi. Se meu fogo não estivesse quente o suficiente, iria ricochetear nela e me queimar.

O sol estava se pondo e eu estava praticamente sentado na água. Pensei em me deitar e deixar que ela me carregasse para onde quisesse. Não estava flutuando bem sozinho. Ouvi respingos e senti a presença de alguém às minhas costas. Não estava mais sozinho. Sem estar por minha própria conta e péssimas escolhas.

Tomei outro gole da garrafa, esvaziei-a e olhei por cima do ombro para a garota que vinha em minha direção. Seu cabelo parecia prateado na luz do entardecer, e não havia como confundir a irritação em seu rosto sem maquiagem. Ela olhou para mim, em seguida, desviou o olhar até a garrafa vazia em minha mão. Seus lábios se contraíram em uma careta e suas sobrancelhas se curvaram em um V raivoso no topo do nariz.

— Você não vai facilitar as coisas nesse verão, não é, Cable?

Eu tinha uma queda pela voz dela. Era um pouco rouca e muito doce com aquele sotaque lento do sul do Texas. A forma como meu nome soou quando ela o pronunciou, toda exasperada e frustrada, era incrivelmente sexy. Isso me fez pensar como soaria quando ela sussurrasse no escuro, enquanto eu estivesse dentro dela. Imaginei isso mais vezes do que poderia contar nos últimos dezoito meses.

— Eu realmente não torno nada fácil, Reed. — Olhei para a garrafa vazia em minha mão e pensei em jogá-la no Golfo. Conhecendo minha sorte, atingiria alguma vida marinha ameaçada de extinção e daria ao juiz mais um motivo para acrescentar meses à minha sentença. Em vez disso, estendi a mão e entreguei para a loira de pernas compridas que agora estava parada ao meu lado e com a água batendo acima de seus tornozelos.

— Caramba. Você bebeu tudo isso? — Ela parecia indignada, e quando ergui a cabeça para olhar para ela, ficou claro que estava pensando em me acertar com a mesma arma que eu tinha acabado de entregar.

Dei de ombros.

— Quase tudo. — As garotas mal tiveram a chance de beber antes que eu roubasse a garrafa.

Ela suspirou de onde estava, pairando acima de mim. Eu me sobressaltei quando ela, de repente, se abaixou na areia úmida ao meu lado, a água imediatamente encharcando seu shortinho desfiado e deslizando em torno de seus tornozelos e quadris ao se sentar na mesma pose que eu, com a garrafa vazia presa entre seus pés. Ela se inclinou para frente, apoiou a bochecha no joelho e me encarou fixamente com aqueles olhos hipnotizantes.

— Eu tentei dizer à sua mãe que isso era inútil. Eu avisei de que não há como ajudar alguém que não quer ser ajudado. Não quero estar aqui, Cable. — Sua voz era ríspida, e fiquei surpreso que sua confissão tenha me magoado um pouco. Eu não queria ficar perto de mim a maior parte do tempo, mas estava acostumado com outras pessoas me rodeando, competindo pela minha atenção. — Não quero, mas tenho que estar, então isso significa que você está preso a mim, não importa o quão difícil você decida ser nos próximos meses. Eu não tenho escolha.

Eu queria um cigarro; precisava de algo para ocupar as mãos e minha boca. Eu havia deixado o maço e minha camiseta nos degraus do *deck* ao lado da casa do meu pai. Os degraus levavam à praia, a poucos metros da água. Era uma bela casa em uma propriedade nobre. Com Affton aqui, não era nada mais do que uma cela de prisão cara.

Eu sabia exatamente a quais meios minha mãe havia recorrido para fazer Affton concordar com essa loucura. Ela me disse abertamente que estava chantageando minha ex-colega de classe, acho que em uma tentativa velada de fazer com que eu me importasse com o futuro de outra pessoa em risco, já que não me importava com o meu. Eu sabia que se afastasse Affton, o pai dela perderia o emprego. Não era justo, mas minha mãe tinha sido nada menos que implacável em sua busca pela minha sobriedade.

— Minha mãe pode ser muito convincente quando foca em alguma coisa. — Ela também podia ser dura como pregos e impassível quando queria algo.

Affton bufou e se mexeu para que seu queixo estivesse apoiado no joelho em vez de sua bochecha. Ela olhou para a paisagem infinita de água e céu, e estremeci, embora não estivesse com frio. Passei a mão pelos fios do meu cabelo. Minha inquietação vivia dentro de mim, rastejando ao redor de meus ossos e sob a pele. Eu não estava acostumado com isso vindo à superfície por causa de outra pessoa. Havia muita coisa não dita entre mim e essa garota. As poucas palavras que trocamos foram poderosas e importantes, e pesaram entre nós. Era muito mais fácil quando eu olhava para ela, e ela se recusava a me olhar de volta.

— Não acho que convincente seja a palavra que eu usaria... está mais para ardilosa. De qualquer forma, ela me deixou de mãos amarradas, então, seja com ou sem sucesso, você está preso a mim até o final do verão. Vamos voltar para casa para que você possa dormir até diluir esta garrafa e rezar para que não seja chamado para um exame de urina amanhã. — Ela agarrou a garrafa de onde havia cravado na areia e ergueu uma sobrancelha pálida para mim. — Você deveria ter escolhido algo... — ela parou e deu de ombros. — Menos nojento para desfrutar sua última farra. Essa coisa tem gosto de pasta de dente.

Ela me ofereceu a mão livre e, por um segundo, tudo o que consegui imaginar foi agarrá-la e puxá-la para mim, deixando a água nos cobrir e nos levar a algum lugar onde preferiríamos estar. Mas não fiz isso. Peguei sua mão e tive dificuldade para ficar de pé. Meses de sobriedade forçada sucumbiram sob o efeito do uísque de canela. Cambaleei e quase caí, mas antes que pudesse mergulhar na água rasa, Affton estava lá, o braço em volta da minha cintura, a garrafa vazia pressionada contra minhas costelas, um lembrete frio de que eu já tinha fodido tudo e era apenas o primeiro dia.

Não fazia ideia de como qualquer um de nós sobreviveria ao verão, e se conseguíssemos, não tinha ideia de como eu deveria sobreviver além disso, quando fosse mais uma vez entregue aos meus próprios dilemas tortuosos e dúbios.

capítulo 3

AFFTON

A caminhada através da areia até a imponente casa de praia não foi uma tarefa fácil. A areia puxava nossos pés e Cable estava tudo menos estável enquanto eu me esforçava para nos manter de pé. Ele cheirava surpreendentemente bem – água salgada e canela. Suas roupas pareciam amarrotadas e desalinhadas. Ele parecia desanimado e desapontado. Apesar de todas as coisas que mudaram desde a última vez em que conversamos, um número alarmante de coisas permaneceram as mesmas. Não tinha certeza de como achei que o *incidente* e depois um ano e meio na prisão, mais um tempo em reabilitação compulsória, iriam mudá-lo, mas fiquei chocada com o quão familiar ele parecia e como ainda era semelhante ao Cable que sempre me irritava.

Seu cabelo loiro escuro estava um pouco mais curto, o rosto um pouco mais sombrio e a boca sempre franzida no que parecia ser sua expressão padrão. Seus olhos escuros ainda pareciam insondáveis e vazios de qualquer tipo de emoção humana básica, mas havia uma vulnerabilidade sobre ele que era nova. A casca insatisfeita na qual ele sempre estivera envolto parecia estar com alguns pedaços faltando, e as partes sensíveis e craqueladas me lembraram que Cable era, na verdade, um ser humano que estava espiando por entre os espaços abertos.

Achei que o antigo ódio que me queimava viria à tona, mas, em vez disso, tudo o que senti foi simpatia. Nenhum de nós queria estar aqui. Nenhum de nós queria estar encarregado de salvá-lo.

Quando ele cambaleou, percebi que estava mais alto do que da última vez em que o vi. Ele também estava maior... em todas as partes. Seus ombros mais largos. Seus músculos não eram mais esguios e magros. Eles eram duros e sólidos; obviamente seu tempo preso fora gasto melhorando seu corpo em vez de sua cabeça confusa. A mão que eu segurava enquanto ele se inclinava pesadamente contra o lado do meu corpo era larga e áspera. Não era a mão de um adolescente que nunca teve que trabalhar por nada e recebeu tudo o que sempre quis em uma bandeja de prata. A mão entrelaçada à minha pertencia a alguém que não levava uma vida boa há muito tempo. Ele havia lutado. E sofrido.

 Quando chegamos às escadas dos fundos que levavam ao *deck* que circundava toda a casa de praia, Cable se afastou de mim e quase caiu de cara nos degraus de madeira. Ele perdeu o equilíbrio quando se abaixou para pegar sua camiseta e o maço de cigarros em cima do tecido de algodão todo amarrotado. O luar destacou o alongamento e a contração dos músculos das costas enquanto ele lutava para recuperar o equilíbrio. Também iluminou a intrincada tatuagem preta e cinza que cobria um de seus ombros e circulava ao redor de seu bíceps. Não estava muito certa se isso era algo que ele tinha quando estudamos juntos, já que nunca estive em uma situação onde ele estaria sem camisa, mas seja lá quando e onde ele fez a tatuagem, era bonita e impressionante. Ele também tinha uma teia de aranha elaborada e delicada tatuada bem onde seu polegar dobrava, cruzando as costas da mão e se espalhando pelo dedo médio. Aquela eu poderia afirmar ser nova, assim como a caveira e os ossos cruzados tatuados nas juntas de cada um de seus dedos indicadores. Ele era muito loiro e refinado para realmente ter uma aparência de ex-presidiário, mas as tatuagens ajudaram a dar a ele um ar perigoso que não existia antes de ser preso.

 Ele mudou. E eu também. Fazia quase dois anos desde que o vira pela última vez – tempo e distância suficientes para realmente refletir sobre as últimas palavras terríveis que disse a ele. Afirmei que o odiava, e então ele foi embora. Não havia como contornar o fato de que fui *eu* quem deu o pontapé inicial que colocou tudo aquilo em movimento. Eu era parcialmente responsável pela concha quebrada dentro da qual ele ainda tentava desesperadamente se esconder.

 — Preciso fumar. — Abaixou-se desajeitadamente até o degrau ao lado dos meus pés e lutou para colocar o cigarro em seus lábios. Foram necessárias três tentativas, já que ele deixava cair aquela coisa idiota e tentava acender a ponta errada.

 Suspirei, peguei o isqueiro dele e coloquei a chama no lado certo do filtro. Dei um passo para trás quando ele soprou uma nuvem de fumaça. Acenei com a mão na frente do rosto e resmunguei:

 — Esse é um hábito nojento. — Eu preferia aquilo do que os maços de tabaco de mascar que eram tão populares entre os meninos da minha idade, no interior, mas, na verdade, era tudo nojento. Estava além da minha compreensão o porquê alguém iria querer amarelar os dentes e encurtar sua vida de propósito.

Ele exalou outro hálito tóxico e inclinou a cabeça para trás de modo que estava olhando para o céu noturno.

— É o hábito menos nojento que tenho no momento.

Suas palavras eram lentas e ligeiramente confusas – um lembrete gritante de que ele já estava fazendo exatamente o que não deveria fazer. Este verão, além dos desejos de sua mãe para sua recuperação milagrosa, já estavam indo ralo abaixo. Não me surpreendi, mas fiquei inesperadamente desapontada. Eu queria acreditar que quando algo terrível acontecesse, quando a tragédia acontecesse, aquilo tivesse o poder de mudar alguém para melhor. Houve muitas lições que Cable deveria ter aprendido após o *incidente*, e não parecia que ele abrira os olhos para nenhuma delas.

— Existe um quarto em particular onde quer que eu fique? — Se eu parecia aborrecida, era porque estava. Queria ter empatia e ser compreensiva por tudo o que ele passou, mas o garoto ainda possuía a habilidade de me irritar sem nem mesmo se esforçar.

A casa era enorme: três andares com móveis de grife e marcas caras. Não havia nada velho à vista, e eu estava com medo de tocar em qualquer coisa. Não tinha nenhuma noção de quantos quartos havia, mas deduzi que ele já tinha um e iria me querer no mais longe possível. Não contei a novidade a ele, mas iria regularmente vasculhar toda a mansão à beira-mar, em busca de qualquer tipo de drogas que ele pudesse tentar esconder. Eu era uma profissional em encontrar um esconderijo secreto – anos de prática de uma competição que ninguém ganharia.

Obrigada, mãe...

Cable inalou o cigarro e fechou os olhos. Ele ficou em silêncio por muito tempo. Achei que fosse me ignorar, então caminhei em volta dele e fui em direção às enormes janelas sanfonadas que se fechavam e abriam para uma vista deslumbrante do Golfo. Onde quer que eu fosse nesta casa gigante, teria uma vista incrível – não que isso compensasse por ter sido chantageada a estar aqui durante todo o meu verão.

Congelei quando sua mão se fechou em volta do meu joelho, os dedos ásperos roçando ao longo da pele macia na parte de trás da minha coxa. Quando estremeci, culpei meu short molhado, porque não havia nenhuma maneira no mundo de eu admitir que fui afetada por Cable James McCaffrey.

Ele incorporava tudo o que nunca quis de volta em minha vida, e ele não tinha autocontrole. Olhei para a garrafa vazia de uísque ainda em minha mão e sacudi de leve a cabeça, para colocar meus pensamentos em ordem.

— Meu quarto fica no térreo; de frente para a piscina. O quarto do meu pai fica no último andar. É o que parece uma suíte do *Caesar's Palace* e fede à infidelidade e pensão alimentícia. Eu o evitaria a todo custo, caso as DSTs repentinamente fossem transmitidas pelo ar. — Ele soltou uma risada alta, desprovida de humor e seus olhos incendiaram com raiva enquanto me encarava por debaixo da mecha de cabelo. — Sugiro que fique em um dos quartos no andar de cima, assim você não será submetida a nenhum dos meus outros hábitos nojentos quando eu estiver me... satisfazendo.

Suas sobrancelhas se arquearam e ele soltou minha perna enquanto sorria para mim. Cable estava falando sobre sexo. Ele queria que eu encontrasse um quarto na casa que tivesse distância suficiente entre o local onde eu dormiria e onde ele planejava fazer qualquer coisa menos isso. Eu estava lá para mantê-lo sóbrio, não celibatário. A ideia de dividir a casa com o tipo de garota que me deixava irritada no colégio, porque se contentavam em ser seus brinquedos, fez meus dentes rangerem.

— Bem. Vou pegar minhas malas e me instalar. Foi uma longa viagem de Loveless, e não pensei que teria que começar com uma intervenção assim que cheguei aqui. — Levantei a garrafa de uísque e terminei de subir os degraus. — Se você desmaiar nessas escadas, vou deixá-lo aí e rir pra caramba se você estiver coberto de merda de gaivota pela manhã.

Ele bufou e se virou para encarar a água escura, a fumaça flutuando acima de sua cabeça.

— Vivo minha vida nadando em merda, Reed. Um pouco de cocô de passarinho não vai me matar.

Eu não tinha nada a dizer sobre isso, não conseguia pensar em nada espirituoso ou simpático o suficiente, então caminhei pela casa vazia e às escuras, e praticamente corri para o meu carro. Era a única coisa que parecia familiar e segura no estado atual da minha vida. Destranquei a porta e me sentei ao volante; o desejo de ligar o motor e dirigir até que estivesse em qualquer lugar, menos aqui, era tão intenso que minha palma doía de segurar as chaves com tanta força.

Meu telefone estava piscando com mensagens e chamadas perdidas. Eu o deixei no painel quando cheguei em casa, mas agora estava arrependida. Eu poderia ter aproveitado a distração ao lidar com Cable. Disse ao meu pai que ligaria para ele quando chegasse. Ele não tinha ideia do porquê aceitei um trabalho em Port Aransas, no verão. Eu não queria dizer a ele que seu trabalho estava por um fio ou como Melanie McCaffrey havia me chantageado. Ele desistiria de tudo em um piscar de olhos, mas então teria dificuldades para encontrar trabalho se ficasse em Loveless, e realmente não havia outro lugar para onde ir. Eu iria para Califórnia em alguns meses, e sua família inteira estava naquela pequena cidade do Texas. Então, menti. Algo que nunca fiz. Eu disse a ele que Melanie havia conseguido um estágio para mim durante o verão que me ajudaria não apenas a ganhar dinheiro antes da faculdade, mas também seria ótimo no currículo quando me inscrevesse. Ele não questionou nada e foi, como sempre, tão solidário e orgulhoso de cada pequena coisa que eu fazia. Isso me fez sentir péssima.

Jordan também ligou várias vezes. Ela estava morrendo de vontade de saber mais sobre a casa de praia dos McCaffrey e estava ansiosa em saber sobre Cable. O boato começou a se espalhar assim que a notícia de que ele estava fora da prisão e em liberdade condicional ventilou. Jordan me disse que ouviu que ele havia ficado terrivelmente desfigurado após o *incidente*; que as pessoas estavam especulando que seu tempo na prisão tinha sido brutal e que ele havia mudado muito. Alguns diziam que ele entrara para a Irmandade Ariana enquanto estava atrás das grades, e outros diziam que os federais o colocaram sob proteção de testemunhas e era por isso que ele não voltaria para Loveless. Eu disse a ela que era tudo ridículo, mas a fofoca de uma cidade pequena era uma coisa viva e que respirava, e sem Cable lá para negar qualquer coisa que estava sendo dita sobre ele, as histórias se tornaram mais mirabolantes.

Precisando de um minuto de normalidade, toquei a imagem do rosto sorridente de Jordan e liguei de volta.

Jordan era o completo oposto de mim. Ela nasceu para se destacar quando tudo o que eu queria fazer era passar despercebida. Seus pais eram casados e felizes e tudo em sua casa era centrado na família. Sua mãe e seu pai estavam juntos desde que foram para a Loveless High e nenhum deles sabia o que era ter sua família destruída pelo vício e desonestidade. Ela era barulhenta, extrovertida, alegre e vivaz. Ela era amiga de todos, mas eu era a única a quem ela mantinha por perto. Jordan me disse logo no início, quando começamos a passar mais tempo juntas, que o motivo de gostar tanto de mim foi porque não *tentei* fazer com que ela gostasse de mim. Eu ri, dizendo que era porque não queria que ela fosse minha amiga... Eu queria ficar sozinha. Mas Jordan foi persistente e ela não tinha um pingo de maldade ou rancor em seu corpo, então não havia como resistir a ela.

Éramos inseparáveis desde o oitavo ano, o que era outra razão pela qual eu podia xingar Melanie McCaffrey com prazer. Este era o último verão que teria com minha melhor amiga antes de nossas vidas inevitavelmente se dividirem em direções diferentes, e a mãe de Cable roubou esse tempo de nós, me forçando a tomar conta do seu filho. Eu iria para Berkeley; Jordan ficaria em Loveless, aprendendo tudo sobre o planejamento de eventos com seus pais e os negócios da família.

Seu irmão mais velho, Johnny, deveria assumir quando se formasse alguns anos antes de nós, mas ele conheceu uma garota nas férias de primavera em Cancun e a seguiu até o Arizona. Ele chocou a todos ao se mudar para lá. Jordan, por outro lado, foi feita para mostrar às pessoas como se divertir, então ela mal podia esperar para começar a aprender sobre planejamento de eventos. Fiquei triste por ela ter decidido ficar em Loveless. Eu queria que ela sonhasse mais alto. Mas entendi por que ela ficaria, e não poderia dizer que não estaria mais disposta a ficar se tivesse mais o que esperar do que ver meu pai envelhecer enquanto as coisas continuavam como estão agora.

Não consegui mentir para Jordan quando disse a ela por que não estaria por perto no verão. Eu devia a verdade a ela e precisava de alguém com quem me lamentar. Ela sabia o que eu sentia por Cable. Ela também era a única pessoa que sabia que fui eu quem o delatou para sua mãe sobre o uso de drogas.

— AIMEUDEUS! Estou ligando pra você a noite toda. Achei que pudesse ter sido sequestrada em um posto de gasolina cheio de caminhoneiros. Você está bem? Como é a casa? Parece daquelas de revista? Como o Cable está? Ele parece um criminoso? — As perguntas vieram tão rápidas e furiosas que mal consegui acompanhá-la.

Mordi o lábio inferior e fechei os olhos enquanto descansava a cabeça no encosto do banco.

— A casa é tão impressionante quanto a do rancho. É grande e tem um *deck* que rodeia a construção toda. A praia fica logo depois dos degraus na parte de trás, e fica bem pertinho da água. Tudo parece caro, e lembra um hotel de luxo. Estou com medo de tocar em qualquer coisa. — Soltei um suspiro e passei a mão no rosto. — Ele estava bêbado quando cheguei aqui, Jordan. Bêbado. Ele não deveria estar bebendo ou usando qualquer tipo de narcótico. Ele nem esperou um dia. Isso vai ser um desastre. Já estou aborrecida e exausta. Não era assim que eu queria passar meu último verão antes do início da faculdade.

Ela deu um suspiro de compaixão.

— Eu sei que não era, mas o que você pode fazer? Se Cable já está a caminho de estragar tudo, tudo que você precisa fazer é esperar que ele desista. Assim que ele fizer isso, vai voltar para a prisão, e você pode voltar para casa e festejar comigo até ir para Berkeley.

Esfreguei as têmporas com a mão livre e suspirei novamente.

— Sim, mas tenho que me preocupar com Melanie demitindo meu pai de qualquer maneira, porque não pude ajudar o filho dela. A mulher está desesperada e é imprevisível. Ela pode me culpar, se Cable falhar.

— Você precisa contar para o seu pai o que está acontecendo e deixá-lo cuidar dela. — Ela dizia isso desde que contei sobre o ultimato da mãe de Cable.

— Se não conseguir manter Cable na linha nem por um dia, posso não ter escolha. Eu não tinha certeza do que esperar quando apareci. Eu sabia que ele não ficaria feliz em me ver, mas não esperava que já estivesse doidão. — Eu também não esperava que ele parecesse tão quebrado e abatido.

— Como ele parecia, além de bêbado?

Eu sabia que ela estava perguntando sobre culpa e remorso. Qualquer outra pessoa estaria carregando um caminhão de ambas as coisas depois do *incidente*, mas eu não poderia dizer se Cable estava mais emocionalmente intenso do que antes daquela noite.

— Ele parece miserável.

E era verdade. Não havia luz em nenhum lugar naqueles olhos escuros.

Ela fez outro barulho e pude ouvi-la digitando em um teclado ao fundo.

— Bem, acho que ir para a prisão não o mudou muito. Ele ainda está bebendo. Juro que o rosto daquele garoto iria quebrar ao meio se ele sorrisse. É uma chatice estar presa a uma bola de concreto tão sombria durante todo o verão, especialmente porque você está em um lugar tão bonito. Você deveria estar caçando surfistas gostosos enquanto está aí, não cuidando de um chato bêbado e resmungão. Este deveria ser o verão em que você relaxaria e finalmente se divertiria.

Ela sempre dizia que eu precisava me soltar e viver um pouco. Jordan nunca entendeu por que nunca fui com ela a festas ou atividades escolares. Ela jurava que eu estava perdendo memórias que durariam uma vida inteira. Tentei explicar que não havia nada sobre essa época da minha vida que estivesse interessada em lembrar. Eu tinha um destino em mente e estava focada no caminho, não nos arredores.

— Vou considerar isso uma vitória se passar os próximos meses com minha sanidade intacta. — Ninguém jamais me irritou tanto quanto Cable. — Num desses fins de semana você vai ter que trazer o Diego e passar alguns dias aqui. Não será o tipo de diversão à qual está acostumada, já que a casa tem que ser uma zona sem álcool, mas você pode ir para a praia, e podemos ir às compras e deitar ao sol.

Ela cantarolou um pouco; o clique do seu teclado parou. Houve um longo momento de silêncio que se tornou pesado e prolongado até que ela me disse baixinho:

— Diego e eu terminamos há alguns dias. Eu não queria contar porque você estava lidando com suas próprias merdas e fazendo as malas para ir embora.

Ofeguei um pouco e me endireitei no banco do motorista. Passei a mão livre em volta do volante e perguntei:

— O que aconteceu?

Jordan e Diego estiveram juntos durante todo o nosso último ano. Ela se apaixonou por ele depois do primeiro encontro, e ele a tratava como se fosse seu mundo inteiro. Eu não conseguia imaginar o que poderia ter acontecido entre eles e causado o término.

Ouvi um barulho quando ela deu de ombros do outro lado da linha.

— A vida aconteceu, eu acho. Vou passar o verão trabalhando e ele vai visitar a mãe e o irmão em El Paso antes de ir para a faculdade. Nos veremos por uma semana antes que ele vá embora para sempre. Não investi o suficiente para lutar e manter um relacionamento à distância, e ele também não. Não acho que ele queira começar a faculdade com a namorada do colégio o segurando.

Mordi o interior do lábio inferior para não deixar escapar: *eu avisei*. O que ela estava passando agora era exatamente o porquê de eu não me apegar ou me desviar do meu caminho para me relacionar com ninguém além dela.

— Eu sinto muito. Isso é péssimo.

Ela riu um pouco e eu praticamente pude vê-la franzindo o nariz para mim.

— O quão forte você está mordendo a língua agora?

— Forte o suficiente para sangrar — bufei.

Ela riu novamente.

— Um dia desses você vai encontrar alguém a quem não vai resistir, Affton. Ele vai ignorar todos aqueles sinais de "entrada proibida" e todo o arame farpado no qual está enrolada, e vai entrar tão fundo em seu coração que você não conseguirá tirá-lo de lá. Você não vai saber o que fazer consigo mesma. Ele vai tirar você do rumo, de uma maneira que não haverá como encontrar o caminho de volta.

Isso nunca iria acontecer. Depois da minha mãe, depois da perda e da confusão que se seguiu, certifiquei-me de que o caminho para o meu coração estivesse praticamente intransitável. Eu funcionava mantendo meus pontos fracos inacessíveis.

— Bem, você conseguiu entrar, então acho que tudo é possível. Vou me certificar de que Cable não sufoque em uma poça do próprio vômito, e tentar dormir um pouco. Se você estiver de boa, talvez possa tirar uma semana de folga e vir me visitar. Eu adoraria te ver. — Adoraria ver alguém que não fosse Cable, mas ela estava no topo da lista.

— Verei o que posso fazer. Mantenha o queixo erguido e não deixe aquele garoto irritar você.

— Digo o mesmo. Lamento não ter prestado atenção e não ter percebido que você tinha terminado seu namoro. Sou uma péssima amiga.

Foi a vez de ela bufar.

— Não, você é a melhor amiga de todas. Cable McCaffrey é simplesmente muito perturbador. Ele sempre foi. Ligue para mim periodicamente.

Desliguei e bati o telefone na minha coxa.

Ela estava certa... ele era uma distração. Eu ainda podia sentir o toque dos seus dedos na parte de trás do meu joelho e o calor do seu corpo quando se inclinou para o meu lado todo sólido e forte... e depois perdido em pensamentos.

Ele estava me distraindo e era apenas mais uma coisa que eu odiava nele... ou talvez odiasse o fato de me permitir ser distraída por ele. Odiá-lo não parecia ser tão importante quanto antes. De qualquer maneira, seria um looooongo verão.

capítulo 4

CABLE

Nunca cheguei na minha cama.

O uísque e a melancolia provaram ser uma combinação muito poderosa para combater, então o mais longe que consegui chegar foi até uma das cadeiras reclináveis Adirondack que ficavam na parte de trás da casa. Acordei quando uma gaivota gritou e uma família com várias crianças pequenas que mal podiam esperar para entrar na água vieram gritando.

Meus olhos pareciam ter areia e ardiam como se estivessem pegando fogo. Minha boca estava seca e havia uma combinação encantadora de algo que tinha gosto de cinzas e algo mais nojento na língua. Tudo do meu pescoço para baixo doía e meu ombro latejava por ter ficado torcido em um ângulo estranho durante toda a noite, já que usei meu braço como travesseiro. Todas as minhas juntas estalaram e rangeram enquanto lentamente me levantei e tentei me esticar. Eu me encolhi quando a calça jeans rígida e áspera arranhou minha pele. Eu deveria pelo menos ter tirado a calça antes de desmaiar. A água salgada havia secado e a areia se soltava do tecido com cada um dos meus movimentos lentos e hesitantes.

Cocei o peito e levantei uma sobrancelha quando a mãe, que estava perseguindo as crianças barulhentas, parou de repente e me deu uma encarada óbvia. Bufei divertido quando seu marido virou a cabeça para ver o que a estava segurando. Ele estava carregado de toalhas e brinquedos. Seu olhar gritava que queria largar tudo na areia e se afastar dela e dos pirralhos quando me viu. Ele estava fazendo o trabalho pesado enquanto sua esposa me examinava. Eu ficaria chateado se estivesse no lugar dele. Levantei a mão em um pequeno aceno divertido e ouvi o homem xingar alto. Aquilo me fez rir quando peguei a camiseta que nunca me preocupei em vestir na noite anterior e entrei para encontrar algo que pudesse acabar com a minha ressaca.

A enorme parede de vidro se abriu facilmente e olhei para o interior. Não fiquei surpreso ao descobrir que minha hóspede indesejada já estava de pé e pronta para enfrentar o dia. Ela estava revirando a cozinha com outro short rasgado e puído e uma camiseta que tinha sido preta em algum momento, mas agora estava desbotada em um cinza que delatava que já havia sido muito usada; a estampa era uma foto de Johnny Cash mostrando o dedo do meio e, em alguns lugares, a impressão branca havia rachado e descascado. Disse a mim mesmo para não olhar para onde o tecido estava amarrado com um nó na parte inferior das costas, expondo uma faixa de pele bronzeada e lisa. Era impossível não olhar enquanto ela ficava na ponta dos pés, abrindo todos os armários, e quando ela se abaixou para procurar na geladeira.

— Você está procurando algo em particular? — Fiz a pergunta principalmente porque ela me deu um olhar enojado, mas não disse uma palavra enquanto eu cambaleava pela sala de estar.

— Comida. Estou procurando comida. Você não foi ao supermercado? O que você planeja comer no café da manhã? — Ela fechou a geladeira com mais força do que o necessário e me deu uma olhada que não foi nem de longe tão apreciativa quanto a da mãe daquelas crianças. — Você está uma merda.

Esfreguei a mão no rosto; a barba por fazer em meu queixo arranhou a palma.

— Eu me sinto uma merda, então isso não é uma surpresa. — Contornei o enorme sofá de couro branco na sala de estar e me joguei nele. Meu pai teria um ataque se soubesse que eu estava esparramado sobre essa coisa com a calça jeans e os pés sujos. Tudo o que o homem possuía era para exibição e nada mais.

Fechei os olhos e tentei tirar um pouco da areia.

— Meu pai tem uma senhora que cuida de tudo quando ele está aqui. — Ele tinha várias. — Uma mulher chamada Miglena vem todos os dias e abastece a geladeira e a despensa. Ela faz comida suficiente para alguns dias e limpa a casa. Ela deve vir aqui esta tarde.

Virei a cabeça para que pudesse olhar para Affton enquanto ela fazia um som sufocado e me encarava da cozinha.

— Você só pode estar de sacanagem comigo. — Suas palavras saíram repentinamente. Ela estava irritada... ela sempre parecia irritada. Eu podia dizer que estava prestes a explodir. — Você é precioso e perfeito demais para mexer essa sua bunda bêbada e ir ao mercado para comprar comida?

Você é tão delicado e frágil que nem se dá ao trabalho de cuidar de si mesmo e manter este lugar limpo por alguns meses? Você conseguiu uma garrafa de bebida, mas não consegue algo prático como o café da manhã?

O tom mordaz e sarcástico eram tão nítidos que quase poderiam ser cortados com uma faca. Ela colocou as mãos nos quadris e estreitou os olhos enquanto eu tentava formular uma resposta.

— Quais são seus planos para o verão, Cable? Você não pode ficar de farra. Você não será capaz de trabalhar com os testes aleatórios de drogas que serão solicitados, nenhum chefe vai entender que você tem que sair correndo no meio de um turno para fazer xixi em um copo. Você não está se preparando para ir para a faculdade. Então, o que você vai fazer consigo mesmo? Estava planejando ficar deitado, sentindo pena de si mesmo enquanto outra pessoa cuida de você? — Suas sobrancelhas se ergueram e um rubor furioso coloriu suas bochechas. — Você já viveu sua vida dessa maneira e veja onde isso o levou. Acho que é hora de descobrir como ser autossuficiente.

Tentei revirar os olhos, mas doeu muito, então acabei olhando para ela do sofá.

— Eu nem sei onde fica o supermercado. — Eu preferia que ela arrancasse todos os meus dentes com um alicate enferrujado antes de admitir que também não tinha ideia de onde ficava a lavanderia nesta casa enorme ou indicar qual dos utensílios de aço inoxidável da cozinha gourmet era a máquina de lavar louça. Fechei os olhos e inclinei a cabeça para trás quando um exército de elefantes começou a dançar o tango em meu cérebro. — Além disso, passei o último ano e meio ouvindo quando devo comer. Quando ir para o lado de fora. Quando tomar banho e todas essas merdas. Não tenho vivido no luxo. — E assim que saí da prisão, fui direto para a casa de reabilitação, que estava longe de ser extravagante. O lugar ficava a apenas alguns metros de uma periferia, pelo que eu sabia.

Affton começou a bater as portas do armário por nenhum outro motivo a não ser para me irritar. Praguejei e agarrei uma das almofadas de grife que decorava o sofá para cobrir a cabeça.

— Você é inacreditável. Sabe disso, não é?

Não respondi, mas senti a tensão que parecia estalar quando Affton se aproximou de onde eu estava fazendo uma boa imitação de um peixe-boi encalhado.

— Só há uma pessoa que você pode culpar por suas acomodações recentes e nada luxuosas. Falando nisso, o seu oficial da condicional ligou esta manhã?

— Porra! — Tirei o travesseiro do rosto e me movi mais rápido do que pensei que meu corpo dolorido e de ressaca pudesse se mover. Eu poderia ser chamado para um exame de urina a qualquer hora entre as oito da manhã e cinco da tarde. Eu só tinha uma hora para chegar ao local, e se não aparecesse ou usasse a urina de alguém, voltaria para trás das grades.

Eu tinha deixado meu telefone na bancada de mármore importado e o coloquei no modo silencioso para não ter que ouvi-lo apitar com notificações da minha mãe. Ela queria saber se eu estava bem e se certificar de que não fiz nada para afugentar Affton. Se eu estivesse falando com ela, teria dito que Affton não se assusta facilmente. Ela provou isso no dia em que me confrontou no estacionamento, e continuou provando quando se recusou a sair do meu caminho enquanto eu corria para o telefone. Ela não era alguém a quem eu pudesse controlar com manipulação e intimidação. Ela se manteve firme.

A tela tinha uma infinidade de mensagens não lidas. Nenhuma era do meu pai, o que não era surpreendente. A maioria era da minha mãe, algumas eram de garotas que queriam entrar em contato agora que eu estava livre, e várias eram de um número bloqueado que eu sabia que pertencia a um repórter que me perseguia desde que fui solto antes do tempo. A última coisa que eu queria era ver meu rosto estampado nos noticiários em Loveless, revivendo tudo o que aconteceu. Eu queria isso quase tanto quanto queria falar sobre a noite em que fui de um idiota para um criminoso.

Não queria falar sobre aquilo.

Não queria pensar naquilo.

Não queria me lembrar daquilo.

E realmente não queria reviver aquilo a cada segundo de cada dia. Eu podia sentir uma pressão familiar começando a pesar no centro do meu peito. Meus pulmões se apertaram enquanto minha respiração entrava e saía e meu sangue se transformava em gelo, sentindo dificuldade para fluir pelas minhas veias. Tudo o que queria era uma bebida, uma carreira ou um cigarro. Tudo o que queria era tudo que não poderia ter para me livrar de todas as coisas que eu tinha certeza que me enterrariam.

— Ele ligou?

Esqueci que Affton estava lá até que sua pergunta me trouxe de volta à realidade. Passei por todas as mensagens e neguei com um aceno de cabeça.

— Não. Estou de boa. — Pelo menos estava esta manhã. Se fizesse algo estúpido como ficar bêbado e desmaiar sem meu telefone de novo, talvez não tivesse tanta sorte. A expressão no rosto de Affton indicava claramente que ela estava ciente da verdade. Eu tendia a ser um maldito sortudo.

Ela apontou para o telefone.

— Ligue para o seu pai e diga a ele que você não precisa da governanta enquanto estiver aqui neste verão.

Soltei uma risada assustada e levantei as mãos para esfregar as têmporas doloridas.

— Por que eu faria isso? — Eu geralmente gostava do som de sua voz, mas ficaria muito feliz se ela parasse de usá-la até que tivesse minha dor de cabeça sob controle.

— Você vai fazer isso porque você e eu somos perfeitamente capazes de nos manter alimentados e deixar esta casa em ordem. Você pode se sentir confortável sendo servido por alguém, mas eu, não. E já que você tem que ir aonde eu for no futuro próximo, isso significa que você está prestes a descobrir onde fica o supermercado. — Ela parecia inabalável e firme em sua decisão.

Affton era uma anomalia. Quem iria perder a chance de passar um verão na praia sendo servido e mimado? Quem não iria querer explorar toda a riqueza que ela tinha atualmente na ponta dos dedos? Essa garota era diferente de qualquer pessoa que já conheci, e eu não tinha certeza do que diabos deveria fazer com ela.

— Não vou ligar para o meu pai. — O inferno congelaria antes que desse a esse bastardo um momento do meu dia. Bati meu telefone no balcão e observei enquanto ela se irritava com as minhas palavras. — Miglena é uma senhora simpática. Ela não ganha muito dinheiro e tem um monte de filhos. Não vou tirar dela um verão inteiro de pagamento, porque vocês estão entusiasmados para me ensinar alguma lição de merda sobre independência e responsabilidade.

Observei enquanto um pouco de sua irritação se esvaía. Seus ombros cederam e um pouco do calor sumiu de seus olhos. Ela cruzou os braços sobre o peito e tamborilou os dedos, enquanto me observava, pensativa, por um longo momento. Finalmente, deu de ombros, girou nos calcanhares e se dirigiu para o quarto de hóspedes.

— Okay. Ela pode cozinhar e limpar para você, mas não vou deixá-la fazer nada por mim. Isso significa que você precisa tomar um banho para se livrar desse fedor porque ainda preciso ir ao supermercado e não devo deixá-lo aqui sozinho.

Eu queria dizer a ela que estive aqui sozinho ontem o dia todo, mas perdi essa discussão ao ficar bêbado antes de ela aparecer. Eu era um homem de vinte anos; não deveria precisar de uma babá, mas nada do que fiz provou ser o caso. Para sempre um fodido. Sempre encontrando novas maneiras de falhar.

Irritado, sorri enquanto caminhava e disse, lentamente:

— A coroa na praia esta manhã não achou que havia algo de errado com a minha aparência. — A maioria das mulheres não achava.

Affton parou e me lançou um olhar por cima do ombro. Não demorou mais que um segundo para responder:

— Ela obviamente não estava perto o suficiente para sentir o seu cheiro. Vá tomar um banho, Cable.

Franzi o cenho quando ela saiu da sala me deixando sozinho, até que resolvi cheirar discretamente debaixo do braço. Fiz uma careta e abaixei o braço na mesma hora quando senti o odor nada agradável.

Eu fedia como um bêbado.

Fedia como um vagabundo.

Fedia exatamente como as más escolhas feitas e arrependimento.

Pensei em recusar, teimosamente, a fazer qualquer coisa que ela pedisse. Eu não a queria aqui, e não queria ficar preso como um cachorro na coleira; também não conseguia me imaginar sentado em casa, irritado e com fome porque estava agindo de forma ridícula. Esse comportamento me levou ao poço mais profundo e escuro em que já estive, e estava apenas começando a fazer a lenta subida de volta para onde costumava estar. Não me mataria ir junto com ela ao mercado. Afinal, ela teria que ser minha motorista quando eu precisasse visitar meu oficial da condicional. Isso significava que ela saberia em primeira mão se seus esforços para manter meu nariz e minhas veias limpos estavam valendo a pena. Não haveria como esconder meu fracasso dela.

Entrei no chuveiro e demorei um segundo para perceber que era para onde eu deveria ter ido ontem, em vez de procurar uma bebida.

Os banhos na prisão eram tudo menos relaxantes, e o chuveiro da casa de reabilitação mal funcionava. Eu sabia que minha alma nunca estaria limpa, mas de pé sob a água escaldante em um chuveiro de verdade, ela começou a parecer um pouco menos suja. A água fez maravilhas. Isso levou embora uma infinidade de coisas ruins e jogou um pouco da minha ressaca pelo ralo. Minha cabeça ainda latejava, e meus olhos ainda pareciam lixas cada vez que eu piscava, mas as dores pela noite maldormida e a rigidez em meus membros diminuíram.

Também levou apenas um segundo para me arrepender de não aceitar o convite para sair, das garotas da praia. Gostava de ficar sozinho, mas também tendia a perder essa solidão dentro de um corpo quente e disposto. Perdi a virgindade no final do meu primeiro ano na escola e não passei muitas noites sozinho até ser preso. Agora, estava sem alguém por mais tempo do que sem nenhum dos meus outros vícios, e meu corpo estava reparando na ausência. Meu pau ficou duro com o pensamento rebelde sobre o quão longas e bronzeadas as pernas de Affton eram naquele short, e latejou quando me lembrei daquele pedaço de pele na curva de suas costas.

Soltei uma série de palavras explícitas e apoiei uma das mãos no azulejo à frente. Cerrei os olhos e tentei puxar uma imagem de qualquer uma das garotas que entraram e saíram da minha vida, ao invés de Affton Reed. Havia muitas delas. A maioria muito mais acolhedora e amigável do que Affton. Pelo menos até que as ignorasse depois de ter um ou outro momento de paz e tranquilidade dentro delas.

Mas, por estar despedaçado de todas as formas possíveis, era apenas seu cabelo loiro bagunçado e aqueles olhos cor de lápis-lazúli que pude imaginar enquanto lentamente movia a mão para cima e para baixo ao longo da minha ereção tensa. Claro, quando éramos nada mais do que estranhos que se cruzavam silenciosamente nos corredores durante a escola, eu imaginava Affton fazendo todos os tipos de coisas safadas e atrevidas que duvido que ela já tenha experimentado. Não havia um cara na escola que não tivesse uma fantasia sobre tentar passar por suas defesas. Masturbar-me com a ideia de suas pernas e sua doce pele dourada quando ela estava a apenas algumas portas de distância parecia mais ilícito e errado. Eu gostei ainda mais.

A ideia de que ela pudesse descobrir, que pudesse me pegar e exigir saber o que eu estava fazendo, me deixou ainda mais duro e senti o prazer apertar ainda mais a base das minhas costas. Eu queria dizer que comecei a pensar nela. Queria deixá-la escandalizada e ultrajada. Eu ansiava por uma reação sua. Parecia que talvez fôssemos mais parecidos do que pensei. Ambos reagindo contra nossa vontade. Nós dois respondíamos porque não tínhamos escolha.

Eu estava tão duro que doía, e quando finalmente gozei, tive que reprimir um som de satisfação que soou suspeitamente semelhante ao nome de Affton. Terminei o banho me sentindo um pouco mais sujo do que quando entrei, mas pelo menos cheirava muito melhor.

capítulo 5

AFFTON

— Sério, quais são seus planos para o verão inteiro, Cable? Você não pode simplesmente ficar sentado sentindo pena de si mesmo dia após dia.

Bem, ele podia, e parecia perfeitamente satisfeito em fazer exatamente isso, mas se tivesse que vê-lo chafurdar na autopiedade o dia todo, todos os dias, eu enlouqueceria. Ações tinham consequências, e claramente fora a primeira vez em sua vida que Cable teve que enfrentar isso de cara.

Ele olhou para mim pelo canto do olho, de onde estava sentado no banco do passageiro, um cigarro apagado balançando nos lábios. Não permiti que fumasse no meu carro e fiz valer minha posição, embora o carro tivesse mil anos e já tivesse um cheiro distinto. Seu cabelo ainda estava molhado e sua atitude era irritadiça. Ficar presa em um pequeno espaço com ele era enervante, e fiquei perturbada pela forma como o espaço entre nós parecia carregado e elétrico. Se eu me movesse em qualquer direção, temia que houvesse o risco de levar um choque. Eu não queria ter nenhum tipo de reação a esse garoto mal-humorado e mimado. Eu queria ser imune. Insensível. Fria.

Ele tirou o cigarro da boca e o colocou atrás da orelha. Em seguida, deu de ombros, parecendo entediado.

— Você está aqui para garantir que eu não possa fazer todas as coisas que normalmente faço, então acho que terei que encontrar outras maneiras de me entreter.

O tom sugestivo em sua voz me fez corar quando lancei um olhar entrecerrado em sua direção. Incomodava-me que toda vez que ele insinuava algo sexual, eu não conseguia controlar a forma como meu sangue aquecia e a frequência cardíaca acelerava. Tentei me convencer de que era por vergonha e constrangimento, mas nunca fui uma boa mentirosa.

— Você sabe que qualquer um que entrar na casa tem que passar primeiro por mim, certo? Você não pode enfiar qualquer festeira de mansinho pela porta sem que eu tenha certeza de que ela não está contrabandeando nada pra você. — Não pude afastar a ideia de ter que espantar estranhos só porque Cable não podia fazer boas escolhas. Seria terrível e arruinaria todo o meu verão, mas eu disse à sua mãe que faria o meu melhor para mantê-lo sóbrio para salvar o emprego do meu pai, e falei sério.

Ele soltou um grunhido baixo e virou a cabeça para olhar pela janela quando entrei no estacionamento do pequeno mercado.

— Isso vai cortar um pouco o clima, Reed, mas isso não é nada novo para você, não é?

Não respondi. Em vez disso, abri a porta e saí. Estava quente e abafado, então imediatamente me senti acalorada e pegajosa. Levantei o cabelo da nuca e continuei a olhar para Cable enquanto ele demorava em sair do carro. O cigarro estava de volta em sua boca, a ponta brilhando antes que ele fechasse a porta do passageiro.

Uma nuvem de fumaça flutuou entre nós quando ele disse, baixinho:

— Na verdade, estava pensando em conseguir o meu diploma do ensino médio enquanto não tenho mais nada para fazer neste verão. Comecei a estudar para isso quando estava preso, mas era muito difícil. Eu não podia me dar ao luxo de dar atenção em nada além de manter minha bunda segura e não irritar as pessoas erradas. — Seu tom era mais profundo do que o normal. Pensativo, até. Havia honestidade e reflexão ali, e eu podia apostar que ele não pretendia compartilhar comigo. Seu tempo na prisão não foi fácil e, mais uma vez, me lembrei de que fui o catalisador para isso. Aquilo fez meu coração parar e minha garganta apertar. A compaixão era muito mais difícil do que o ódio com o qual eu me sentia confortável.

Fiquei em silêncio, a boca aberta em estado de choque, o cérebro girando em círculos o tempo todo que ele levou para terminar seu cigarro. Tive que sacudir a cabeça para colocar meus pensamentos em ordem.

— Eu... bem... essa é uma ótima ideia. Você deveria realmente fazer isso. — Eu nunca gaguejei. Nunca tropecei nas palavras. Nunca. Eu detestava que esse garoto fosse quem me desequilibrara e me deixara instável. Eu odiava que ele fosse o único que me fizesse gaguejar repetidamente.

— Não fique muito animada. Eu ainda pretendo ferrar comigo mesmo e passar meus dias surfando. Só pensei que poderia muito bem fazer *algo* produtivo pelo menos uma vez na vida, enquanto tenho todo esse tempo em minhas mãos. — Sua declaração direta afastou o resto da minha surpresa. Eu queria me chutar por acreditar, mesmo que por um segundo, que Cable James McCaffrey havia aprendido uma lição com toda a destruição que ele causou.

Limpei a garganta e ajustei a alça da bolsa no meu ombro.

— Contanto que se mantenha sóbrio, eu realmente não me importo com o que você faz com seu tempo livre. — Mas por ainda ter esperança, não pude me conter ao oferecer para ajudá-lo a fazer algo certo. — Se você está falando sério sobre o diploma, me avise e eu te ajudo a estudar. Eu fui a oradora da turma. — Aceitei a homenagem e fiz um discurso para minha turma de formandos apenas algumas semanas atrás. Eu tinha certeza de que uma vida inteira havia se passado entre aquele momento e o agora. Inclinei a cabeça para o lado e o observei enquanto ele caminhava ao meu lado, seu belo rosto definido em linhas familiares e desinteressadas. — Você realmente surfa?

Ele parecia um surfista com seu cabelo loiro desgrenhado e a barba descuidada que escurecia seu queixo e bochechas. Ele estava com uma camiseta cinza-claro com o logotipo da cervejaria dos seus pais e uma calça jeans que estava em muito melhor estado do que a que ele mergulhou no Golfo na noite passada. Ele estava usando um tênis Converse preto desbotado quase idêntico ao meu. Olhando para ele, era impossível dizer que era o filho privilegiado de um casal de milionários. Ele não parecia um ex-presidiário ou um viciado em recuperação. Pelo menos não parecia até você chegar aos olhos dele.

Aqueles olhos escuros eram perfeitos para esconder segredos, mas se você olhasse com atenção, poderia ver a tempestade feroz dentro de Cable McCaffrey. Havia sombras naquele olhar, e elas estavam em guerra com o garoto.

Elas estavam vencendo.

Enrijeci quando sua mão pousou na parte inferior das minhas costas, onde minha camisa estava amarrada para que ficasse justa em vez de balançando ao redor das minhas coxas. Era uma das minhas favoritas. Eu a roubei do meu pai e me recusei a devolvê-la, embora fosse três vezes maior. A pele nua formigou onde sua palma pousou, e eu rapidamente dei um passo adiante para interromper o contato.

— Sim, eu sei surfar. Temos esta casa desde que eu era pequeno. Aprendi para não ter que ficar preso dentro de casa enquanto meus pais faziam o possível para se comer vivos. Nunca esperei muito pelas férias de verão, mas sempre adorei estar na água. — Ele pegou o carrinho de mim e imediatamente colocou os pés na barra e o dirigiu como um patinete enquanto caminhávamos pelo mercado. — Eu gostava das garotas de biquíni que gostavam ainda mais de surfistas.

Eu me armei e já ia explodir sobre seu gosto por qualquer coisa que tivesse uma vagina disposta, quando percebi pelo sorriso em seu rosto, e pela curva das suas sobrancelhas douradas, que ele estava me provocando. Cable sabia que me irritava quando mencionava sexo e sua vasta experiência com o sexo oposto. Ele estava implicando comigo de propósito apenas para obter uma reação.

Percebendo seu jogo, mudei de assunto e, obedientemente, o segui enquanto ele levava o carrinho para longe dos vegetais e frutas e se dirigia para os corredores centrais. Nunca fiz compras no centro do mercado. Esse era um luxo que meu pai e eu raramente podíamos pagar. Achei que Cable ficaria entediado depois que a novidade de vagar para cima e para baixo nos corredores passasse, e eu poderia pegar o que queria.

— Se você está pensando em um diploma de ensino médio, isso significa que pode estar interessado em uma faculdade para o próximo ano?

Ele me olhou por cima do ombro de uma maneira que me fez estremecer.

— Eu realmente não sou do tipo que fica sentado em uma sala de aula o dia todo. Fico entediado e distraído, e quando estou assim, encontro coisas que não são boas para me entreter.

Bufei um pouco e alcancei o carrinho para pegar o saco de Doritos que ele tinha acabado de colocar ali dentro. *Spicy Nacho* era meu favorito, mas se ele quisesse, poderia pedir à governanta de seu pai que trouxesse alguns para ele. Eu não iria pagar pela sua ressaca.

— A faculdade não é a mesma coisa que o ensino médio. Você está mais no controle. Você consegue se concentrar nas coisas que lhe interessam, não nas coisas que todos pensam que você deveria saber.

Ele fez um barulho e jogou um saco de doce de alcaçuz no carrinho, que também tive que tirar.

— Já estou farto de seguir a programação de outra pessoa e ficar confinado entre quatro paredes. — Ele deu de ombros e não pude deixar de admirar a maneira como o algodão de sua camisa esticou sobre os ombros largos. — Além disso, eu realmente não tenho nada que me interesse, então pagar por uma faculdade seria o mesmo que jogar dinheiro no lixo.

Parei no meio do corredor de cereais, meus tênis rangendo sobre o piso. Cable demorou um minuto para perceber que eu não estava mais caminhando ao lado do carrinho e, quando o fez, estava no final do corredor.

Ele estava longe demais para que eu pudesse tirar o *Cap'n Crunch* que ele havia adicionado ao carrinho. Quando finalmente percebeu que eu tinha parado, ele se virou e olhou para mim com um olhar questionador.

— O quê?

Eu fiz uma careta e perguntei:

— Como você pode não ter nada que lhe interesse, Cable? — Ele tinha os meios para ter qualquer coisa, experimentar tudo e, ainda assim, nada disso o atraía. Essa foi uma das coisas mais tristes que já ouvi.

Parecia que ele podia sentir a direção dos meus pensamentos porque sua resposta foi suave e misturada com aquela insinuação sedosa que estava começando a odiar.

— Bem, há coisas nas quais estou interessado, mas não preciso estar na faculdade para fazer sexo com garotas. Elas me aceitam do jeito que sou.

Ele estava tentando desviar minha atenção, mas agora que podia ver isso, podia contorná-lo sem nenhum esforço. Fui até ele e coloquei a mão na lateral do carrinho. Decidi deixar o cereal enquanto olhava para ele atentamente.

— Você precisa reservar um tempo para encontrar algo real que lhe interesse, Cable. Você deve encontrar aquilo que mantém sua mente ocupada e o acalma quando todos aqueles desejos e demônios vêm à tona. Se você tem algo importante em que se concentrar, então não será tão fácil para os seus maus hábitos tomarem seu tempo livre.

Suspirei e agarrei o final do carrinho, para poder puxá-lo em direção à seção de laticínios em busca de ovos e leite.

— A menos que você planeje viver do dinheiro dos seus pais e de sua herança pelo resto da vida. Se o fizer, garanto que não conseguirá manter a sobriedade. Você precisa descobrir o que gosta de fazer para que possa usar isso em algum tipo de carreira. — Ele abriu a boca, mas antes que pudesse me dar uma resposta sarcástica, levantei a mão e disse, categoricamente: — E não quero ouvir sobre seus sonhos incríveis de ser um astro pornô.

Ele riu e fez um som de aprovação quando coloquei um pacote de bacon no carrinho.

— O que interessa a você, Reed? Tenho certeza que você tem todos os próximos vinte anos planejados — ele disse isso de brincadeira, mas eu podia apostar que não ficaria surpreso por estar exatamente certo.

Recusei-me a encará-lo enquanto colocava bananas e laranjas no carrinho.

— Me interessa entender por que as pessoas machucam outras pessoas. Ajudar as pessoas que não conseguem se controlar quando se trata de ferir as que mais as amam; isso me interessa. — Por que minha mãe não podia me escolher em vez do seu vício era a pergunta que ocupava mais espaço dentro da minha mente, e muitas vezes me perguntei se algum dia encontraria um momento de paz até encontrar uma resposta.

— Salvar causas perdidas? É isso que você quer? É nisso que quer se concentrar quando finalmente tiver a escolha? — Ele balançou a cabeça e, de repente, desviou para o corredor de material escolar.

Observei, sem palavras, enquanto ele jogava um caderno e um pacote de lápis de cor no carrinho. Antes que pudesse protestar, ele me disse:

— Vou pagar de volta quando minha mãe descongelar as minhas contas bancárias. Mãos desocupadas e toda essa merda.

Eu o segui até o caixa e tentei não revirar os olhos de forma óbvia enquanto a caixa, que facilmente tinha a idade de sua mãe, flertava abertamente com ele enquanto passava nossos itens. Havia algo em Cable que tornava tão fácil para as pessoas ignorarem todos os sinais de alerta que aqueles olhos tumultuosos emanavam entre um piscar e outro. Eu não conseguia descobrir por que era a única que os via. Ele podia fazer meu corpo reagir de maneiras perturbadoras e, às vezes, podia desafiar todas as noções preconcebidas que eu tinha sobre ele, mas tudo dentro de mim tremia pela maneira como ele estava tentando me desestabilizar. Ele nunca iria passar pelas minhas defesas de ferro. Eu nunca permitiria isso.

Estava de volta ao volante e dirigindo para a casa de praia quando finalmente respondi à sua pergunta sobre meu motivo de querer entender o comportamento de viciados. Virei a cabeça para olhar para ele e percebi que ele lia as mensagens em seu telefone com um olhar azedo no rosto.

— Não se trata de salvá-los depois de perdidos. É sobre chegar até eles antes que comecem a se perder. — Sempre me perguntei se havia uma maneira de ajudar minha mãe antes que ela começasse a depender tanto dos comprimidos.

Ele ficou parado ao meu lado e senti seu corpo enrijecer. Essa carga elétrica que acendeu entre nós estalou com vida própria. Parecia poderosa o suficiente para queimar, e quente o bastante para deixar cicatrizes duradouras.

— Foi por isso que você me confrontou naquele dia no estacionamento? Você estava tentando me salvar antes de eu me perder, Affton?

Era a primeira vez que ele usava meu primeiro nome. A maneira como o pronunciou, quase como se fosse doce em sua língua e algo especial para saborear, me deu formigamentos em lugares que não deveriam sentir absolutamente nada quando estava perto dele.

Dei de ombros, um calor desconfortável subindo pelo meu pescoço e bochechas.

— Talvez. Provavelmente. Eu realmente não sei por que fiz aquilo. Você estava indo para algum lugar ruim, e eu não queria que você seguisse esse caminho. Alguém precisava tentar impedi-lo.

— Estivemos na escola juntos durante anos. Você nunca olhou na minha direção. Como é que você acabou sendo a pessoa que interveio? — Ele não parecia bravo com isso. Curioso e confuso, mas não havia raiva em seu tom.

Levei um minuto para pensar em uma resposta. Eu disse a ele que não era sua fã, então tive dificuldade em explicar por que me senti como se tivesse sido sugada por sua espiral descendente bem ao lado dele.

— Eu não queria que o vício vencesse.

Ele deu uma risada rouca e sem humor. Senti sua risada contra minha pele.

— Mas venceu.

Pisquei para ele e tive que engolir o medo de que venceria novamente se ele deixasse assumir o controle de sua vida.

— Não precisa. Você pode ganhar se jogar da maneira certa. Se você está planejando desistir, se não vai nem mesmo entrar em campo, é melhor se resignar a cumprir o resto da sua sentença na prisão. Considere este intervalo, Cable. O jogo ainda não está perto de terminar.

Desta vez, quando ele riu, havia um tênue fio de humor.

— Só uma garota do Texas poderia fazer uma analogia com futebol ao falar sobre como superar o vício em drogas.

Não pude deixar de sorrir para ele, e quando retribuiu com seu sorriso torto, a gaiola em que eu mantinha meu coração bateu alto o suficiente para jurar que ouvi o zumbido em meus ouvidos.

Felizmente, era com Cable que eu estava lidando e o momento compartilhado de leviandade foi rapidamente dilacerado por suas palavras ditas tão suavemente:

— Algumas almas nunca foram feitas para ser salvas. As pessoas podem acabar no caminho certo, mas impreterivelmente, irão desviar. É tudo o que elas sabem fazer. Não importa o quanto possam estar machucando outras pessoas, elas ainda se perdem. Honestamente, o sofrimento que elas causam nunca se comparará ao quanto infligem a si mesmas. — Ele ergueu a mão até o centro do peito e colocou a palma bem em cima do seu coração. Ele estava tentando conter o que quer que aquele lugar sensível dentro dele estava despejando.

Eu queria dizer a ele que, às vezes, a única maneira de se livrar de uma ferida infectada era abri-la e deixar todo o veneno sair. No entanto, eu era a única por perto, a única perto o suficiente para conter o sangramento. Eu já estava tendo dificuldades para bancar a sua babá – e isso fazia menos de vinte e quatro horas. Achei que não poderia bancar sua guia espiritual também.

Seguimos o resto do caminho para a casa em silêncio. Ele me ajudou a descarregar as compras, depois desapareceu no *deck* com aquele bloco de papel e os lápis de cor. Eu não fui atrás dele.

Cable me perguntou por que logo eu tive que ser a pessoa que tentou segurá-lo antes de se perder.

Eu morreria antes de dizer a ele que era mais do que seu vício que me interessava. Cable James McCaffrey me interessava de uma maneira que ninguém mais fazia... e, obviamente, eu odiava aquilo porque não conseguia mentir para mim mesma e dizer que ainda o odiava.

capítulo 6

CABLE

— Você conversou com alguém sobre aquela noite, Cable?

O psicanalista estava falando sobre a noite em que tudo mudou.

Ele estava falando sobre a noite que me transformou de um viciado em um assassino.

Estava falando sobre a noite da qual ninguém em Loveless jamais falava, então achei sua pergunta idiota porque ele já sabia a resposta. Talvez porque ele não fosse de lá, achou que conversar sobre aquela noite era uma opção. Talvez ele realmente acreditasse que falar sobre isso era algo que quisesse fazer.

Não era.

Mantive o olhar focado nas pontas dos meus tênis e fiquei em silêncio. Eu deveria me encontrar com o doutor Howard duas vezes por semana, enquanto estivesse em Port Aransas. Se voltasse para Loveless depois que meu verão perdido acabasse, ele transferiria meus cuidados para um terapeuta de lá. Alguém que provavelmente saberia todos os detalhes sangrentos daquela noite. Alguém que acreditava que eu era um caso. Alguém que olhava para mim e via um assassino.

Esta era a minha segunda consulta com o médico e a segunda vez que sentei em seu consultório, os olhos fixos no chão, sem acrescentar nada à conversa. Eu não precisava de um profissional para me dizer que estava fodido. Todas as manhãs, quando abria os olhos e me arrependia de ter outro dia, mais oportunidades de ferrar com tudo, sabia que algo estava errado comigo. Eu não deveria sentir que estava me afogando antes mesmo de o dia começar, mas era assim que me sentia. A cada manhã, respirar se tornava mais difícil. A cada minuto, o peso ficava maior e era mais difícil de me mover.

— E quanto à sua linda amiga loira que vem com você às suas consultas? Ela parece bastante interessada no seu bem-estar. Você já conversou com ela sobre alguma das emoções contra as quais pode estar lutando por causa daquela noite?

Fiquei tão surpreso por ele mencionar Affton que levantei a cabeça para olhar para ele. O psicanalista parecia mais um rato da praia do que um conselheiro para dependentes químicos. Ele vestia uma camisa havaiana berrante estampada com papagaios e palmeiras, e também usava um short cargo largo que estava puído na bainha, mas que combinava perfeitamente com os chinelos nos pés. Ele tinha várias pulseiras de tecido enroladas em seu pulso e óculos escuros da Oakley no topo da cabeça, como se estivesse esperando nosso encontro acabar para que pudesse ir à praia.

Eu me perguntei se ele achava que se vestir assim o tornava mais identificável. Pensei que isso o fazia parecer um personagem saído de algum filme adolescente sentimental onde ele era o único adulto legal, aquele em quem todas as crianças confiavam. Eu não estava acreditando naquilo.

— Reed? Ela não é minha amiga e não é antiético ou algo parecido para você notar que ela é bonita? — Foi a primeira frase completa que falei em nossas duas sessões, e vi suas sobrancelhas se contraírem em resposta.

— Reed? É um nome incomum para uma garota. — Tentei não demonstrar minha inquietação quando ele começou a rabiscar no bloco de papel à sua frente. Eu não conseguia imaginar o que diabos ele conseguiu tirar de mim falando sobre a loira chata.

— O nome dela é Affton; o sobrenome é Reed. Eu disse a você, não somos amigos, então eu normalmente só a chamo de Reed. — Era uma maneira de manter algum espaço entre nós enquanto estávamos morando na mesma casa durante o verão. Era uma maneira de me lembrar que não deveria notar todas as partes dela em que pensava quando estava sozinho.

— Ela veio em ambas as suas consultas e esperou pacientemente por você nas duas vezes. Ela também não parece afetada pelo seu humor nada animado.

Foi a minha vez de arquear uma sobrancelha para o médico.

— Você acabou de me chamar de idiota?

Ele riu e me deu um sorriso torto.

— Sou um médico profissional. Eu nunca faria isso.

Mas ele tinha feito isso, e estava certo. Eu estava menos que animado; esse era o problema. Cada dia estava mais sombrio do que o anterior.

— Nós estudamos juntos no ensino médio, então ela está familiarizada com minha falta de charme. A única razão pela qual está aqui é porque minha mãe a contratou para ficar de olho em mim durante o verão. Ela está se certificando de que eu realmente apareça nessas sessões. E para garantir que eu não desapareça depois delas. Reed é minha babá. — Não consegui esconder o ressentimento em meu tom.

O psicanalista se recostou na cadeira e apoiou um pé no joelho. Ele fez um barulho com a garganta e rabiscou um pouco mais no bloco à sua frente.

— Então, se a loira bonita não estivesse aqui, você estaria neste consultório, Cable? Você estaria fazendo o que precisa para manter sua liberdade?

Recostei-me na cadeira e cruzei as mãos sobre a barriga. A verdade era que provavelmente não. Eu não queria ninguém espiando dentro da minha cabeça. Era por isso que eu estava fazendo o meu melhor para evitar Affton.

Na última semana, passei meus dias na água e as noites enfurnado na sala de cinema assistindo a filmes antigos de terror. Eu levei algumas garotas para casa comigo, e estava certo ao dizer que ter Affton praticamente revistando-as antes que elas pudessem entrar pela porta era bem brochante. Mas não foi por isso que não pude ficar com nenhuma delas. Algo deu errado no meu cérebro assim que me deitei sobre seus corpos nus. Meu corpo estava mais do que disposto a se perder no conforto familiar da forma feminina, mas minha mente... estava a um milhão de quilômetros de distância e totalmente desinteressada na pele macia e nos lábios quentes que estavam disponíveis. Fiz o meu melhor para mandá-las embora com um sorriso sem molhar meu pau, mas não me senti bem com isso.

O esquecimento nunca estava ao alcance. Eu não conseguia descobrir o que havia de errado comigo... bem, o que havia de errado comigo agora. Eu sempre fui capaz de foder até ficar entorpecido. Era a última fuga que eu tinha, e agora parecia que aquela porta também estava fechada com firmeza na minha cara.

— Não. Honestamente, eu provavelmente teria aparecido na primeira sessão e depois não viria mais. Eu não quero estar aqui. — Na verdade, nunca quis estar em lugar nenhum.

— Você acha que é preferível voltar para a prisão e cumprir o resto da sua sentença do que passar algumas horas por semana comigo? — Ele fez minhas opções parecerem ridículas, e eu sabia que ele estava certo.

Suspirei e me inclinei para frente, apoiando os cotovelos nas coxas. Baixei o rosto em minhas mãos e esfreguei a testa.

— Não. Não quero voltar para a cadeia, mas também não quero falar sobre aquela noite.

— Não precisamos falar sobre aquela noite, Cable. Porém, minha opinião profissional é que você *deve* conversar sobre isso com alguém. Aconteceu. Você certamente sente alguma coisa em relação a esses eventos. Se não resolver esses sentimentos, vai voltar a se automedicar para lidar com o inevitável acúmulo emocional.

Bufei e abaixei as mãos para que pudesse olhar para ele.

— Eu estava usando muito antes daquela noite, doutor.

— Estou ciente disso. Então, podemos começar explicando por que você começou a usar. Ninguém acorda uma manhã e decide que quer ser um viciado em drogas. — Ele não disse "alguém como você" não decide se tornar um viciado. Ele disse que *ninguém* decide.

Soltei um suspiro e entrelacei os dedos, pressionando as palmas das mãos. A teia de aranha nos dorsos se flexionou e a viúva negra tatuada em meu pulso tensionou.

— Não consigo me lembrar de ter sido feliz. Eu sei que particularmente não tinha um motivo para não ser, mas não importava o que eu fazia, ou com quem eu fazia, nunca me sentia bem. Eu queria farra. Comecei a beber e ficar com garotas no meu primeiro ano. Meus pais nunca estiveram por perto, sabe? Quando eles estavam, era muita briga. Eles estavam tão focados em tornar um ao outro miserável que esqueceram que eu existia.

Balancei a cabeça, voltando no tempo de quando perdi o controle. No início, eu tinha certeza de que estava usando para me sentir melhor. Mas em algum momento, quando usava, me sentia pior do que nunca.

— Sempre foi fácil comprar e antes que eu percebesse o que estava acontecendo, eu precisava cada vez mais de tudo o que estava usando para afugentar a tristeza. Aquela falsa sensação de felicidade nunca durava muito, então comecei a usar mesmo quando não estava em festas. Eu estava sempre procurando algo que me fazia sentir bem, tentando encontrar uma maneira de me sentir bem. — Soltei uma risada seca e fechei os olhos. — Acho que no começo, honestamente acreditei que meus pais notariam, que alguém me perguntaria o que estava errado. Eles nunca notaram. — Não até que Affton apontou que eu estava me perdendo bem diante dos olhos deles.

— Você estava sofrendo e queria que alguém visse, para tentar tirar a dor. Isso é muito mais comum do que você pensa, Cable. — Ele se inclinou para frente e olhou fixamente para mim. — E uma vez que sua mãe ficou ciente do seu sofrimento, me parece que ela fez tudo ao seu alcance para ajudá-lo com isso. Ela providenciou o tratamento, ajudou você com seus problemas legais, fez de tudo para garantir que você não estragasse essa segunda chance que lhe foi dada. Você queria a atenção dela; e conseguiu, garoto.

A pontada de ressentimento que apertou minhas entranhas rangeu e rosnou quando pensei que sua intervenção havia sido tarde demais.

— Eu precisava da atenção dela quando poderia ter feito algo de bom.

Ele fez um ruído e rabiscou algo em seu caderno. Eu queria agarrar aquela coisa e jogar pela janela. Não gostava que minha turbulência interna pudesse ter sido reduzida a nada mais do que palavras rabiscadas em uma página. Parecia muito maior do que isso. Muito mais difícil de controlar.

— Você é um garoto esperto com hábitos bastante ruins, Cable. Acho que nós dois sabemos que, mesmo que tivesse a atenção da sua mãe, você ainda estaria em um caminho tortuoso. Ela pode ter forçado você a se tratar, mas não teria feito nenhum bem, a menos que você quisesse a ajuda. Aquela noite poderia não ter acontecido ou poderia ter tido resultados diferentes. Você já parou e pensou que poderia muito bem ser aquele com uma mãe e um pai de luto, em vez da jovem que estava com você naquela noite? Você pensa em como seria a vida em uma cadeira de rodas? Porque poderia ter sido você em vez do homem que estava no outro carro.

Suas palavras fizeram tudo ficar confuso e escuro.

De repente, eu estava lutando para respirar e me senti muito quente e muito frio ao mesmo tempo.

Eu podia ouvir meu sangue fluindo e ressoando em meus ouvidos, e podia sentir cada batida do meu coração. Parecia que havia um pé calçado com coturnos chutando meu peito.

Comecei a tremer quando todas aquelas imagens horríveis e sangrentas daquela noite começaram a aparecer na minha mente.

Havia muito sangue.

Eu podia sentir o cheiro do metal e ver o vermelho brilhante que se espalhou por toda parte.

Havia metal retorcido e vidro quebrado. Lembrei de ouvir o barulho e sentir os cacos de vidro na minha pele quando fui jogado para fora do veículo. Lembrei das luzes e sirenes, do xerife e dos paramédicos. Lembrei do saco para cadáveres e da sensação de ter um milhão de dedos apontados na minha direção enquanto estava quase inconsciente, os efeitos residuais de cocaína em meu sangue. Tudo estava tão errado, mas eu não podia contar a ninguém. Tudo o que pude fazer foi ficar ali, sangrando, quebrado e me perguntando se tudo que doía iria finalmente... finalmente parar de doer.

— Cable. Filho... ei, garoto, eu preciso que você respire.

Ouvi a voz do doutor de longe, quase como se ele estivesse falando em um túnel. Senti alguém agarrar meus ombros e me sacudir, mas eu estava tão perdido que era como se nada daquilo estivesse acontecendo comigo. Ouvi meu nome novamente e então o som da porta se abrindo. Um ruído soou em meus ouvidos tão alto quanto o rugido do oceano. Tudo dentro da minha cabeça estava lutando para superar cada pensamento frenético, um após o outro. Eu era uma bagunça confusa, e tudo que podia ver era sangue e corpos.

— Cable. — Era meu nome, apenas meu nome, mas foi dito naquela voz rouca com o sotaque sulista lento que eu tanto gostava. Ela disse que me odiava, mas havia preocupação em sua voz, e algo sobre isso me trouxe de volta ao presente. Consegui piscar até que suas sardas e olhos quase roxos entrassem em foco. Ela colocou a mão trêmula em minha bochecha e disse meu nome novamente: — Cable, você está bem?

Vagamente, percebi que estava de joelhos no chão. Eu estava curvado, com a cabeça apoiada nas mãos e chorando – ou pelo menos tinha lágrimas quentes e furiosas escorrendo dos meus olhos. Tomou cada grama de força que eu tinha para levantar a mão e envolver meus dedos ao redor do pulso de Affton. Seu pulso estava batendo forte contra o meu toque, e sua pele era suave como a seda.

Balancei a cabeça, devagar, para tentar colocar meus pensamentos em ordem.

Era exatamente por isso que eu não queria falar sobre aquela noite. Aquilo me destruiu, me quebrou. Acabou comigo.

— O que você fez com ele? Você não deveria estar o ajudando? — Affton parecia irritada, e tive que admitir que me deleitei com o fato de que ela estava irritada por mim em vez de comigo, pela primeira vez. Ela parecia linda quando estava irritada, e foi por isso que fiz o meu melhor para tentar conseguir essa reação dela. Agora, ela estava zangada por mim, e eu tinha certeza de que nunca tinha visto nenhuma garota tão bonita.

— Ataque de pânico. Eu não tinha ideia de que ele era propenso a isso. Não tem nenhum registro a respeito do assunto em sua documentação. É algo que acontece com frequência, Cable? Você está tomando algum tipo de medicamento para este tipo de episódio? — O psicanalista se curvou ao lado de Affton, que estava de joelhos na minha frente, a preocupação irradiando de cada linha de seu corpo.

Eu me agarrei a ela, como uma tábua de salvação. Ela era a única coisa que parecia sólida e real em toda a confusão e desordem que girava em meu cérebro.

— Estou bem. — Era mentira.

Eu obviamente não estava bem.

As sobrancelhas pálidas de Affton franziram em um V, e ela ergueu a outra mão para minha bochecha, segurando meu rosto. Distraidamente, ela usou a ponta do polegar para limpar as marcas úmidas no meu rosto. Se ao menos fosse tão fácil apagar as coisas que me dilaceravam repetidamente.

— Tem certeza? Você está tremendo e está no chão. Isso já aconteceu antes?

Tentei balançar a cabeça negativamente, mas tudo que consegui foi um movimento rígido.

— Não. Esta é a primeira vez.

Ela olhou por cima do ombro para o médico e mudou sua carranca para ele.

— O que você fez com ele?

O médico ficou de pé e inclinou a cabeça para o lado, me observando atentamente.

— Eu estava perguntando a ele sobre a noite do acidente. Eu disse a Cable que ele precisava falar sobre aquela noite, se não comigo, então com outra pessoa de confiança. Disse a ele que todas as suas emoções relacionadas a esse incidente encontrariam uma saída, de uma forma ou de outra.

Eu esperava que a simpatia no rosto de Affton diminuísse, mas isso não aconteceu. Sua boca franziu em desaprovação, e ela se afastou de mim para que pudesse ficar de pé. Ela estendeu a mão para mim, e egoísta que sou, a segurei e permiti que me ajudasse a levantar. Desde que tinha invadido meu espaço no início do verão, eu me encontrava me apoiando nessa garota, dando a ela o peso que não conseguia mais carregar sozinho. Ela me fez sentir mais leve do que nunca.

— Depois de duas sessões, você decidiu que ele estava pronto para isso? — Ela olhou feio para o psicanalista e bateu o meu quadril com o dela para me fazer avançar na direção da porta. — Já ouviu sobre a expressão "colocar a carroça na frente dos bois"?

O médico deu a ela um olhar estranho e pegou seu bloco e caneta descartados.

— Tenho a nítida impressão de que o senhor McCaffrey raramente é pressionado e está acostumado a fazer o que quer com muita frequência.

Não vou justificar meus métodos para uma adolescente, mas vou me desculpar por não perceber que um ataque de pânico pudesse ser uma opção. Não tinha todas as informações que deveria ter antes de iniciarmos o tratamento. — O médico me deu outro sorriso torto enquanto Affton praticamente me arrastava em direção à porta. — A boa notícia é que acho que você tem todas as ferramentas à sua disposição para fazer algumas melhorias sérias em sua vida, Cable. Vejo você na próxima semana.

Affton bateu a porta assim que passamos e me empurrou para fora do consultório em direção ao estacionamento. Seus ombros estavam rígidos e era óbvio que ela estava incrivelmente agitada quando nos aproximamos do seu carro velho e surrado. Eu odiava aquela coisa. Mas eu não tinha mais carteira de motorista ou carro e estava aprendendo que aqueles que não tinham nada não podiam escolher.

— Você está bem, Reed? Parece que você está pronta para arrancar a cabeça de alguém. — Eu ainda estava um pouco vacilante e instável, mas agora que as memórias haviam se retraído para a escuridão onde eu preferia que ficassem, eu poderia colocar alguns dos meus métodos usuais de desvio de atenção de volta à ativa.

Ela me olhou pelo canto do olho e eu praticamente pude ver a maneira como ela estava escolhendo deliberadamente as palavras para responder à minha pergunta.

Quando ela falou, sua voz estava mais baixa e rouca do que o normal:
— Você me assustou, Cable. Aquilo foi assustador. — Ela desviou o olhar do meu e se afastou de mim. — Quando aquele médico saiu do consultório e me disse que havia algo de errado com você, só consegui pensar no que aconteceu com minha mãe. Posso não aproveitar muito o tempo que tenho para passar com você, mas realmente não quero que você morra.

Ela parecia à beira das lágrimas, e uma onda de autoaversão me atingiu. Aquilo era difícil para ela.

Eu era difícil para ela... e estava propositalmente fazendo o meu pior para me tornar ainda mais difícil de lidar.

Pigarreei e passei as mãos rudemente pelo meu cabelo.
— Não se preocupe comigo, Reed. Eu não valho a pena.

Ela ergueu os olhos de volta para os meus, e desta vez ela era a única com lágrimas correndo sem controle sobre suas bochechas sardentas.
— Eu queria que isso fosse verdade, porque se fosse, este verão seria muito mais fácil.

Sua cabeça pálida desapareceu dentro do carro, me deixando revirando suas palavras na minha cabeça enquanto eu lentamente fazia o mesmo.

Antes da noite que mudou tudo, eu já estava lutando com qual seria o meu propósito a não ser ocupar espaço na luxuosa casa dos meus pais. Depois do acidente, fiquei convencido de que meu único propósito era sofrer e fazer os outros sofrerem ainda mais. Eu já estava ferido e machucado por dentro. Agora não conseguia respirar sem ser lembrado de que consegui machucar os outros infinitamente mais do que jamais me machuquei.

A dor era meu propósito; como Affton podia pensar que eu valia alguma coisa era algo que nunca entenderia... mas não havia como negar que eu estava extremamente grato por ela ter feito isso.

capítulo 7

AFFTON

Após o seu surto e minha admissão de que era aterrorizante vê-lo desmoronar – que era assustador ver a vulnerabilidade que ele escondia tão bem –, Cable manteve a distância ainda mais do que antes.

Ele normalmente já tinha saído quando eu me levantava pela manhã; um bilhete rabiscado às pressas me dizendo que estava no mar era a única dica de que ele ficaria fora durante a maior parte do dia.

No início, aquilo me irritou porque ele não deveria ficar fora da minha vista, mas até agora, todos os seus exames de drogas tinham dado resultado negativo e ele nunca apareceu em casa com os olhos turvos ou obviamente exausto. Todas as horas que ele passou no sol e na areia enquanto surfava o deixaram com uma aparência mais saudável e robusta do que eu jamais o tinha visto. O que eu estava feliz em relatar à sua mãe. Foi bom dar a ela um pouco de esperança de que havia redenção para o seu filho.

Ela ligava todos os dias para verificar e, ultimamente, eu não tinha nada novo para relatar. A mãe de Cable não precisava saber que o cabelo loiro dele agora tinha mechas quase tão brancas quanto as minhas. Ou que, se não estava passando o dia na água, ele se enfiava na sala de cinema ou se sentava à sombra do *deck* com seu bloco de desenho. Ele parecia estar a um milhão de quilômetros de distância. Eu nunca tinha passado tanto tempo perto de alguém que parecia tão fora de alcance. Era enervante e me vi tentando preencher aquele espaço cada vez maior entre nós.

Perguntei se ele queria companhia durante suas sessões de filmes sangrentos e não obtive resposta.

Perguntei se queria estudar para conseguir o diploma e fui descaradamente ignorada.

Sugeri que ele esperasse por mim uma manhã e pudesse me ensinar a surfar, e não fiquei surpresa quando me levantei e vi que ele havia sumido mais uma vez até o sol se pôr.

Eu estava morando com um fantasma muito atraente. Um que não podia ver, ouvir ou interagir comigo de forma alguma. Um que estava me assombrando. Quanto mais ele desaparecia dentro de si mesmo e se perdia dentro de sua própria cabeça, mais eu tentava segurá-lo, mas era como tentar agarrar fumaça com as mãos. Ele se afastava assim que o tocava.

Em um último esforço para descobrir uma maneira de tirá-lo do abismo em que se encontrava, comecei a bombardear Miglena com perguntas. A governanta era muito mais jovem e muito mais bonita do que eu esperava. A primeira vez que a encontrei na cozinha, pensei que fosse uma das mulheres que seguiam Cable da praia como se ele fosse o Flautista Mágico de sexo e satisfação. Eu iria expulsá-la e cair matando em cima do Cable por tê-la trazido às escondidas. Só fui entender quem ela era quando a mulher se ofereceu para fazer um omelete e me disse que não se importava de cozinhar para mim enquanto eu estivesse ali com Cable.

Ela parecia uma vilã supersexy de um filme de James Bond, com seu cabelo escuro e liso e pele branca claríssima. Ela também soava como uma, com o forte sotaque do leste europeu. Em nossas conversas, ela me disse que era originalmente da Bulgária e que trabalhava para os McCaffreys desde a adolescência. Ela era extremamente amigável, supertagarela e era óbvio que tinha um fraco por Cable.

Ela o satisfazia comprando todas as porcarias que eu me recusei a pegar para ele e nenhuma vez o repreendeu ou pareceu irritada com seus modos descuidados e desleixados. Eu não conseguia contar as vezes em que tropecei em seus sapatos esquecidos ou me vi pegando peças de roupa que ele havia deixado caídas ao acaso. O garoto parecia não conseguir manter uma camisa no corpo... não que eu estivesse realmente reclamando disso... e seus shorts molhados sempre ficavam pendurados no parapeito do *deck* ou em uma das cadeiras que rodeavam a bancada central da cozinha.

No começo, aquilo me incomodou, já que eu ainda estava com medo de tocar em qualquer coisa naquela casa excessivamente extravagante. Mas Miglena não parecia se alterar. Quando perguntei a ela sobre isso, ela me disse:

— Cable é um garoto querido. Ele sempre se esforçou para conseguir a atenção dos pais, mas eles nunca o notaram. Eu não me importo de limpar a bagunça dele. Isso faz com que ele saiba que alguém está cuidando dele.

Eu me perguntei se Cable sabia reconhecer o simples ato de alguém jogar suas roupas molhadas na máquina de lavar como cuidado, mostrando que ele não estava tão sozinho quanto pensava.

Foi uma tarde depois de um de seus exames aleatórios de drogas, que pareceu deixá-lo com um humor irracionalmente azedo, que cometi o erro de apontar que ele tinha pessoas do seu lado, mesmo que estivesse optando por ignorá-las.

Voltamos para casa depois de uma carona incrivelmente tensa e silenciosa, e eu o segui enquanto ele não apenas tirava a camisa, mas também os sapatos no meio da entrada. Ele estava passando as mãos pelo cabelo, em irritação, e cada linha de suas costas tatuadas estava tensa. Ele parecia um animal selvagem pronto para atacar, e eu deveria saber que era a única presa disponível quando peguei um de seus tênis e joguei nele. O sapato atingiu seu braço e caiu no chão com um baque. Eu imediatamente me arrependi das minhas ações quando ele se virou para mim, os olhos quase pretos brilhando com muitas emoções diferentes para nomear.

Engoli a súbita onda de medo que explodiu em minha língua e cruzei os braços sobre o peito porque estava inconscientemente tentando proteger meu coração.

— Você não vai morrer se levar isso com você ou deixá-los no canto da porta, sabia? — Eu não tinha certeza de que tipo de reação eu conseguiria dele, mas soube, no segundo em que joguei o sapato na sua direção, que conseguiria uma. O que quer que fosse, tinha que ser melhor do que o gelo profundo que ele estava me dando ultimamente.

Ele fez uma careta para mim e copiou minha pose, embora a sua tivesse uma aura ameaçadora bem definida.

— Por que você se importa? Miglena vai pegar e jogar em algum lugar.

Zombei dele, uma bravata que eu realmente não sentia, mas tornei minhas palavras afiadas:

— Miglena nem sempre estará por perto para cuidar de você. Em algum momento, você precisa começar a cuidar de si, Cable.

Fazia pouco mais de três semanas e até agora ele tinha ido a todas as suas consultas de aconselhamento e não faltou a nenhum de seus exames de drogas obrigatórios. No grande esquema das coisas, ele estava se saindo muito melhor do que eu pensava que estaria depois de encontrá-lo reprimido e irritado naquela primeira noite.

Ele era desleixado e sem consideração, mas estava cuidando de si mesmo melhor do que em Loveless. Eu deveria lhe dar créditos por isso, mas não iria. Em vez disso, estava cutucando-o de propósito, irritando-o incisivamente, porque odiava como era fácil para ele orbitar ao meu redor. Eu me acostumei com ele olhando para mim, e não conseguia suportá-lo olhando *através* de mim.

Cable olhou para o sapato caído e depois para mim. Um sorriso frio curvou seus lábios quando ele ergueu uma sobrancelha para mim. Foi um olhar desagradável, que me fez estremecer e recuar um passo.

— Miglena não vai a lugar nenhum — zombou e ergueu o queixo em desafio. — Ela trata todos os filhos do meu pai da mesma forma... até mesmo os dois com quem ele a deixou ficar, antes de começar a dormir com outra pessoa.

Arfei, assombrada, e isso fez seu sorriso se tornar mais sombrio. Eu era a única ansiosa por uma reação, mas sem qualquer esforço, ele estava tirando uma de mim. Ele sempre parecia estar em vantagem, o que não era justo. Ele era o ferrado. Teoricamente, eu tinha minhas coisas sob controle, tinha um plano e um propósito que nunca me falhavam. Eu não deveria estar lutando para acompanhá-lo o tempo todo. Deveria ser o contrário.

— Isso mesmo, Reed. Miglena não cuida apenas desta casa e de mim porque ela é adorável. Ela faz isso porque uma vez brincou de casinha com o meu pai. De todos aqueles filhos que ela tem, duas são minhas meias-irmãs. Irmãs que nunca conheci porque minha mãe dá dinheiro a ela para mantê-las afastadas. Irmãs que meu pai nunca reivindicou e nunca mencionou. Nem uma vez. Meu pai a engravidou quando ela ainda era imigrante ilegal no país. Prometeu a ela o sol e a lua até que uma distração mais jovem e bonita aparecesse. Ela fez o possível para provar que era uma esposa perfeita, o que incluía cuidar do pobre e imprevisível Cable. Ela é uma senhora legal, uma em uma longa fila que o meu pai fodeu, mas não pense, por um único segundo, que ela realmente dá a mínima para o meu bem-estar.

Abaixei as mãos e fiquei lá no corredor, encarando-o com minha boca aberta. Sempre achei que minha vida doméstica era trágica e complicada, mas não era nada parecida como a novela que acontecia na casa dos McCaffrey. Não me admirava que a mãe e o pai dele não tenham notado sua queda para o vício. Eles estavam muito ocupados fodendo outras pessoas e um ao outro para ter algum tempo para ajudar o filho. Tudo seria tão tragicamente evitável se alguém se desse ao trabalho de se esforçar.

— Você está errado. — Eu me mexi e dei um passo em sua direção para que pudesse pegar os dois sapatos descartados. — Ela pode ter segundas intenções, mas se preocupa com você. — Eu tinha certeza disso; sua voz suavizou quando falou sobre ele, e ela o observou com o mesmo tipo de preocupação vigilante que eu costumava fazer com ele. — Você torna tudo muito difícil, Cable, mas não pode impedir alguém de se preocupar com você. Não dá para impedir que alguém queira o melhor para você.

Soltei um grito assustado quando, de repente, ele estava de pé bem na minha frente, suas mãos ásperas em volta dos meus braços. Seus dedos apertaram enquanto ele me puxava na ponta dos pés, de modo que ficamos cara a cara. Seus olhos negros incendiaram os meus, e aqueles malditos sapatos que eram tão inconsequentes caíram no chão com um baque surdo enquanto seu olhar me paralisava de medo e fascinação.

Ele não parecia mais como fumaça.

Ele não estava mais orbitando ao meu redor.

Ele não estava alheio à minha presença. Se a maneira como respirava com dificuldade e rápido fosse qualquer indicação, minha presença estava finalmente o perturbando tanto quanto a dele me perturbava.

— Eu não posso impedir, mas posso avisar. Não se preocupe comigo, Reed. Não se preocupe com o que é melhor para mim. A única coisa que tenho a oferecer a alguém é decepção. Se eu começar a pegar meus sapatos e jogar minhas coisas na lavanderia, Miglena pode ter a impressão de que estou tentando. — Ele abaixou a cabeça até que sua testa tocou a minha. Sua pele estava quente e suas palavras cheiravam a cinzas e a desgosto. — Eu não estou tentando, Affton. Isso não é algo que eu faço.

Seus dedos se cravaram em meus braços e quase caí quando ele me soltou de repente e deu um passo para trás. Olhamos um para o outro, travando uma guerra que eu tinha quase certeza de que nenhum de nós jamais poderia vencer. Lutei para manter minha expressão em branco enquanto ele abria deliberadamente o botão de sua calça e puxava o jeans para baixo sobre seus quadris. Eu estava acostumada a vê-lo com os shorts largos que ele usava quando ia surfar, mas vê-lo em nada mais do que uma cueca boxer preta justa foi o suficiente para me fazer corar e engolir... em seco. Ele fez isso para ser irritante. Eu nunca diria a ele que, em vez disso, estava tentada.

Levantei a mão e afastei meu cabelo do rosto. Eu me abaixei para pegar seus sapatos e roupas. Quando me levantei, olhei para ele e lhe disse, sinceramente:

— Todo santo dia em que você não usa, você está tentando, Cable. Cada consulta que tem com o doutor Howard, você está tentando, e enquanto você tenta, mesmo se falhar, não é uma decepção. Isso é tudo que qualquer um pode esperar. — Minha mãe não se preocupou em tentar e isso levou a algo muito pior do que decepção.

Claramente cansado da conversa e do confronto, ele desapareceu dentro de casa e eu o ouvi abrindo a porta do *deck* dos fundos. Ele não estava brincando quando disse que amava o mar. Sempre que eu não conseguia encontrá-lo dentro de casa, ele estava lá fora em algum lugar, os pés na água, os olhos focados no horizonte, procurando algo em silêncio, esperando pacientemente por qualquer coisa.

Joguei suas roupas na lavanderia e coloquei seus sapatos do lado de fora da porta do quarto parcialmente aberta. Estive em seu quarto o suficiente procurando por qualquer tipo de esconderijo, e sabia que ele realmente tendia a manter seu espaço pessoal arrumado. Havia uma camiseta largada no chão, de vez em quando, e Cable sempre parecia ter infinitos maços de cigarros espalhados por todas as superfícies, mas ele não era porco, o que tornava o trabalho extra que deixava para Miglena ainda mais irritante.

Hoje, a boxer preta que ele estava usando antes também estava no chão já que havia se trocado com pressa. Eu não queria pensar na nudez de Cable, mas pensava... com mais frequência do que deveria. Ele estava obviamente fazendo aquilo para provar sua opinião, e isso me fez pensar se sua mãe estaria certa quando disse que ele poderia ter uma recaída só para se vingar dela. Ele parecia incapaz de fazer a escolha certa e com a intenção de ferir aqueles que queriam ajudar.

Eu ia fechar a porta quando o caderno espiral que sempre parecia estar com ele chamou minha atenção. Estava aberto sobre a cama, várias imagens coloridas desenhadas nas páginas antes simples. Sem pensar muito sobre isso, empurrei a porta e entrei no quarto. Estava bisbilhotando, mas considerando que regularmente vasculhava sua gaveta de cuecas à procura de drogas, não me incomodei em me sentir mal por isso.

Eu me sentei na beira da cama e puxei o caderno para o meu colo.

Por uma fração de segundo, parei de respirar.

Eu estava segurando o oceano e o sol em minhas mãos. As imagens no papel eram tão realistas que praticamente podia sentir a água na ponta dos dedos e o sol brilhando no meu rosto. Não parecia possível que o frio, distante e instável Cable pudesse capturar algo tão quente e real com nada mais do que alguns traços de um lápis colorido. Ele era extremamente talentoso. Incrivelmente talentoso, na verdade. A habilidade e a arte saltavam de cada página que folheei, e me atingiram com um soco de admiração.

Ele disse que não tinha nada em que estivesse interessado; fingiu que a única coisa que tinha a seu favor era sua boa aparência e sua habilidade de deixar as mulheres loucas de luxúria, mas isso era tudo mentira. O garoto tinha um dom... e ele nem parecia saber disso.

As páginas estavam cheias de imagens, desde paisagens deslumbrantes a coisas mais sombrias e pesadas. Crânios, demônios, dragões e a Morte, todos feitos em preto e cinza, e todos realistas o suficiente para me dar arrepios. Havia páginas cheias de flores e pássaros. Havia uma variedade de imagens de mulheres muito sexy e muito nuas que me fizeram corar. Em seguida, havia as páginas cobertas por mulheres em um monte de roupas diferentes e dramáticas. Havia uma enfermeira sexy, uma policial sexy, uma soldado sexy e uma sereia sexy. Elas eram todas feitas no estilo pin-up dos anos 1950, com seios grandes e cinturas superminúsculas. Ele não parecia ter uma preferência. As imagens que desenhou estavam por todo lado, mas eram todas incríveis e bonitas demais para ficar presas em um caderno de desenho barato do supermercado.

Soltei a respiração que estava segurando e me levantei. Fechei o caderno e saí do quarto na ponta dos pés. Embora conhecesse cada canto e recanto de seu espaço pessoal, quando olhei seus desenhos, me ocorreu que estava olhando para dentro *dele*, e parecia incrivelmente invasivo e íntimo. Sua escuridão estava presa naquelas páginas, mas também estava a luz que ele tanto tentava impedir de brilhar.

Caminhei pelo corredor e saí para o *deck* pela porta que Cable não se preocupou em fechar quando saiu mais cedo. Havia uma leve brisa soprando no ar com cheiro de sal, que imediatamente soprou no meu cabelo e o espalhou pelo meu rosto. Depois de ter refletido e discutido comigo mesma, percebi que Cable estava de fato na água e não estava sozinho.

Eles estavam muito longe para que eu pudesse ver como era a garota em sua companhia, na água, mas não havia como errar: ela tinha curvas generosas e que mal eram contidas por um biquíni azul-petróleo minúsculo. Os seios quase saltando para fora também estavam pressionados contra o peito bronzeado e tonificado de Cable enquanto ela gritava e gemia alto o suficiente para fazer meus ouvidos zumbirem quando onda após onda se quebrava sobre eles. Cable não estava sorrindo. Ele não estava fazendo muita coisa enquanto a garota praticamente subia em cima dele. Suas mãos estavam na cintura dela, mas seus olhos estavam focados em algo – ou melhor, em alguém – sobre sua cabeça.

Esse alguém era eu.

Eu odiava que o ciúme me deixasse tensa, que meu estômago revirasse quando a garota ria desagradavelmente e eu podia ouvir através do vento. Eu odiava que ele me observasse, que instintivamente soubesse que vê-lo com ela me incomodava, e Cable a estava usando apenas para me irritar. Ele não precisava se preocupar. Ele já estava me afetando. Era a outra parte de mim que estava preocupada sobre a pessoa com quem ele estava na água.

E odiava que isso me fizesse perceber que estava tão longe de odiar Cable que não tinha certeza de como cheguei aqui, ou se algum dia seria capaz de encontrar o caminho de volta.

Entrei quando ele começou a abaixar a cabeça em direção à garota de biquíni, odiando que estivesse se desperdiçando nela... e odiando que eu me importasse com aquilo. Eu me perdi na familiaridade de tudo isso, entendendo aqueles sentimentos e com medo daqueles que ainda estavam por perto depois de ver todo o brilho escondido nas profundezas da sua escuridão sem fim.

capítulo 8

CABLE

Eu sabia que eu era uma bagunça total.

Desequilibrado e à beira do precipício de me tornar alguém que estava além de qualquer tipo de redenção. Eu oscilava à beira de fazer escolhas erradas a cada momento em que estava acordado, mas de algum jeito, de alguma forma, sempre conseguia me impedir de cair completamente. Foi a expressão nos olhos de Affton, quando saí do meu surto épico, que me fez manter um pé na linha e outro atrás. Havia uma preocupação genuína por mim naqueles lindos olhos quase roxos. Também havia preocupação e desejo, que ela tentou esconder naquele olhar. Affton tentou me odiar, mas ela era uma pessoa muito boa, muito compassiva e empática para seguir em frente com essas emoções. Ela se importava, e isso me assustou pra caralho.

Eu não tinha ideia do que fazer com esses novos sentimentos. Eu tinha certeza de que não queria que ela se importasse comigo e não tinha ideia de como navegar pela compaixão genuína e sincera. Eu era inexperiente em lidar com emoções que não eram alavancadas ou manipuladas. Estava inquieto e extremamente consciente de sua presença.

Cada vez que ela respirava, eu jurava que podia ouvir.

Cada vez que ela piscava, aqueles olhos viam muito e testemunhavam enquanto eu me abaixava e me esquivava dela. Eu os vi adquirirem um profundo tom de azul, escurecendo como um hematoma enquanto ela tentava esconder que a forma como eu tentava evitá-la a machucava.

Cada vez que a evitava e a ignorava, jurava que podia sentir o modo como seu sangue fervia e sua irritação a aquecia da cabeça aos pés. Eu ficava duro com a maneira como seu rosto corava em um tom rosado bonito quando a irritava, mas não iria desviar do meu caminho para dizer isso a ela. Eu não iria desviar do meu caminho para dizer nada a ela.

Quando abri meus olhos e a vi de joelhos na minha frente, suas mãos segurando meu rosto enquanto as memórias daquela noite me quebravam e destroçavam o que restava da minha alma, tudo que queria fazer era me apoiar nela. Affton sempre pareceu tão forte, tão estável e inabalável. Ela estava à deriva, e me perguntei se eu conseguiria chegar nela, se ela seria capaz de me impedir de afundar. Mas então, ela me disse que era impossível não se preocupar comigo e tudo o que pude ver era a mim mesmo, puxando-a para baixo, afogando-a. Era o que eu fazia. O pensamento de todo aquele cabelo loiro platinado, e aqueles olhos fantásticos ficando em branco, enquanto ela afundava comigo no fundo do oceano de desespero e decepção foi o suficiente para me fazer agir ainda mais como o idiota que eu já era.

Achei que ela daria atenção aos sinais, mas subestimei sua necessidade de salvar o impossível. Ela dançou ao redor de todos os obstáculos que joguei na sua direção como uma maldita bailarina. Ela pressionou tanto quanto eu, e por mais que quisesse fingir que poderia passar o verão vivendo minha vida ao redor dela apenas para irritá-la, rapidamente ficou claro que minha vida estava se tornando ela, e isso era incrivelmente opressor.

Então, eu fiz o que sempre fiz e estraguei tudo. Ou, pelo menos, tentei.

Eu fui rude com ela.

Eu ficava fora das suas vistas quase todos os dias.

Fui desagradável com Miglena sem motivo.

Recusei-me a conversar com o doutor Howard durante nossas sessões e desisti da ideia de estudar para conseguir o meu diploma do ensino médio.

Não tive uma recaída, mas pensei a respeito. Eu sabia que era a única maneira infalível de afastar Affton Reed, mas não consegui. Eu estava tentado. Cada segundo de cada dia eu ficava tentado, mas não queria ver a expressão em seu rosto quando eu falhasse em um dos meus exames de drogas.

A verdade era que eu realmente não queria acabar atrás das grades. Ter a liberdade de entrar na água quando quisesse, a liberdade de falar com quem quisesse, de brincar e foder com quem me chamasse a atenção... bem, esses eram luxos que não queria nunca mais ficar sem. Não que houvesse muita merda acontecendo. Era apenas mais um aspecto do meu mundo que Affton havia afetado. Meu corpo estava disposto, mas minha mente, a maldita traidora, ainda se voltava para a garota errada e não importava o quanto eu implorasse, meus pensamentos nunca cediam. Não havia como fingir que uma morena peituda era Affton. Não havia como enganar minha imaginação em pensar que uma loira de olhos verdes daria para o gasto quando tudo que eu conseguia pensar era em olhos de lavanda.

E por falar naqueles olhos inesquecíveis, eles me observaram assim que entrei em casa vindo do *deck*. Eu estava molhado e cheio de areia de ver o sol se pôr sobre a água enquanto fumava e contemplava como deveria manter a distância entre nós, quando tudo que eu realmente queria fazer era chegar o mais perto possível dela.

Affton estava com um vestido de verão branco que mostrava seu bronzeado dourado, e seu cabelo claro estava preso no topo da cabeça em um coque bagunçado. Ela poderia ser a garota-propaganda da doce e sedutora inocência. Naquele momento, eu senti cada sentimento proibido que ela despertou em mim, rugindo e uivando em meu sangue. Ela era tão iluminada e limpa. Eu queria arrastá-la para o meu nível. Sujá-la e mostrar o quanto poderíamos nos divertir no escuro. Ela brilharia ali, o único ponto de luz permitido naquele lugar sombrio.

Ela me olhou, e observei o jeito como corou. Passei a mão sobre meu cabelo úmido e a baixei pelo meu peito. Seus olhos seguiram o movimento enquanto a ponta da sua língua apareceu para umedecer seu lábio inferior. Eu fiz aquilo para que ela reagisse, mas odiava que sua reação sempre causasse outra em mim. Havia muito pouco que o tecido molhado do meu short pudesse fazer para esconder a forma como meu corpo se retesava e endurecia sempre que ela respondia. Affton levou a mão à garganta e ergueu os olhos para os meus. Sim, ela queria me odiar, e realmente a incomodava que não odiasse. Isso a deixava nervosa e inquieta por eu ter conseguido aquilo. Aquilo me deixou ainda mais duro.

— O que você estava fazendo lá por tanto tempo? — Eu sabia que ela pretendia parecer autoritária, mas pude ouvir a hesitação em seu tom. Ela odiava quando eu desaparecia. Odiava ainda mais quando eu reaparecia com um corpo quente à reboque que não fosse o dela. Ela tentou disfarçar a maneira como meus casos a irritavam. Por mais tempo que passava olhando para ela, eu podia ver através de sua fachada. Ela pensava que era feita de ferro e aço, mas suas barreiras eram claras como vidro e provavelmente tão frágeis quanto.

Coloquei as mãos em meus quadris e seu olhar imediatamente foi para a minha cintura. Eu a vi engolir em seco e reprimi um sorriso quando ela se virou e caminhou em direção à cozinha, seus pés descalços batendo ruidosamente no piso de mármore. Segui atrás dela, meus olhos focados no balanço suave de seus quadris naquele vestido branco. Ela deveria ser a garota indiferente, não pura tentação e sedução sensual. Ela teria aqueles universitários clamando para descobrir se ela tinha um gosto tão doce quanto parecia ter. Minha boca já estava salivando.

O pensamento me fez franzir a testa enquanto nos aproximávamos da ampla bancada central da cozinha. Ela cruzou os braços sobre o peito, o que só serviu para empurrar seus belos peitos para cima e deixá-los mais pressionados contra o tecido de algodão. Meu cérebro entrou em curto-circuito enquanto eu tentava determinar se ela estava usando sutiã ou não. Apoiei as mãos em cada lado do balcão e me inclinei para frente.

— Eu estava pensando.

Ela ficou surpresa por eu ter respondido.

— Pensando em quê?

Eu estava pensando em todo o tempo que perdi e em todas as oportunidades que deixei escapar; em todo o sexo que não estava fazendo e em todo o sexo que queria fazer com ela. Estava pensando em finalmente atender o telefone quando minha mãe desse o aval e perguntasse à Miglena se eu poderia conhecer minhas irmãs. Estava pensando em desenhá-la, seu rosto, seus olhos, sua boca, e isso me levou a pensar *por que* eu estava pensando todas essas coisas.

Empurrei a borda do balcão, o que fez os músculos dos meus braços ondularem e flexionarem a tatuagem no meu ombro. Ela observou, mas seus olhos estavam cautelosos porque ela sabia que eu a estava levando a algum lugar que ela não queria ir.

— Eu estava pensando em você.

Com a confissão, seus olhos se estreitaram e seus ombros ficaram tensos. Observei seu peito arfar e jurei que podia ver seu pulso palpitar na base do seu pescoço.

— Você tem me ignorado, e quando se incomoda em me notar, você escolhe brigar. Você não me quer aqui mais do que eu quero estar aqui. Você deixou isso bem claro.

— Eu não quero ninguém aqui, Reed. Você não é especial. — Eu estava mentindo descaradamente. Ela era mais do que especial, era extraordinária; o que me fez sentir ainda mais indigno e inferior do que normalmente já me sentia.

Deixei meus olhos pairarem sobre ela e dei um sorriso malicioso.

— Com esse vestido, você está parecendo com algum tipo de virgem prestes a ser lançada em um vulcão em erupção, para algum sacrifício.

Ela se abraçou com mais força e seu rubor se tornou ainda mais intenso. Algo quente e faminto pulsou no centro do meu peito quando ela desviou o olhar e retrucou:

— O único deus zangado que quero apaziguar é aquele que está diante de mim. Podemos estabelecer uma trégua, Cable? O que quer que estejamos fazendo é exaustivo e não muito divertido.

Normalmente, a única coisa que eu tinha para oferecer ao sexo oposto era um bom momento e muita diversão. Nada mais era típico, especialmente quando se tratava dela.

— Você está me chamando de deus, Reed?

Affton revirou os olhos com tanta força que eu tinha certeza de que ela podia ver a parte de trás de seu crânio, e soltou um pequeno bufo.

— O seu ego definitivamente é do tamanho do universo.

Sorri para ela e levantei uma sobrancelha.

— Então, você é?

Ela descruzou os braços e ergueu as mãos, exasperada.

— Eu sou o quê?

— A virgem do sacrifício. Minha mãe não pensaria duas vezes antes de derramar um pouco de sangue inocente para alcançar o resultado que quer. — Affton estava me encarando com tanta intensidade que fiquei surpreso que o impacto de seu olhar não tenha deixado marcas.

— Não consigo entender como isso é da sua conta. — Ela estava desconfortável. Affton sempre ficava inquieta quando eu tocava no assunto sexo, então eu fazia muito isso porque era divertido vê-la daquele jeito desconcertado.

— Nós estudamos juntos, lembra? — Bufei. — Acho que teria se espalhado se alguém conseguisse derreter todo esse gelo que a cerca. Os caras falavam sobre isso o tempo todo. O rumor era que qualquer pessoa que chegasse perto o suficiente iria precisar de um maçarico para chegar à mercadoria.

Seus olhos escureceram para aquele tom roxo-azulado. Esses olhos mostraram toda a mágoa que causei. Eu só estava dificultando a vida dela, tentando irritá-la, mas ela olhou para mim como se eu a tivesse traído.

Sua coluna se enrijeceu de forma que ela ficou reta como uma flecha, mas vi seu lábio inferior tremer. Senti aquele pequeno tremor por todo o meu corpo. Nunca precisei de muita ajuda para me sentir um merda, mas ver essa garota que parecia inquebrável, visivelmente se conter na minha frente por causa do que eu disse, me atingiu como um golpe dos mais baixos... e eu estive na prisão. Também fui responsável pela morte de uma pessoa e mudei para sempre a vida de outra.

— Affton...

Ela ergueu a mão quando comecei um pedido de desculpas estranho e desajeitado. Ela não queria ouvir, e eu não poderia culpá-la por isso.

— Eu não sei por que algum daqueles garotos diria algo sobre mim. Tudo o que eu queria fazer era me formar e sair de Loveless. Nunca incomodei ninguém... exceto você. — Ela riu, mas era uma risada rouca e desprovida de humor. — Eu me arrependi de cada segundo desde então. Se apenas tivesse ficado quieta, não estaria aqui, e você estaria... bem, não sei onde você estaria, mas seria muito, muito longe de mim.

Ela se afastou da bancada e saiu da cozinha. Chamei seu nome novamente e ela parou com relutância. Ela olhou para mim por cima do ombro e pude ver que finalmente encontrei uma maneira de torná-la tão vulnerável quanto eu.

— Homens conversam entre si. Quando você tem essa aparência e ignora a todos, eles falam ainda mais.

Suas sobrancelhas se ergueram.

— Você me disse que eu precisava me preocupar mais comigo mesma e com a minha aparência, então o que você quer dizer com "a aparência que eu tenho"?

Merda. Claro, ela se lembraria daquela conversa quando me confrontou pela primeira vez. Eu me virei, então estava de frente para ela e encolhi os ombros.

— Eu menti.

Ela estremeceu um pouco com a admissão, mas manteve os olhos fixos nos meus.

— Eu sou um mentiroso. Isso não deveria surpreender você. A maioria dos viciados é. Menti sobre você precisar mudar algo na sua aparência para ficar mais gostosa. Você é de tirar o fôlego sem nem tentar, Reed. E isso é uma coisa realmente irritante.

Ela piscou para mim algumas vezes sem dizer uma palavra. Eu não sabia se havia suavizado as coisas ou não, mas então ela me disse:

— Eu namorei Hayes Lawton por um tempo. Ele era fofo, inteligente e eu confiava nele.

— Ele é filho do xerife. — Eu conhecia Hayes. Ele era exatamente o oposto de tudo o que eu era. O cara era um aluno nota dez; era o capitão do time de futebol e um cara genuinamente bom. Ele nunca falou sobre Affton ou qualquer outra garota, aliás. Ele nunca se meteu em problemas e, claro, se Affton ia ceder, seria com alguém que era tão idealista e motivado quanto ela. Ela estava em seu próprio nível, mas Hayes Lawton estava quase tão alto quanto ela. De repente, era eu quem me sentia ferido por minhas palavras.

— Sim. Ele também foi o único cara em Loveless com quem considerei fazer sexo, mas nunca fui tão longe. Ele conheceu outra pessoa. Alguém que precisava dele muito mais do que eu, então, sim, Cable, eu sou a virgem do sacrifício. Você está feliz agora?

Inclinei a cabeça para trás de modo que agora estava encarando o teto. Não, eu não estava feliz. Foi assim que toda essa confusão começou um milhão de anos atrás.

— Na verdade, não. Eu não durmo com virgens. É praticamente a única regra que sigo. — Qualquer uma merecia algo melhor do que o que eu tinha a oferecer para a primeira vez. Eu não era paciente e gentil, nem suave ou delicado. Eu não era o tipo de memória que qualquer garota queria para algo que deveria ser um grande momento. Nunca quis ser o primeiro ou o último de ninguém. Eu só queria ser um momento em que elas pensassem com carinho e um sorriso.

Estava lhe dizendo que ela estava fora dos limites, não que eu já tivesse uma chance de conseguir algo com ela. Surpreendentemente, eu não queria um pedaço. Eu queria a coisa toda. Tudo dela, e foi por isso que a afastei. Eu não merecia uma pessoa tão boa quanto Affton, e mesmo a parte gananciosa e egoísta de mim, que gostava de saber que ela não era tão imune, sabia disso.

Ela balançou a cabeça e voltou para o corredor.

— Tudo bem, porque eu nunca dormiria com um viciado... em recuperação ou não.

Ai. Isso doeu, exatamente como ela pretendia.

— Amanhã estou pronto para sentar por algumas horas e começar a estudar para conseguir o meu diploma. — Era o máximo de trégua que pude oferecer.

Foi a vez de ela encolher os ombros e o fez sem olhar para mim.

— Acho que vou esperar para ver qual Cable terei amanhã. Aprendi que há um monte deles se escondendo na escuridão e alguns são mais fáceis de lidar do que outros. Agora mesmo, estou sentindo falta do Cable que fingiu que eu não existia. Ele era desagradável, mas não era mau.

Ela desapareceu no corredor e eu a observei ir até que estivesse fora de vista. Ela estava certa ao dizer que havia um monte de versões diferentes minhas disputando o controle. Havia o eu, que queria ser imprudente e selvagem, aquele que ficava bêbado e ficava com garotas bonitas de biquíni. Era esse que me assustava. Aquele que não pôde falar sobre a noite em que as coisas mudaram, nem encarar o fato de que a vida nunca mais seria a mesma por causa de suas escolhas. Havia o eu ressentido, que ainda estava chateado porque foi preciso um acidente e espalhar sangue inocente para chamar a atenção dos meus pais. Havia o eu perdido, que não conseguia descobrir o que viria a seguir. Ele era o que mais estava por perto. Foi ele quem afastou Affton porque não conseguia descobrir como ela se encaixava em seu novo mundo, mas sabia que realmente queria encontrar um lugar para ela nele.

Se Affton fosse tão inteligente quanto eu pensava que era, ela estaria preparada para as diferentes versões do Cable que a desejavam. Porque cada parte de mim a queria, mesmo as partes que nós dois sabíamos que seriam um inferno.

capítulo 9

AFFTON

Não era que eu tivesse medo de sexo ou até mesmo desinteresse por isso. A verdade era que estava tão curiosa e confusa sobre todos os toques íntimos entre duas pessoas quanto qualquer garota da minha idade. Bem, qualquer garota da minha idade que já não tivesse pulado daquela ponte uma ou duas vezes. Eu era a última a ficar de pé e, quanto mais velha ficava, mais solitário ficava o meu lugar naquela ponte.

Havia muitas outras coisas que ocuparam meu tempo e minha atenção quando estava na escola para que sexo estivesse em pauta na minha agenda. Eu não era o tipo de garota que poderia ficar nua e dormir com alguém casualmente. Eu era muito intensa para isso. Era muito cuidadosa com meu tempo e afeição para distribuí-los a quem me oferecesse um bom momento. É por isso que Hayes foi a única pessoa com quem considerei transar.

Ele era adorável de um jeito grande e forte; era muito bonito com seu cabelo escuro e olhos verdes-claros. Eu gostava do fato de ele ter uma fala calma e atenciosa, um coração bom e honra que se estendia por quilômetros. Seu pai era o xerife e ele levava muito a sério a responsabilidade de ser o filho do xerife. Ele também era teimoso e determinado. Hayes me convidou para sair pelo menos cinco vezes antes de eu finalmente ceder e concordar em ir a um encontro com ele.

Tudo sobre ele havia me atraído, a não ser pelo fato de ele ser um garoto da cidade por completo. Eu disse a ele que iria embora e, assim que partisse, só voltaria para ver meu pai. Hayes apenas sorriu e me disse que não havia mal nenhum em passar um tempo juntos antes de eu ir embora. Eu acreditei em Hayes quando ele disse que não tinha intenção de me segurar em Loveless e, eventualmente, confiei nele o suficiente para entreter a ideia de fazer sexo com ele. Ninguém queria ir para a faculdade sem experiência e ingênuo. Ninguém queria ser a garota que não sabia nada sobre sexo e sedução quando finalmente estivesse sozinha e livre para experimentar tudo o que a vida tinha a oferecer sem o olhar vigilante de um pai a impedindo.

Infelizmente, as coisas nunca foram tão longe com Hayes. Acontece que ele era tão fanático por uma causa perdida quanto eu, e quando uma nova garota apareceu na escola, toda no estilo punk rock, não demorou muito para que sua atenção e seu afeto mudassem seu foco para ela. Eu não me ressenti quando terminamos, fiquei apenas aliviada por não ter dormido com ele. No segundo seguinte, voltei a me concentrar na escola, na preparação para a faculdade, passando meu tempo com Jordan e cuidando do meu pai. Agora pensando, também houve horas de muitas dúvidas e preocupações com Cable. Ele sempre ocupava espaço na minha mente e me distraía, mesmo quando estava preso.

Com Cable, senti mais do que indiferença quando ele se afastou e me levou a um ponto sem volta. Ele me fez queimar. Senti o familiar calor ardente da raiva, mas também havia um calor ardente de outra coisa que pairava sob a superfície. Eu nunca tinha estado tão ciente de outra pessoa antes. Eu jurava que tinha memorizado cada linha do seu corpo longilíneo e magro, e poderia dizer qual era o seu humor por nada mais do que a mudança na cor de seus olhos.

Estar perto dele também me deixava hiperconsciente do meu próprio corpo e da maneira como ele respondia à sua proximidade. Eu estava constantemente tentando disfarçar a forma como meus mamilos se endureciam ao redor dele. Eu ficava continuamente perplexa com a forte pulsação entre minhas pernas e como meu sangue corria para todas as partes mais sensíveis do meu corpo quando ele me olhava com aqueles olhos pretos, ainda mais escuros de desejo. Eu estava atraída por ele, apesar de saber a confusão que ele era, apesar do inevitável desastre que qualquer tipo de envolvimento com ele iria resultar. Estava caída por ele, mesmo quando tornava quase impossível sequer gostar dele, e estava preocupada com ele quando ele deixava bem claro que não queria que eu me preocupasse.

Ele estava confuso.

Eu ficava perplexa pela maneira como ele me fazia sentir.

E era aterrorizante como eu reagia a ele.

Nunca me senti tão fora de controle, e desprezei cada segundo disso. Tudo que eu queria fazer era me esconder no quarto de hóspedes chique com as cobertas sobre a minha cabeça e minha sanidade intacta, mas não tive nenhum tipo de descanso depois de uma noite sem dormir.

Naquela noite, fiquei me perguntando como surgiu a regra *"eu não durmo com virgens"* de Cable, porque assim que o sol nasceu, ele estava batendo na porta, entrando no meu quarto sem avisar. Ele se sentou na beirada da minha cama ignorando meu gemido, seu peso tornando impossível puxar as cobertas até o meu queixo.

Ele tinha uma tigela de cereal nas mãos e um sorriso malicioso no rosto enquanto me observava lutar para entender por que ele estava invadindo meu espaço tão cedo; inferno, por que ele estava no meu espaço, quando ele tinha feito o seu melhor em me mandar pra cá correndo ontem à noite.

— Você quer entrar na água comigo esta manhã? — Enfiou a colher na boca e ergueu as sobrancelhas para mim. — Você nunca sabe quando serei chamado para um exame de urina, então não há tempo a perder.

Gemi de novo e esfreguei meus olhos cansados.

— Do que você está falando?

— Surfar. Você quer vir comigo esta manhã? — Cable parecia tão razoável e normal. Não confiei nele por um segundo.

— Por que você quer me levar para surfar? Todos os dias, por semanas, você desaparece antes de eu acordar e de repente está desejando companhia? Eu já pedi uma vez para me ensinar a surfar, e você me ignorou. — Soei mal-humorada e grossa. Tudo o que ele fez foi sorrir ainda mais com o meu tom irritado.

— Você vai me ajudar a conseguir meu diploma. Achei que poderia ajudá-la a aprender a fazer algo. Talvez ensine como fazer algo divertido, já que você parece ter alergia a isso.

Eu queria arrancar a colher da sua mão e bater com ela na sua testa.

— Não sou alérgica à diversão. Simplesmente não houve muitas oportunidades neste verão.

— Vou lhe dar razão por isso. Eu também não gostaria de ser responsável por mim, mas e antes deste verão, Reed? Fomos para o ensino médio juntos, lembra? Eu sei que você nunca nem chegou perto de nenhuma das festas. Você nunca apareceu em nenhum dos eventos da escola; mal interagiu com alguém. Quando você se divertiu? — Ele parecia genuinamente curioso, mas cada vez que eu lhe dava um pouquinho de mim, ele acabava pegando muito mais.

— Nem todos nós temos pais que são donos de uma cidade inteira, Cable. Alguns de nós nem mesmo têm pais... às vezes apenas um pai solteiro e trabalhador que faz o possível para colocar comida na mesa e manter as luzes acesas. Não há muito tempo para se divertir quando você tem que pagar suas próprias contas. — Eu tinha certeza de que, se desse um único passo fora da linha, se me desviasse, mesmo que ligeiramente, do caminho que estabeleci para mim, tudo acabaria desmoronando ao meu redor. Eu não tinha tempo para falhar. Não tinha confiança para me levantar se caísse... então, nunca vacilei e nunca divaguei. Pelo menos não tinha feito isso até este garoto e todos os seus modos trágicos e atormentados me levarem em uma espiral.

Ele deu um pequeno grunhido e se levantou. Seu olhar foi do meu cabelo bagunçado para onde as cobertas estavam enroladas na minha cintura. Seus olhos mudaram para um castanho-escuro que era quase preto quando ele deu de ombros.

— Justo. Nunca tive que lutar para encontrar tempo para me divertir. O convite está aberto se você quiser se juntar a mim. Estou saindo em dez minutos.

Ele deixou a porta aberta quando saiu do quarto, e eu podia ouvi-lo na cozinha, lavando a tigela. Eu não tinha certeza de qual versão de Cable era, mas se ele estava disposto a me dar a trégua que pedi, então eu queria mantê-lo por perto enquanto pudesse. Achei que não me mataria passar a manhã com ele na água. Afinal de contas, eu estava em uma cidade litorânea e ainda não tinha tido um único momento que fosse de descanso ou relaxamento. Não houve férias nestas férias de verão.

Afastei as cobertas, corri para escovar os dentes e passei um pente no cabelo. Prendi os cachos claros em um rabo de cavalo alto e procurei freneticamente em minha mala pelo único biquíni que trouxe comigo. Era de uma estampa floral, decote frente única e uma calcinha comportada. Era muito mais modesto do que o biquíni verde-azulado que a garota com quem Cable estava se divertindo no mar, alguns dias atrás, estava usando, mas eu ainda me sentia desconfortavelmente exposta quando coloquei um short e meus tênis antes de ir para o corredor. Eu o alcancei quando ele estava abrindo as portas de vidro.

Cable me deu uma olhada e inclinou a cabeça em direção ao *deck* onde havia duas pranchas de surfe. A dele era preta e branca. Era uma visão familiar encostada na grade, mas a outra era azul-bebê e parecia nova.

— Você já fez isso antes? — Ele enfiou um cigarro na boca e olhou para mim através da chama do isqueiro enquanto me fazia a pergunta.

Acenei em negativa e coloquei os óculos de sol baratos que tinha comprado em um posto de gasolina.

— Não. Não sou o tipo de pessoa que tem casa de veraneio na praia.

A única razão pela qual sei nadar é porque minha mãe se mudou para um complexo de apartamentos de merda, com piscina, quando ela e meu pai se separaram, e meu pai insistiu em me dar aulas. — Ele insistiu porque sabia que minha mãe nunca ficava de olho em mim e estava preocupado com que eu me perdesse e acabasse caindo na piscina.

Cable colocou os óculos escuros obviamente caros e soltou uma nuvem de fumaça que me fez franzir o nariz em desgosto.

— Você não fala muito sobre sua mãe.

Dei de ombros e peguei a prancha azul quando ele a entregou para mim.

— Dói falar sobre ela. — Por estar tão perto, eu o senti enrijecer quando percebeu o quanto me custou enfrentá-lo naquele dia em seu carro.

— Eu sei tudo sobre isso. Ter algo que dói quando se precisa falar no assunto. — Eu ainda podia vê-lo de joelhos, tremendo e perdido no consultório do terapeuta. Aquela noite não apenas o machucava quando ele falou sobre ela; aquilo o destruiu.

Eu o segui, descendo os degraus do *deck* para a praia, a areia imediatamente grudando em meus tênis. Ele riu quando resmunguei e me inclinei para tirá-los. Olhei para ele por cima dos meus óculos de sol e disse:

— Seu psicanalista acha que ajudaria se você realmente falasse sobre aquela noite. Lidar com as consequências sozinho não está fazendo nenhum bem.

Chegamos mais perto da água e ele largou a prancha na areia, indicando que eu deveria fazer o mesmo. Ele colocou as mãos nos quadris e seu cigarro saltou contra seus lábios quando me perguntou categoricamente:

— Com quem você falou sobre sua mãe?

Imitei sua pose e virei a cabeça para que pudesse olhar para o mar.

— Ninguém. Isso deixou meu pai chateado, e dizer a seus amigos que sua mãe era uma drogada que teve uma overdose não é exatamente fácil. Minha melhor amiga, Jordan, sabe o básico, mas nunca disse a ela o quão ruim era ou o quanto doeu cada vez que minha mãe saía mais cedo da reabilitação e voltava a usar. Esse não é exatamente um assunto que você menciona enquanto estuda para as provas finais ou conversa sobre o baile.

Ele fez um ruído de compreensão com a garganta e tirou o cigarro da boca para poder jogá-lo na água.

— É assim que me sinto sobre tudo o que aconteceu naquela noite. Não é uma conversa que quero ter com ninguém. Falar sobre isso, repassar todos os detalhes, não vai mudar nada. Alguém ainda vai estar morto, alguém ainda vai estar paraplégico e eu sempre serei o bastardo responsável por tudo.

Sem pensar sobre isso, me aproximei para poder colocar a mão no centro de suas costas. Ele estava tão quente, e o contato enviou um choque elétrico pelo meu braço.

— Falar sobre isso não mudará o que aconteceu, mas pode mudar como você se sente sobre o assunto. Você não tem que arcar com toda essa culpa e arrependimento sozinho e, se continuar tentando, vai acabar voltando para onde estava.

Esse era um lugar que eu esperava que ele nunca mais visitasse. Eu tinha sérias dúvidas se ele sobreviveria se acabasse voltando para lá.

Seus músculos ondularam sob meus dedos, e ele inclinou a cabeça para o lado para que eu soubesse que ele estava olhando diretamente para mim, embora não pudesse ver seus olhos por trás das lentes escuras. Sua voz estava baixa e vibrando com emoção que deu um tom ainda mais profundo quando ele perguntou:

— E se eu não quiser mudar o que sinto sobre aquela noite? E se souber que mereço cada noite sem dormir e cada minuto onde tudo aquilo me assombra quando estou acordado?

Suspirei, mas se transformou em um arquejo quando ele pegou minha mão livre e me puxou para que eu ficasse de frente para ele. Ele fez isso ontem também, nos colocando frente a frente. Não havia como me esconder quando estávamos tão perto, mesmo com a barreira dos nossos óculos de sol. Ele estava forçando seu caminho através de minhas defesas e me mostrando os destroços que estavam dentro dele.

— Você vai ter que aprender a lidar com esses sentimentos porque vai ter isso pelo resto da vida, Cable. Você pode se concentrar no que pode fazer agora, nas maneiras como pode melhorar e ser melhor, ou pode ficar soterrado com o que aconteceu. Isso nunca vai mudar, mas *você* pode. A escolha é totalmente sua.

Sua boca franziu em uma linha tensa quando ele me soltou e deu um passo para trás.

— Nunca fui de fazer a escolha certa, mesmo quando estava bem na minha frente, Reed.

Soltei um suspiro e implorei a ele:

— Tente, Cable. Tudo o que você precisa fazer é tentar.

Seu peito largo subia e descia enquanto ele respirava forte o suficiente para eu ouvir.

— E se fizermos um acordo?

Esse era o Cable com o qual eu estava mais familiarizada. Aquele que manipulava e nunca dava nada sem receber algo em troca.

— Que tipo de acordo?

Ele levantou a mão e deslizou os óculos de sol para baixo da ponte do nariz para que eu fosse confrontada com algo ilegível em seus olhos escuros.

— Um que beneficia a nós dois. Quando você estiver pronta para falar com alguém sobre sua mãe, venha até mim. Quando eu estiver pronto para falar com alguém sobre aquela noite, irei até você. Sem julgamento, sem recriminação.

Parecia tão fácil, mesmo que nada com ele fosse. Mas ele precisava colocar para fora, e eu já tinha dado a ele o triste final da minha história.

— Okay. Esse é um acordo com o qual posso lidar.

Ele baixou o queixo em concordância e empurrou os óculos de sol de volta sobre o nariz.

— Bom. Agora, se já terminamos, podemos ir para a parte divertida do dia? Você está pronta para fazer isso?

Eu estava longe de aprender qualquer uma das coisas que ele parecia tão determinado a me ensinar. Mas sempre fui uma boa aluna, e não ia deixar o medo do desconhecido me impedir de absorver tudo o que eu deveria estar aprendendo enquanto passava esse tempo com ele.

capítulo 10

CABLE

Ela era boa.
Não que eu tenha ficado surpreso. Affton Reed era o tipo de garota boa em tudo o que fazia. Ela ouviu tudo o que eu disse para fazer antes de entrarmos na água. E copiou tudo que eu fiz, e levou apenas um ou dois tombos antes que encontrasse o equilíbrio e pudesse suportar quase toda a movimentação das ondas pequenas em que estávamos surfando. Ela não ficou frustrada e nem surtou quando afundou. Ela simplesmente tirou a água dos olhos, preparou-se e subiu na prancha para tentar novamente. Ela era graciosa e ágil. A verdade é que, se ela dedicasse um pouco do seu tempo para se divertir, ela seria boa, até melhor do que eu. Foi isso o que eu quis dizer quando lhe disse que ela era melhor do que a maioria, mesmo sem tentar, e era irritante, mas também inspiradora e atraente.

Eu estava tão acostumado com as pessoas constantemente tentando ser alguma coisa. Tentando ser popular. Tentando ser amado. Tentando ser durão. Tentando ser uma família. Affton não se preocupava em ser o que não era. Ela era assumidamente quem era, simplesmente uma garota incrivelmente atraente, competente e atenciosa. Eu tinha certeza que muito disso veio por ter que cuidar de si mesma depois que sua mãe a deixou de lado, mas era notável o quanto ela era capaz. Era uma luta diária para me apresentar como algo próximo a um humano normal. E aqui estava eu, uma completa confusão por causa de uma garota que continuou vivendo apesar de todos os seus altos e baixos da vida.

Eu estava parado na beira da água checando meu telefone para ter certeza de que não havia recebido nenhuma ligação. Eu tinha que fazer isso a cada hora e, até agora, esta manhã, tive sorte. Adorava ver Affton se mexendo naquele biquíni. Eu poderia me perder na forma como a água brilhava em sua pele cor de mel e na forma como seu cabelo quase branco emaranhado pelas ondas se grudava em seu pescoço. Passei mais tempo olhando para ela do que surfando e, honestamente, não conseguia me lembrar de um dia melhor. Não havia nenhuma maneira no inferno de eu ferrar com tudo e voltar para a prisão, não agora quando sabia que poderia ter dias como este. Dias em que não estava me afogando. Dias em que não lutava. Affton era mais do que uma âncora. Ela era gravidade. Ela me segurava no lugar. Era difícil viver no passado quando ela me tinha firmemente amarrado ao presente.

Coloquei meus dedos na boca e soltei um assobio alto enquanto ela deslizava perfeitamente em uma das maiores ondas que tínhamos visto naquele dia. Sem pensar sobre isso, tirei uma foto dela com meu telefone antes de largá-lo com todas as minhas coisas na areia. Minha mãe ligou duas vezes e aquele maldito repórter deixou quatro mensagens. Pensar em qualquer uma dessas coisas iria estragar a sensação agradável que estava sentindo. A primeira que já tive e que não veio de cheirar, beber ou fumar algo que eu não deveria colocar no meu corpo.

Affton deu um pequeno aceno e pude ouvir sua risada. Era rouca e um pouco áspera. Ela parecia sem prática, como se não tivesse a chance de rir com frequência. Odiei aquilo. Ela deveria rir o tempo todo. Ela merecia uma pausa depois de tudo o que viveu. Não era justo que tivesse que cuidar de outra pessoa e não tivesse tido a opção de viver sua vida.

— Oi... Cable, certo? — Estremeci quando uma mão pousou no meu braço, unhas pintadas de rosa se cravando na minha pele.

Olhei para a morena que peguei outro dia quando estava deitada na praia atrás da minha casa. Foi um movimento calculado, conversar com ela e dar o próximo passo logo depois que Affton e eu nos separamos verbalmente. Eu a tinha visto algumas manhãs, quando estava indo e vindo de casa. Não havia nenhuma dúvida em minha mente de que ela vigiava a propriedade, então eu praticamente tropeçaria nela quando saísse do *deck*. Ela tinha um corpo bonito e um rosto que imaginei que deixava a maioria dos homens meio bobos. Ela era bonita e deixou claro que estava disposta a aceitar o que quer que eu pudesse oferecer. Eu não tinha problemas com ela ser confiante e ousada. Ela era o tipo de garota que vinha se divertir e nada mais. Ela era perfeita... só que ela era a garota errada.

Tudo errado.

— Esse era o meu nome da última vez que verifiquei. — Não tentei esconder a irritação em meu tom.

Eu tinha me divertido com ela. Levei-a para o mar para que pudesse me refrescar depois do meu confronto com Affton. Achei que um beijo, e talvez uma rapidinha, ajudariam a acalmar meu sangue fervendo, mas tudo o que fez foi deixar um gosto amargo na minha boca, e quando vi Affton no *deck*, me vendo observá-la, seja qual fosse a luxúria e pressa que eu estava sentindo, teve uma morte rápida.

Perder-me em alguém que não tinha interesse em saber de onde vim, ou qualquer preocupação sobre para onde estava indo, não ia funcionar. Por causa de Affton, entendi que tinha que ser mais importante do que isso. Eu estava começando a ver que deveria ser mais importante do que isso. Não concordava necessariamente com ela, mas a parte em mim, que acordou e notou toda vez que ela me disse que se importava comigo, sim. Com certeza, essa parte se importava.

Entrecerrei os olhos por trás dos óculos enquanto estendia a mão para tirar as garras da garota da minha pele. Affton estava sentada na prancha tentando se equilibrar para cima e para baixo na água. Ela estava com a mão sobre os olhos para fazer sombra, e eu sabia que estava olhando diretamente para mim e para a garota da praia. De propósito, dei um passo para o lado enquanto a linda morena, vestida com um biquíni fúcsia que não era nada mais do que um par de triângulos e fio dental, pousou a mão no meu ombro. Ela me segurou para ficar na ponta dos pés para que pudesse dar um beijo na minha bochecha.

Seus lábios tocaram minha orelha e seus seios, muito generosos, pressionaram meu braço enquanto ela sussurrava:

— Eu tenho vontade de continuar de onde paramos no outro dia. Você não me deu seu número.

Ela seria apenas outra pessoa com quem evitava aproximação por ser um idiota. Olhei para a mão dela e suspirei.

— Não estou realmente interessado no que acontece a seguir, gata. Desculpe.

Eu não conseguia lembrar o nome dela. Achei que fosse Kelsey, ou talvez Chelsea. Mas, novamente, poderia ser Bailey ou Hailey. Ela não importava o bastante para eu lembrar dessas informações e, surpreendentemente, fiquei desconfortável com isso e com o que aquilo dizia sobre mim. Embora eu possa não estar pronto para abraçar todo o discurso de "Cable merece mais do que isso", que Affton tinha me dado durante todo o verão, eu estava começando a aceitar a ideia de que as pessoas ao meu redor e aqueles afetados por mim, o faziam. Eu não queria mais que minha mãe ficasse triste e preocupada comigo. Eu não queria que Affton olhasse para mim como se ela tivesse medo de mim... e ainda mais com medo por mim.

A morena me soltou e mordeu o lábio inferior. Eu gostava quando Affton fazia isso. Achava fofo e me fazia desejar ser a pessoa que mordia seu lábio. Mas não gostei quando a morena fez isso. Aquilo a fez parecer oferecida e experiente.

— Bem, é uma pena. Eu tinha certeza de que ficaríamos nus e nos divertiríamos muito. Só vou ficar na cidade por mais uma semana. Tem certeza de que vai ignorar esta oportunidade?

Ela empinou o peito para cima e para frente enquanto piscava seus longos cílios para mim. Sempre fui o tipo de cara que tinha coisas oferecidas em uma bandeja de prata. Nunca tive que correr atrás e, como resultado, nunca ganhei nada por mim mesmo. Tudo o que já tive me foi dado ou foi tomado sem eu pensar se era digno disso. Eu tinha certeza de que era a influência de Affton, mas estava me perguntando como seria ter algo pelo qual batalhei, algo que consegui pelos meus méritos.

— É, gata. Vou passar. Aprendi a não abrir a porta para todas as oportunidades que surgem.

Ela bufou e afastou a mão, colocando-a nos quadris e se inclinou para o lado, o que era reconhecidamente uma pose muito favorável. Ela estava falando algo sobre perder a chance incrível e insistindo que seríamos alucinantes juntos. Eu estava apenas ouvindo, mas sem prestar atenção, porque a cabeça loira de Affton não estava mais aparecendo na superfície da água. A prancha azul-bebê estava de cabeça para baixo, as quilhas viradas para cima. Tirei meus óculos de sol e os joguei no chão enquanto instintivamente comecei a caminhar em direção ao mar.

— Ei, Reed! Você está bem? — Coloquei as mãos em volta da boca e gritei seu nome, esquecendo completamente da garota na areia ao meu lado. E então comecei a correr. As ondas quebrando em meus joelhos me jogaram um passo para trás.

A prancha continuou a balançar para cima e para baixo, mas ainda não havia sinal de Affton. Ela era uma boa nadadora, mas se fosse pega por uma corrente ou batesse com a cabeça em algo debaixo d'água ao cair, havia uma boa chance de não ser capaz de subir para a superfície.

Mergulhei na água, o pânico agarrando minha garganta e o medo fazendo meu cérebro pirar com todos os piores cenários imagináveis. Se algo acontecesse com ela, seria tudo minha culpa. Ela estava feliz em casa com sua lista de leitura para a faculdade e conversando com Miglena. Fui eu quem a obrigou a se divertir, e se ela se machucasse, isso cairia diretamente sobre mim. Eu deveria ter pensado melhor antes de permitir que a calmaria de um bom dia me seduzisse. Não fui feito para bons dias. Não tinha permissão para chegar perto da felicidade sem me queimar com o brilho de tudo isso.

Esforcei-me para diminuir a distância entre mim e sua prancha. Foram apenas alguns segundos... mas pareceu se estender por uma vida inteira. Todos aqueles verões onde passei mais tempo no mar para evitar meus pais, de repente, valeram alguma coisa. Segurei a prancha e estava me preparando para mergulhar debaixo dela quando ela se moveu e a cabeça pálida apareceu do outro lado. Seu cabelo estava espalhado pelo rosto, e ela estava tossindo e cuspindo enquanto limpava a água salgada dos seus olhos.

Ela passou os braços sobre a prancha para não ter que se esforçar a flutuar e ergueu as sobrancelhas para mim quando um sorriso torto surgiu nos cantos da sua boca.

— Fiquei presa na cordinha e não conseguia achar a superfície. Foi um mico épico. Fico feliz que você não tenha visto. — Ela colocou a mão atrás da cabeça para ajustar a parte de cima de seu biquíni e parei de respirar novamente. — Acho que quase perdi meu top. Isso teria sido...

Eu não aguentava mais.

Achei que minha frequência cardíaca voltaria ao normal assim que soubesse que ela estava bem. Achei que meu estômago voltaria ao lugar. Achei que meu cérebro fosse parar de dar cambalhotas. Achei que seria capaz de respirar... mas não consegui. Tudo que pude fazer foi alcançá-la. Eu precisava tocá-la, senti-la, absorver seu calor, aquecer tudo dentro de mim que ficou gelado quando pensei que o pior tinha acontecido. Eu precisava dela perto, para que pudesse provar a mim mesmo que ela era real e nada disso era um sonho.

Eu a agarrei pelos braços e a puxei por cima da prancha. Sua pele molhada deslizou facilmente sobre a superfície e ela bateu no meu peito com um baque. Seus braços automaticamente envolveram meu pescoço e suas pernas roçaram as minhas enquanto ela se esforçava para pisar na areia sob a água. Eu podia tocar o chão, estava de pé solidamente firme, mas se a colocasse no chão, a água a cobriria, então ela parou de lutar depois de um segundo e me deixou segurá-la, mesmo quando uma de minhas mãos pousou diretamente em sua bunda e a outra se entrelaçou nas pontas de seu cabelo bagunçado. Usei meu aperto para puxar sua cabeça para trás, e antes que pudesse pensar sobre o que estava fazendo, coloquei minha boca sobre a dela, engolindo seu suspiro de surpresa e saboreando seu choque.

Foi o melhor beijo que já tive.

Foi molhado e selvagem.

Foi tão quente que mal consegui suportar.

Ela tinha um gosto doce e fez o som mais sexy de espanto e admiração em sua garganta.

Seus dedos cravaram em meus ombros e suas pernas se moveram inquietas contra as minhas sob a água. Através do tecido fino de seu biquíni, senti seus mamilos endurecerem contra meu peito.

Eu estava capturando uma fantasia, criando uma memória que poderia guardar para mais tarde. Segurando algo que não deveria ser real, não deveria existir em minhas mãos. Ela se aproximou e seguiu meu exemplo enquanto eu a beijava mais profundamente e a puxava mais para mim.

Foi o pior beijo que já tive.

Foi muito rápido e ligeiramente furioso.

Aquilo a assustou, pude sentir. Eu a assustei. Eu não queria, mas não conseguia me conter.

Eu estava acostumado a receber e ela não estava acostumada a dar. Então houve um momento em que não havia dúvida de que a estava devorando, engolindo-a em tudo o que eu sentia, e não deixando intocadas nenhuma das coisas incríveis que ela era. Ela foi feita para ser saboreada e apreciada.

Nossos dentes se tocaram. Nossas línguas duelaram pelo controle e nós dois estávamos nos segurando com muita força.

Era óbvio que nenhum de nós era excelente em beijar: ela, por falta de prática, eu, por falta de interesse. Depois de um momento, quando meu coração parou de martelar e o dela começou a disparar, nós conseguimos nos sintonizar.

Ainda era desesperado. Ainda era frenético e um pouco confuso. Era ganancioso e faminto porque nunca haveria o suficiente da minha boca na dela ou da dela na minha. Fazia quase um mês que não bebia, mas me sentia embriagado com o seu gosto. Enlouquecido na maneira como tudo sobre ela subiu à minha cabeça e fez meu corpo parecer pesado e lânguido.

Ela sempre pareceu ser o melhor e o pior de tudo.

O material fino de seu biquíni era bom. A suavidade aveludada de sua pele era ainda mais agradável. Não pensei em pressioná-la, ou se estava apressando as coisas, simplesmente agi por instinto. Ela estava bem. Ela estava bem na minha frente e não iria a lugar nenhum, pelo menos não tão cedo, e ela estava reagindo a mim. Ela sempre reagia. Eu não conseguia ter o suficiente. Dela.

Deslizei minha mão sob o cós elástico da parte inferior do seu biquíni e agarrei a carne suavemente arredondada. Ela fez um som que poderia ser uma reclamação, mas decidi ignorar quando ela colocou uma das pernas em volta da minha cintura sob a água e pressionou seus quadris contra os meus. A água a fez balançar para cima e para baixo, esfregando meu pau ao longo daquele entalhe secreto e sensível entre suas pernas. A fricção úmida me fez gemer e meus dentes mordiscaram a exuberante curva de seu lábio inferior.

Eu tinha certeza de que iria enlouquecer. Fazia muito tempo desde a última vez que meu pau esteve dentro de uma garota. Tempo demais, se eu estava pronto para perder o controle apenas por me esfregar contra ela e por nada mais do que segurar sua bunda. A verdade era que meu pau nunca esteve perto de qualquer parte de uma garota que fosse como Affton e tudo sobre ela só potencializava as coisas. Ela não era contida ou fingida. Sua resposta a mim era honesta e quente, e isso foi mais excitante do que estar enterrado dentro de algo fácil e temporário.

Puxei seu cabelo novamente e gemi contra seus lábios. Eu queria tirar o top dela e colocar minha boca naqueles pontos rígidos que cutucavam meu peito. Queria tirar o resto do seu biquíni e me esfregar contra ela. Queria esfregar meu pau latejante pelo calor que pude sentir queimando entre suas pernas. Queria vê-la gozar e vê-la se deixar levar. Queria me enfiar tão profundamente dentro dela que seria um esforço hercúleo para ela me tirar de lá. Eu queria ser o primeiro e me recusei a pensar em alguém que poderia ser o último. Aquela regra sobre dormir com virgens era uma besteira. Nada mais do que palavras inúteis que usei para feri-la e afastá-la.

Eu menti.

Graças a Deus ela já sabia que eu era um mentiroso.

Afastei minha boca da sua e observei enquanto seu olhar nebuloso lutava para clarear. Abaixei a cabeça novamente para pressionar meus lábios contra sua bochecha delicada. Tirei a mão de sua bunda e a levantei para que eu pudesse afastar um pouco de seu cabelo do seu rosto. Ela estava piscando rapidamente e olhando para mim como se nunca tivesse me visto antes. Seus lábios estavam em um tom vermelho rubi e inchados com a força dos meus. Ela não podia mais se passar pela garota inocente e intocada. Agora ela era a garota que havia sido apalpada e acariciada pelo merda da cidade. Affton parecia atordoada e despenteada; com os olhos arregalados e selvagens.

Ela estava tão linda.

— Você me assustou pra caralho, Reed. — Segurei seu rosto entre as mãos e dei um beijo rápido em seu nariz. — Aquilo foi o oposto de divertido.

Ela apoiou as mãos nos meus ombros e fiz com que nos aproximássemos da praia, até que ela pudesse tocar o fundo. Senti sua relutância quando desenlaçou o corpo do meu, e nós dois suspiramos quando ela soltou a corda em torno de seu tornozelo e encontrou seu próprio equilíbrio para que pudesse se afastar de mim.

— Não achei que você estivesse prestando atenção. Você parecia muito ocupado. — Ela não parecia brava com a garota da praia, apenas resignada.

— Ela foi uma distração. Todas elas são. — Peguei a prancha para ela enquanto caminhávamos para a praia. Eu a enfiei na areia ao lado da minha, vendo-a se enrolar em uma toalha colorida para em seguida tirar o excesso de água do cabelo.

— Bem, estou feliz que você não ficou distraído por muito tempo. Por um momento aquilo foi meio assustador. É bom saber que você estava prestando atenção suficiente em mim, que teria sido capaz de me salvar se eu precisasse.

Balancei a cabeça para ela.

— Não consigo nem salvar a mim mesmo, Affton.

Ela colocou o cabelo para trás das orelhas e vestiu o short, fazendo todas as minhas partes favoritas do seu corpo balançarem deliciosamente.

— Bem, por mais que queira negar, você está tentando, Cable. Você não sabia se eu estava bem ou não, então tentou ajudar. Tendo sucesso ou não, você tentou.

Ela acenou com a cabeça para o meu telefone, que estava tocando em algum lugar dentro da minha própria toalha.

— Você deveria atender. Vou para casa e fazer um almoço para nós, e então podemos resolver a questão do estudo.

Ela não disse nada sobre o beijo, e eu não conseguia decidir se estava agradecido ou irritado. Uma coisa era certa, nada seria igual daqui para frente. Todas as outras tinham sido uma distração, mas Affton Reed, ela era um destino. Ela era o lugar que eu queria ir e talvez, apenas talvez, ela fosse onde eu queria ficar. Ela era o lugar que eu teria que trabalhar pra caramba para conseguir.

Eu queria ganhar o direito de ter minhas mãos e boca em qualquer parte dela que quisesse, porque de jeito nenhum, agora que tinha provado, poderia ir embora sem saborear a coisa toda.

capítulo 11

AFFTON

Desliguei o telefone depois de garantir a Melanie McCaffrey, pelo que parecia ser a milésima vez neste verão, que Cable estava bem. Eu poderia dizer pela sua voz que ela esperava que as consultas dele com o doutor Howard, e o tempo passando surfando e ficando sóbrio o trariam de volta para que ele finalmente aceitasse um de seus telefonemas. Ela o deixou ir, e agora o queria de volta. Ela sentia sua falta e eu era o único vínculo que ela tinha com o filho.

Eu não me importava de passar atualizações, mas quando ela começou a bisbilhotar, começou a querer saber sobre qualquer coisa além de seu progresso e sobriedade, eu a cortei. Em parte porque ainda estava chateada por ela me chantagear para me trazer aqui, e eu era mesquinha o suficiente para gostar de frustrá-la, mas, principalmente, porque parecia que eu estaria traindo a tênue confiança que Cable tinha me dado se contasse a ela o quão emaranhados seus pensamentos e ações eram. Ela também não precisava saber que ele estava fazendo um ótimo trabalho em me deixar tão confusa quanto sempre deixou.

— Então, o que está acontecendo entre vocês dois?

Dei a Jordan um olhar entrecerrado enquanto ela continuava a lamber sua casquinha de sorvete como se não tivesse aparecido do nada, sem avisar, e de maneira inesperada. Em vez de uma explicação, ela queria saber por que Cable e eu estávamos dançando em torno um do outro. Ela queria saber por que cada um de nós agia como se o outro estivesse prestes a explodir.

— Você não parece tão enojada com ele, ou pela situação, como estava quando saiu de Loveless.

Um grupo de adolescentes em torno da nossa idade entrou correndo pela porta do prédio rosa-choque. O dia estava quente e a pergunta de Jordan me deixou com mais calor ainda. Não pude responder à sua pergunta porque não tinha ideia do que estava acontecendo comigo e Cable. Tínhamos estabelecido uma espécie de trégua instável. Eu ia surfar com ele de manhã, e ele tentava ao máximo estudar comigo à tarde, se não precisasse se encontrar com o terapeuta ou fazer um exame. Ele tinha a capacidade de atenção de uma mosca, então obter qualquer tipo de informação dava trabalho, mas ele era mais inteligente do que qualquer um poderia imaginar.

Não conversamos sobre aquele beijo. De maneira nenhuma. Nunca.

Mas nós pensamos sobre isso.

Estava lá em seus olhos. Eu sentia isso sempre que ele quase sorria. Eu sonhava com aquilo à noite e sabia que ele pensava nisso sempre que eu me aproximava para escrever algo e sempre que o tocava... principalmente sem querer. Às vezes, era de propósito. No entanto, nenhum de nós fez menção de dar o próximo passo. Era algo muito instável, muito arriscado. Havia muito em jogo, e nenhum de nós estava disposto a fazer esse tipo de aposta com o outro.

Suspirei e enfiei a colher na montanha de sorvete que derretia rapidamente. Jordan pediu uma casquinha, mas eu sempre comia meu sorvete em uma tigela. Nunca fui rápida o suficiente para comer antes de tudo começar a derreter sob o calor do Texas.

— Estamos tirando o melhor proveito de uma situação ruim. Ele conseguiu ficar na linha desde que cheguei, não que esteja feliz com isso. — Encolhi os ombros em uma expressão indiferente. — Acho que dei uma de empata-foda pra cima do Cable. Não é tensão que você está sentindo; é a frustração dele. — Apontei a ponta da minha colher para ela, enquanto Jordan sorria para alguns dos garotos que passavam pela nossa pequena mesa, obviamente tentando chamar sua atenção. — Estou feliz em te ver, Jo, mas ainda quero saber por que você apareceu do nada. O que aconteceu?

Ela girou a língua em torno da ponta da colher, e um dos caras tropeçou nos próprios pés. Era uma reação comum. Jordan era uma daquelas garotas que era inerentemente sexy. Ela não tinha nem que se esforçar. Ela apenas exalava confiança e sexualidade. Além disso, ela era construída nos moldes de uma Kardashian e tinha o cabelo preto mais lindo, brilhante e espesso que eu já vi. Combinado com seus olhos azuis-claros, ela poderia passar por uma das mulheres que saem na capa da revista *Maxim*, mas, felizmente, ela era esperta o suficiente para saber que sua aparência só a levaria até certo ponto na vida, então Jordan realmente tinha uma personalidade espetacular. Ela era engraçada, meiga, experiente e inteligente. Ela estava evitando meu olhar enquanto eu esperava. Eu não recuaria até que ela me contasse por que estava aqui.

Ela voltou sua atenção para mim e pigarreou levemente.

— Senti sua falta. Você vai ficar fora o verão todo e depois vai para a Califórnia, onde provavelmente vai se esquecer de mim. É tão impensável que eu quisesse passar um tempo com minha melhor amiga antes que ela fosse embora?

— Impensável, não... improvável, sim. — Inclinei a cabeça para o lado e a avaliei de perto. — Você sabe que é sempre bem-vinda para visitar, mas não é típico de você aparecer do nada. Especialmente quando sabe que o Cable pode ser tão imprevisível. Deus sabe como ele vai reagir ao ter outra mulher invadindo seu santuário de verão.

— Sim. O que há com a gostosona russa? Quem é ela?

Miglena estava limpando a cozinha quando Jordan apareceu: uma tarefa surpreendentemente fácil, já que Cable andava se esforçando mais para limpar sua própria bagunça. Havia menos pratos sujos na pia agora, e eu não conseguia me lembrar da última vez que tropecei em seus sapatos. Ele ainda estava deixando as roupas molhadas onde quer que caíssem, mas nem Miglena nem eu dissemos nada a respeito. Progresso era progresso, não importa o quão pequeno possa parecer.

Ela também concordou em ficar por lá até que eu voltasse, caso Cable precisasse de uma carona para algum exame surpresa. O garoto precisava ficar limpo para que conseguisse ter sua carteira de motorista de volta. Felizmente, Cable ainda estava na cama e empurrei minha amiga para fora de casa antes que ele percebesse que estava prestes a ter outro pedaço de seu passado ocupando seu presente. Tive a sensação de que ele não se daria bem com ninguém de Loveless, e Jordan era impossível de esquecer.

— Ela é da Bulgária, não da Rússia, e ela é a governanta e amante do senhor McCaffrey, ou costumava ser. — Eu não conseguia parar de pensar no fato de que Cable tinha irmãs que nunca conheceu. Sua vida parecia tão solitária. Ele realmente estava desconectado com o mundo e estava claro que não era tudo culpa dele. — Aparentemente, seu pai traía sua mãe regularmente. É parte do motivo pelo qual nenhum dos dois percebeu que Cable estava se afundando. Eles estavam muito ocupados ferrando suas próprias vidas para perceber que Cable estava destruindo a dele.

— Os ricos são tão complicados.

Soltei um pequeno bufo.

— Você não faz ideia. E pode parar de mudar de assunto. Fale comigo, Jordan. Me conte o que aconteceu.

Ela lambeu um polegar onde um pouco de seu sorvete de morango tinha pingado.

— Talvez eu estivesse, possivelmente, stalkeando Diego na internet. — Ela suspirou e baixou os olhos. — Eu vi um monte de fotos dele no Instagram beijando uma garota. Quero dizer beijando, Affton. Não era nenhum beijo na bochecha. Eu sei que não estamos mais juntos e que estamos indo em direções diferentes, mas caramba... Doeu.

— Ah, Jo. Eu sinto muito. — Estendi a mão e a coloquei em cima da dela, sobre a mesa. — Isso é péssimo.

— Minha mãe me perguntou por que eu estava chorando, por que não estava comendo, e perdi o controle. Eu me senti tão idiota. Não quero ficar presa a um cara que não me quer mais. Não quero ser a garota que sente pena de si mesma... mas eu sou. Então, fiz uma mala e fui embora. Eu só precisava de um pouco de espaço. — Ela se levantou para jogar o resto de sua casquinha fora e foi imediatamente abordada pelos garotos que a observaram antes. Ela deu a eles um sorriso fraco e balançou a cabeça para tudo o que eles perguntaram antes de voltar para a mesa. Jordan sentou na cadeira à minha frente com um gemido dramático. — Achei que você ficaria feliz em me ver. Eu sei que você estava com medo de passar dia após dia com seu arqui-inimigo.

Sorri para isso e empurrei meu sorvete quase todo para longe de mim.

— É claro que estou feliz em ver você, mas o Cable... — Eu parei, sem saber se havia palavras para descrever todas as coisas que aquele garoto me fazia sentir. — Ele não é tão ruim quanto eu pensava que fosse. Ele não é o mesmo de quando estávamos na escola. — Não éramos inimigos ou amigos. Eu não tinha certeza do que éramos.

— Você quer dizer que ele não é taciturno, mal-humorado e gostoso pra caramba? — Ela ergueu as sobrancelhas escuras e me deu um sorriso perspicaz. — Ele não irrita mais você e a deixa louca?

Fiz uma careta e tamborilei os dedos na mesa.

— Okay, ele ainda é o mesmo, mas não parece tão desesperado para se destruir como estava naquela época. Ele se acalmou um pouco.

— Sério? Tem certeza de que ele não está se comportando da maneira típica só por que você está aqui? Quais são as chances de ele voltar a ser como era se você não estivesse observando? Você acha que ele mudou para melhor, ou só espera que ele mude por causa de tudo que você passou com sua mãe? — Essa era a coisa sobre melhores amigos, eles não precisavam ter a história inteira para saber como era. Se eles conhecessem você bem o suficiente, se eles se importassem, se realmente se importassem, conheceriam sua história mesmo que você não a contasse.

Foi a minha vez de evitar seu olhar.

— Eu não sei. Ele parece querer algo melhor. Ele não fala sobre o acidente e, quando alguém o menciona, ele entra em pânico e desmaia. Uma pessoa sem remorsos não age dessa forma. Acho que ele quer mudar, mas não necessariamente acredita que possa. — Inclinei-me para mais perto dela e disse: — Não acho que seja tudo vício, Jo. Acho que ele está deprimido. Não triste, mas, honestamente, incontrolavelmente deprimido. Às vezes, ele parece ter tudo sob controle, e ele é um cara normal e arrogante, o que é superirritante. Outros dias, ele está além de mal-humorado e age como se nada no mundo tivesse importância. Depois, há os dias em que ele desaparece dentro de si. Esses são os piores. — Aqueles eram os dias em que ele me assustava, aqueles em que eu podia vê-lo ansioso, desesperado por algo para ajudar a dissipar a névoa que o cercava. — E se tudo isso for a automedicação que deu terrivelmente errado? E se ele foi muito fundo porque o buraco que estava cavando para si mesmo nunca atingiu o fundo... até ele chegar ao fundo do poço?

— Quer dizer, os caras que têm tudo, como Cable McCaffrey, sofrem de depressão? — Jordan fez a pergunta com ceticismo e eu não poderia culpá-la. Por fora, ele não parecia ter nenhuma razão para não ser o cara mais feliz do mundo, mas coisas como depressão e vício não funcionavam assim. Eles não se importavam com o que você tinha. Eles não se importavam com o que você perdeu.

— Qualquer pessoa pode lutar contra a depressão. Ele não está falando com seu terapeuta da maneira que deveria; não está sendo honesto sobre como se sente sobre o acidente ou o tempo que passou preso. Ele não está procurando ajuda, então quaisquer melhorias que ele fez não durarão muito — eu disse a ela. Cable não iria melhorar sozinho. Ele não poderia se recuperar sem ajuda.

Ela inclinou a cabeça para o lado enquanto me observava, pensativa, por um longo momento.

— Tem certeza de que não está projetando o que aconteceu no seu passado em sua situação atual? Você acha que talvez esteja se agarrando a qualquer coisa, procurando motivos pelos quais Cable fez o que fez, já que você não conseguiu encontrar um por que sua mãe fez o que fez?

Meus dedos se fecharam em punho de modo que minhas unhas cravaram na palma da minha mão. Era uma pergunta justa, uma que me fiz várias vezes nas últimas semanas.

— Minha mãe usava drogas porque queria ficar chapada mais do que ser mãe e esposa. Deixou de ser sobre o controle da dor e começou a ser sobre o vício muito antes daquilo. Pelo que posso dizer, Cable não gostava de ser um viciado. Ele não usava porque adorava; ele usava porque sentia que precisava. — E, infelizmente, eu sabia que no fundo, se ele não falasse com alguém, se ele não deixasse alguém se conectar com ele, se relacionar com ele, então as chances eram incrivelmente altas de que ele voltasse direto para a única coisa que sabia que o fazia se sentir melhor.

Jordan baixou o queixo em concordância.

— Não quero te ver toda envolvida com esse cara, só isso. Você se recusou a deixar alguém ficar no seu caminho durante todo o ensino médio. Pulou todos os marcos que deveria ter porque sempre esteve de olho no prêmio e, agora, de repente, tudo que você pode ver é Cable. Ele não é um prêmio, Affton. Você precisa se lembrar disso.

— Ele precisa de alguém. — Eu acreditava nisso com cada fibra do meu ser.

Ela franziu a testa para mim e se inclinou para mais perto, então nós duas pairamos sobre a mesa, quase nariz com nariz.

— Esse *alguém* nem sempre tem que ser você.

Não *precisava* ser, mas eu meio que *queria* que fosse. Eu poderia ficar seriamente presa à ideia de ser alguém em quem Cable pudesse confiar. Eu queria ser alguém em quem ele confiasse e de quem pudesse depender. Eu queria salvá-lo, assim como ele tentou me salvar quando pensou que eu estava me afogando.

Peguei meu sorvete derretido e me levantei.

— Essa pessoa não tem que ser eu, mas agora sou a única opção que ele tem. — A única pessoa que ele deixaria chegar perto o suficiente para tocar aqueles lugares sombrios e perigosos. — Vamos para casa e torcer para que ele esteja lá e não na água, para que possamos contar a ele que você vai ficar com a gente por um tempo.

Ela riu e enganchou seu braço no meu.

— Você não está sofrendo por ter todo aquele espaço. Você não estava brincando. Poderia ser totalmente um hotel, completo e com serviço de limpeza.

Poderia ser, mas estranhamente nunca parecia haver espaço suficiente. Eu podia sentir Cable em todos os lugares. Não havia como escapar dele, não importava onde eu fosse naquela casa.

— Eu disse ao Cable que não deixaria Miglena limpar minhas coisas ou cozinhar para mim enquanto estivesse lá. É muito estranho.

Jordan virou sua cabeça para mim e vi que ela estava de boca aberta, em descrença.

— Você tem a oportunidade de ser servida durante todo o verão e deixa passar? O que há de errado com você, mulher?

Eu sabia que ela estava brincando, então dei uma cotovelada nas suas costelas.

— Pare. Você sabe que estou acostumada a cuidar de mim mesma. Além disso, Miglena é a única pessoa com quem conversei durante todo o verão, além de Cable. Ela é quase uma amiga agora.

Jordan riu e parou ao lado do meu carro. Ela dirigia um lindo Jeep Cherokee que seus pais compraram para ela como presente de formatura, mas parecia morta de cansaço quando apareceu na casa de praia, então me ofereci para dirigir até a sorveteria.

— Uma amiga que pegou o pai do Cable. Isso é tão previsível, o pai rico transando com a empregada gostosa.

— Ela cuida da casa, e acho que cuidou de Cable quando a mãe dele não fez isso, então ela é muito mais do que uma empregada. — Soei na defensiva.

Minha melhor amiga soltou meu braço e ergueu as mãos em um gesto de rendição.

— Estou apenas brincando... sobre ambos. Você nunca deixa ninguém levantar um dedo para fazer qualquer coisa por você, e pelo que pude perceber nos poucos minutos que a conheci, ela parecia bem legal.

Estendi a mão e puxei Jordan para um abraço.

— Este verão está me deixando louca. Eu sei que você estava brincando e mesmo que o motivo que a trouxe aqui seja uma merda, estou muito feliz em vê-la.

Ela me abraçou de volta e sussurrou no meu ouvido:

— Não é o verão que está deixando você louca, é aquele garoto. Ele sempre foi capaz de desestabilizar você, mesmo quando vocês não se falavam ou mal se conheciam. Você pensou que tinha tudo sob controle, mas vi você olhando para ele quando não havia ninguém por perto.

Ela não estava errada.

Entramos no carro e ela me contou sobre a garota das fotos com Diego. Ela era ruiva e estava de biquíni, e o preenchia espetacularmente. O que realmente a levou ao limite foram as hashtags #amorverdadeiro, #nuncamesentiassim, #meuamor. Ela estava falando sério sobre ele, e não parecia que ele sentia o mesmo. Eu disse a Jordan que piriguetes de biquínis eram algo comum onde quer que Cable fosse, então eu entendia aquela pontada de ciúme. A razão pela qual caí da prancha na primeira vez, foi porque eu estava distraída pela morena dando um beijo nele na praia. Era a mesma que ele estava apalpando na água no dia em que bisbilhotei seu bloco de desenho. Eu não queria me importar com ela e na maneira como colocava as mãos em cima dele, mas me importei, e aquilo me fez cair da prancha.

Considerei contar a Jordan sobre *o beijo*. Nosso beijo. Ah, aquele beijo. Mas como Cable e eu não estávamos falando sobre isso, não parecia certo. Se ele não queria reconhecer o que aconteceu, então eu também não. Eu não queria que significasse mais para mim do que para ele. Viu... ele estava me deixando louca.

Quando voltamos para casa, Jordan bocejava a cada poucos minutos, claramente pronta para uma soneca. Era óbvio que Cable estava de pé e pronto assim que abrimos a porta da frente. Havia *death metal* raivoso explodindo no sistema de som da casa e o cheiro distinto de algo queimando na cozinha.

Jordan e eu aceleramos o passo e encontramos Cable no fogão, com uma espátula na mão enquanto algo na frente dele enviava nuvens de fumaça para o teto.

— O que você está fazendo? Onde está Miglena? — Corri para a cozinha e tirei a frigideira do fogão, estremecendo porque estava muito quente. Ele tinha a chama no máximo, e o que parecia ser um queijo grelhado não era nada mais que um pedaço de carvão agora. Cable piscou para mim e olhou para Jordan, encostada na enorme ilha, nos observando com olhos arregalados.

— Eu disse a ela para ir para casa. Achei que poderia fazer um queijo quente sozinho. — Ele ergueu a mão e esfregou a barba dourada que pontilhava seu queixo. — Acho que não.

Joguei a panela na pia e abri a água. Acenei com a mão na frente do rosto e tossi em meio à fumaça.

— Já que você disse a Miglena para ir para casa, como você estava planejando encontrar com o agente da condicional caso fosse chamado?

Ele semicerrou os olhos para mim e fixou seu olhar em Jordan.

— Eu te conheço, não?

Ela assentiu.

— Sim. Estudamos juntos. Cheguei a namorar Parker Calhoun quando vocês dois eram amigos. Estive na sua casa para uma festa ou duas.

Agarrei seu cotovelo e puxei sua atenção de volta para mim.

— Sério. O que você faria se tivesse que ir a algum lugar? Você sabe que não pode perder esses exames.

Ele soltou um palavrão e afastou minha mão de seu braço.

— Eu não estava pensando nisso.

Fiz uma careta para ele e dei um cutucão no centro de seu peito.

— Você não estava pensando em nada.

Ele devolveu meu olhar, nós dois olhando feio um para o outro e sem chegar a lugar nenhum. Depois de um minuto de silêncio, ele voltou sua atenção para Jordan, aquele sorriso falso e encantador estampado em seu rosto.

— O que você está fazendo aqui? Reed não mencionou que teríamos companhia.

Ela soltou um suspiro e se apoiou no balcão.

— Eu vim visitar minha amiga; ela nem sabia que eu estava vindo. Queria ter certeza de que vocês dois ainda não tinham se matado.

Seu sorriso se alargou e vi Jordan reagir. Era impossível não reagir. Ele sabia como usar aquele sorriso. Cable sabia como usar todas as armas à sua disposição para ser atraente.

— Ninguém morreu ainda. Quanto tempo você vai ficar? — Ele não parecia se importar que ela estivesse aqui, mas não confiei naquela aceitação fácil por um segundo.

— Só alguns dias. Eu tenho que voltar para Loveless. Estou treinando para um novo emprego neste verão e não posso me dar ao luxo de ficar longe por muito tempo.

O sorriso de Cable mudou para algo astuto e calculista quando ele virou a cabeça para olhar para mim. Aqueles olhos escuros estavam planejando, tramando, e eu praticamente podia ver as engrenagens girando em sua cabeça. Ele estava tramando algo, algo que eu não concordaria.

— Perfeito. Estou procurando um motivo para fazer uma festa. Devíamos fazer uma enquanto você está aqui. Podemos fazer uma fogueira na praia.

Jordan se animou com aquilo. Ela sempre pilhava quando o assunto era se divertir, e eu tinha certeza de que ela estava pensando em todas as fotos vingativas que poderia postar no Instagram. Ela não tinha noção de que isso era um teste, algum tipo de jogo.

— É uma ideia horrível. Não tem como monitorar todos os que entram e saem desta casa. — Não teria como ficar de olho nele e ter certeza de que não voltaria aos velhos hábitos.

— Eu tenho sido tão bonzinho. Você não confia em mim, Reed? — Ele estava me provocando, porque era o que sempre fazia. Este era o Cable que queria provar um ponto. Este era o Cable perigoso.

— Quero dizer, mais ou menos. Mas você não pode esperar que eu confie em um bando de estranhos. Quem sabe o que eles trariam ou levariam embora. — Se a casa fosse saqueada e destruída, eu seria a responsável.

Ele olhou para Jordan, que estava nos observando como se estivesse assistindo a uma partida de tênis. Ele ergueu as sobrancelhas para ela e sorriu.

— Sua amiga é alérgica a diversão.

Jordan riu e encolheu os ombros para mim.

— Ele está meio que certo. Você fica com coceira e espirros sempre que alguém tenta forçar um pouco de diversão para você. — Ela sempre dizia que eu precisava viver um pouco. Jordan passou a maior parte da nossa amizade tentando me tirar da minha concha segura do esquecimento. Ela queria que eu experimentasse coisas boas e ruins, então, é claro, concordou com esse absurdo. Ela não se importava como isso afetaria Cable, ela queria uma farra para mim... e para ela.

Olhei para Jordan e de volta para Cable. Era uma má idéia. Era muita tentação e tudo muito semelhante às coisas que costumavam colocá-lo em problemas.

— Isso vai ser horrível.

Jordan bateu palmas de empolgação e Cable me deu um olhar que não pude decifrar. Havia algo acontecendo por trás daqueles olhos, algo desafiador e difícil. Cada vez que eu pensava que o havia entendido, ele fazia algo assim e me confundia.

— Relaxa, Reed. Um pouco de diversão não vai machucar você.

Não... mas podia machucá-lo, e, de repente, esse era o foco de tudo em minha vida: impedir que as coisas machucassem Cable James McCaffrey.

capítulo 12

CABLE

— Existem diferentes tipos de pessoas quebradas, sabe...

Lancei um olhar de soslaio para a amiga de Affton para ver se ela tinha tomado tequila demais e estava viajando.

— Como? — Ela era bonita, com certeza. Lembrei dela de Loveless. Ela era o tipo de garota que queria ver e ser vista, mas era uma boa garota. Ela tinha que ser para que Affton confiasse nela. A morena sexy estreitou seus olhos pálidos para mim, e eu poderia dizer que não havia nenhum tipo de coragem movida pelo álcool por trás de suas palavras.

— Há o tipo que todos podem ver. O tipo que deixa uma bagunça de cacos que ninguém quer ficar preso limpando porque obviamente vai dar muito trabalho. E, mesmo se você tentar pegar tudo, vai perder algumas dessas peças afiadas e irregulares. Depois, há o tipo que ninguém consegue ver. O tipo que é feito de fraturas finas e pequenas fissuras estreitas que cobrem toda a superfície. É o tipo que se mantém unido por algum tipo de milagre e pura força de vontade. Só é preciso um pequeno solavanco, um movimento errado e ele se quebra. Não há como limpar essa bagunça. São peças demais e se espalham por toda parte. — Ela ergueu o queixo para mim e estreitou os olhos através da sala onde Affton estava conversando com um cara que havia vagado pela praia algumas horas atrás. — Não seja o cara que a quebra, McCaffrey. Se você fizer isso, não há como voltar atrás. Não há perdão, nem segunda chance.

A casa estava lotada. A música soava estridente. Corpos se encostavam e pulavam enquanto a bebida fluía livremente, enquanto a fogueira na praia queimava com intensidade. Meu pai iria se cagar se visse quantos estranhos estavam caminhando no seu esconderijo perfeitamente decorado. Minha mãe explodiria se soubesse quantos baseados estavam sendo fumados e

recuperado

quantas carreiras estavam sendo cheiradas. Um garoto entregava outras substâncias, e havia um grupo inteiro de corpos vestidos de biquíni rolando na areia como resultado. Era tudo do que eu deveria ficar longe. Tudo que me colocou em apuros em primeiro lugar, mas eu estava muito distraído observando Affton, e muito ocupado observando cada cara que não fosse eu, olhando para ela, para me perder em todos os meus antigos vícios.

Ela estava com outro daqueles vestidos de verão que faziam suas pernas parecerem ter quilômetros de comprimento, e eu me perguntei novamente se ela estava de sutiã ou não, já que não conseguia ver as alças. Seu cabelo claro estava bagunçado, mas não daquele jeito normal, bagunçado e recém-saído da cama. Era uma bagunça que exigia tempo e habilidade para conseguir aquele efeito. Era o tipo de cabelo que me fazia pensar em lençóis emaranhados e mãos agarrando. Era cabelo de sexo. Bagunçado e ondulado, aquele cabelo deve ser espalhado sobre um travesseiro e agarrado em punhos. E aquele rosto. Deus, aquele rosto dela. Não precisava de ajuda para quebrar corações em um piscar de olhos, mas sua amiga tinha brincado com sua maquiagem e seu cabelo, então hoje à noite, uma Affton Reed tipicamente deslumbrante estava na minha frente. Ela era surreal. A sombra nas pálpebras fazia seus olhos parecerem lilases e ainda mais misteriosos. O brilho em suas bochechas fez suas sardas se destacarem. E o que quer que estivesse em sua boca fazia seus lábios parecerem doces, e eu estava morrendo de vontade de provar. Eu e todos os outros caras que a viram.

— Uma das poucas coisas em que sou bom é quebrar coisas, gata. Achei que você soubesse disso. — Peguei a lata de refrigerante que estava tomando na última hora e fiz uma careta ao beber um gole. Precisava de um pouco de vodca, mas não era disso que se tratava a festa. Ficar bêbado não era o ponto. Ficar sóbrio, sim. Eu poderia fazer isso, embora tenha me surpreendido profundamente. Eu disse a mim mesmo que era para ficar de olho em Affton, mas em algum lugar no fundo do meu cérebro, havia uma vozinha gritando que eu poderia fazer isso por mim também.

Jordan inclinou o quadril e jogou o cabelo sobre o ombro. Tudo sobre ela gritava alto padrão, o que era uma das razões pelas quais nunca dei em cima dela. Eu não queria nada, nem ninguém, que desse trabalho naquela época, e Jordan Beckett era todo tipo de trabalho. Sem mencionar que eu sabia que se ficasse com ela, nunca haveria uma chance de ficar com Affton.

— Eu sei. É por isso que estou lhe dizendo para ter cuidado com Affton. Trate-a com cuidado, Cable. Eu vejo vocês dois se preparando para colidir um com o outro, e estou lhe dizendo, isso vai destruí-la e ninguém vai ser capaz de colocá-la de volta no lugar. Pela primeira vez na vida, faça a coisa certa. — Ela me cutucou no braço com suas últimas palavras e depois saiu. Imediatamente, um dos caras que reconheci da praia estava ao lado dela. Ele lhe ofereceu uma cerveja, mas ela balançou a cabeça e disse que pegaria sua própria bebida. Ele a seguiu enquanto ela desaparecia na casa. Garota esperta.

Mas não tão inteligente quanto sua amiga. Eu podia ver naqueles olhos de cores peculiares que Affton sabia que havia algo maior por trás dessa festa do que minha desculpa para me soltar e uma oportunidade de irritar meu pai. Suas engrenagens estavam girando toda vez que nossos olhos se encontravam enquanto ela lutava para entender minhas motivações.

Era fácil. Eu estava *tentando* fazer a coisa certa dessa vez.

Era por isso que as sessões diárias de estudo eram tão chatas que eu poderia chorar.

Era disso que se tratava o queijo grelhado.

Era isso que significava mandar Miglena para casa.

E era disso que se tratava essa festa, em que eu estava sóbrio e com o nariz limpo.

Eu queria mostrar a ela que poderia fazer as escolhas certas quando focava minha mente nisso. Que eu, de fato, distinguia o certo do errado e que era capaz de cuidar de mim mesmo. Eu queria impressioná-la. Queria que ela soubesse que não estava perdendo tempo, que eu não era uma causa perdida. No entanto, ela esteve tão ocupada se defendendo dos avanços de outros caras, e tão envolvida em garantir que a casa não fosse destruída, que ela não tinha prestado atenção em mim. De vez em quando ela lançava um olhar curioso na minha direção, mas era apenas isso.

Eu gostaria de imaginar que milagrosamente ganhei um pedaço da confiança dela durante o verão, mas sabia que não era verdade. Ela estava distraída, e eu estive no meu melhor comportamento por horas para nada.

Terminei o refrigerante com uma careta e franzi o cenho quando um cara grande e loiro, que havia vencido todos os seus outros admiradores, jogou um braço musculoso em volta dos ombros dela e a puxou para o seu lado. Ele jogou a cabeça para trás e riu ofensivamente, e embora eu estivesse do outro lado da sala, pude ver Affton recuar de horror. Ela queria ser discreta e quase invisível. Esse cara obviamente pensou que tirou a sorte grande e queria que todos notassem sua boa sorte.

O bruto a agarrou pelos ombros e a puxou para que ficasse na frente dele. Ele disse algo para ela e ela balançou a cabeça, freneticamente dizendo "não". O cara ignorou seu protesto, colocou as mãos em torno de seus braços e começou a levá-la em direção às portas abertas que davam para o *deck*. Ele estava tentando tirá-la de vista, tentando levá-la para algum lugar isolado. Ela claramente não queria ir, e a única pessoa que tinha permissão para desviá-la de seu caminho era eu. Eu era o único a quem ela seguiria de olhos fechados.

Apoiei as mãos no topo da bancada central, me levantei e deslizei pela superfície de mármore. Derrubei um punhado de garrafas de cerveja no meu caminho e quase derrubei uma ruivinha bonita vestida em um macacão quando cheguei do outro lado. Segurei a garota antes que ela caísse e, em seguida, a afastei da minha frente, enquanto o olhar em pânico de Affton procurava o meu por cima do ombro do cara que a incomodava. Ela não era de festas. Ela não fazia joguinhos. Ela não flertava e encontrava maneiras estúpidas de passar o tempo. Ela não tinha ideia de como lidar com esse cara ou a situação, e isso a apavorava.

Eles estavam no *deck* quando os alcancei. O cara estava dizendo que ela era linda e tentando convencê-la a caminhar pela praia escura. Ela estava dizendo que não estava interessada. Ele pressionou. Ela tentou se afastar. Eu podia ver a maneira como os dedos dele cravavam em sua pele. Ele a estava segurando com força suficiente para deixar marcas.

Coloquei alguns dedos na boca e soltei um assobio estridente que fez todos em um raio de cem metros ficarem quietos e se virar para olhar em nossa direção. Ela odiaria fazer uma cena, mas se esse idiota começasse algo que eu fosse forçado a terminar, eu precisaria de tantas testemunhas quanto possível para evitar que minha bunda voltasse para a prisão.

— Onde você está indo, Reed? Você não deveria me deixar sozinho. Especialmente quando há tanta tentação ao redor. — Contornei os dois para que ele tivesse que passar por mim se quisesse descer os degraus do *deck*.

Suas costas enrijeceram e ela olhou por cima do ombro para mim, seus olhos arregalados e suplicantes.

— Não estou indo a lugar nenhum. — Ela se virou para o cara que a estava segurando e disse a ele com firmeza: — Não posso dar um passeio com você, não que eu queira de qualquer maneira. Me solte.

Ela se afastou, e o cara soltou um de seus braços, mas se recusou a soltar o outro. Ela puxou até que suas costas estivessem pressionadas contra o meu peito e pude senti-la tremer. Coloquei a mão em sua cintura e olhei incisivamente para os dedos ainda cravados em sua pele.

— Cada marca que você deixar nela, vou me certificar de que você ganhe uma igual. Solte ela e saia da minha casa. — As palavras saíram pelos meus dentes entrecerrados e foram ditas baixo o suficiente para que a ameaça fosse clara.

Ele tinha mais ou menos uns cinco centímetros a mais do que eu e tinha o dobro de largura, mas era lento. Eu podia vê-lo tentando entender quem eu era e como havia me intrometido em seus planos, e estava demorando uma eternidade. Ele tinha músculos, mas eu tinha cérebro e meu sobrenome. Posso ser um ferrado, mas meus pais não eram, e o tipo de dinheiro e influência que eles tinham ia muito mais longe do que qualquer gancho de direita ou chute nas costelas.

— Estávamos apenas começando a nos conhecer melhor, não é, docinho? Eu estudo na UCLA[3], jogo no time de futebol de lá. Eu disse a ela que se fôssemos para algum lugar mais tranquilo, eu poderia contar tudo sobre a faculdade na Califórnia. Ela disse que estava curiosa. — Olhei para seus dedos novamente e ele lentamente começou a soltá-la. A pele dourada de Affton estava com um tom vermelho intenso enquanto o sangue voltava a circular.

Ela praticamente desabou contra mim assim que ficou livre. Envolvi meu outro braço em volta dela e acariciei sua nuca com os lábios. Ela deslizou a mão por cima da minha em sua cintura e entrelaçou os dedos trêmulos aos meus.

— Eu não estava curiosa. Eu disse que era interessante, para ser educada. Pedi umas cinco vezes que você me soltasse e não me ouviu. — Sua voz rouca abaixou um tom: — Por que você não ouviria? — Ela realmente não tinha ideia de como os homens podiam ser. Nem todos, ou mesmo a maioria, mas havia alguns que não ouviam e eram o tipo que ela precisava ficar longe.

Beijei a nuca dela novamente e olhei para o cara que estava percebendo a maneira como ela tentava se afundar em mim e a maneira como ela olhava para ele. Eu não conseguia ver, mas podia sentir. Sua raiva era quente, e seu medo praticamente vibrava ao longo de cada linha de seu corpo. Ela estava nervosa e ia explodir.

Felizmente, a amiga de Affton apareceu e acabou com a situação de uma maneira que só uma garota realmente bonita poderia fazer. Ela agia de um jeito distraído e confiante enquanto se aproximava. Jordan viu a maneira como Affton estava encolhida perto de mim, a maneira como o grandalhão e eu estávamos nos encarando, e prontamente se colocou no meio.

---

3   UCLA – Universidade da Califórina em Los Angeles

Com as mãos nos quadris, ela apontou um dedo para o brutamontes loiro e disse:

— Vá embora. Não sei o que aconteceu, mas ela não é de se abalar assim. Se você fez isso, não precisa estar aqui. Você tem um minuto e, se não for embora, vou chamar a polícia. — Isso acabaria com a festa e irritaria a galera, e todos o culpariam. Jordan era boa e estava pronta para brigar por sua amiga. Eu me perguntei como seria isso; ter alguém que se importava o suficiente para ir bater de frente com as coisas que o assustavam a ponto de te paralisar, mas saber que você não estava sozinho no medo. Meu medo era solitário, vazio e vasto.

O jogador de futebol ergueu as mãos e deu a nós três um olhar carrancudo.

— Garotas do ensino médio são tão imaturas. É exatamente por isso que não perco meu tempo com elas. — Ele deu a Affton um sorriso malicioso enquanto se virava para se despedir. — De qualquer maneira, você é uma vadia presunçosa. Não é nenhum pouco divertido ficar com vocês, já que temos que fazer todo o trabalho pra tirar suas roupas e colocar vocês de joelhos.

Eu fiz um som que era mais próximo de animal do que humano. Não conseguia me lembrar de qualquer outro momento na minha vida em que me importasse com algo o suficiente para rosnar a respeito disso. Eu queria fazer muito mais, no entanto. Eu queria enfiar meu punho em seu rosto, quebrar sua mandíbula com meu joelho, partir suas costelas e pisar em seus dedos. Para fazer isso, eu teria que soltar Affton e me virar, e isso não iria acontecer. Exatamente neste momento, ela girou em meus braços e enfiou a cabeça embaixo do meu queixo enquanto seus braços se enrolavam firmemente em volta da minha cintura. Sim, eu não ia a lugar nenhum.

Olhei para Jordan por cima da cabeça da Affton e disse:

— Certifique-se de que ele vá embora, e se ele não for, acabe com a festa. De qualquer maneira, não está sendo tão divertido quanto pensei que seria.

Ela olhou para sua garota presa em meus braços e inclinou a cabeça para o lado. Abriu a boca para dizer algo, mas balancei a cabeça, interrompendo-a:

— Eu cuido dela.

Jordan suspirou e pegou o celular enquanto se dirigia para os degraus do *deck*.

— Era disso que eu tinha medo. Me avise se ela precisar de mim. — Ela segurou o telefone e saiu atrás do cara, seguindo-o a uma distância segura e chamando um de seus admiradores para protegê-la. Novamente, não havia dúvida de que ela era uma garota inteligente.

Abaixei a cabeça para que meus lábios estivessem próximos ao ouvido de Affton e sussurrei:

— Me diga o que você precisa que eu faça agora, Reed. Estou acostumado a ser o vilão, não o herói. — Eu não tinha um manual sobre como ajudá-la. Nunca me importei o suficiente para me envolver antes.

Seus braços se apertaram ao redor da minha cintura, e quando ela levantou a cabeça para que pudesse olhar para mim, seus olhos estavam além do tom azul-escuro de quando usei minhas palavras como armas contra ela.

— Eu preciso de um minuto. Um lugar tranquilo, sem todas essas pessoas. — Ofegante, murmurou tão baixinho que só eu pude ouvi-la: — Não posso acreditar que *isso* é o que Jordan pensou que eu precisava vivenciar no lugar de todas aquelas noites em que fiquei em casa para estudar.

Segurei sua mão e comecei a puxá-la pela festa animada. As pessoas estavam começando a perder suas inibições e as coisas já beiravam a loucura. Ela manteve os olhos e a cabeça baixos, enquanto eu a guiava através de corpos dançantes e casais entrelaçados, passando pela sala de cinema. Ela arfou e tentou me fazer parar quando percebeu que havia um filme pornô muito gráfico e vulgar passando na tela enorme. Eu disse a ela para ignorar e salientei que quem quer que estivesse assistindo aquilo na casa de um estranho, não era alguém com quem ela desejaria esbarrar. Ela já tinha ficado chocada o bastante por uma noite. Ela não precisava de mais.

Eu a conduzi para o meu quarto, soltando sua mão para que pudesse destrancar a porta e mexer no controle remoto para fechar as cortinas que iam do teto ao chão. A fogueira na praia fez com que sombras interessantes dançassem através do tecido e deu ao cabelo claro de Affton um brilho etéreo. Claro que a garota *pareceria* estar usando uma porra de uma auréola quando estávamos sozinhos e ela baixasse suas defesas de ferro.

Ela sentou na beirada da minha cama e pegou o caderno que estava ali, aquele que eu rabiscava quando minha mente estava sendo idiota. Já que eu não podia mais usar drogas para escapar, eu desenhava. As pinceladas na página, o arranhar das cores enquanto dava vida a uma folha em branco, me acalmavam e mantinham minhas mãos ocupadas.

Ela arrastou o dedo sobre a capa e olhou para mim por baixo dos cílios.

— Você é muito talentoso, sabia? — Ela pigarreou. — Posso ter bisbilhotado um dia quando estava jogando suas coisas de volta em seu quarto para que Miglena não precisasse guardar para você. Você é um artista, Cable.

Bufei e cruzei os braços sobre o peito.

— Não é nada demais, só me mantém ocupado. Você está bem, Affton?

Ela se encolheu quando usei seu primeiro nome.

— Vou ficar. Aquilo foi assustador. Não estou acostumada com as pessoas me ignorando quando eu digo algo.

Ela era uma coisinha feroz, mas totalmente inconsciente de como o mundo funcionava.

— Sua amiga está certa. Você não é de se abalar, mas está tremendo como uma folha. Ele assustou você.

Ela inclinou a cabeça para trás e fechou os olhos com força.

— Esta noite inteira me abalou. Muitas pessoas, muitas oportunidades para você voltar aos velhos hábitos. Eu odeio me sentir fora de controle.

Aproximei-me dela e estendi a mão para afastar o cabelo bagunçado de seu rosto.

— Você está chateada por eu não ter tido uma recaída, Reed?

Ela colocou o rosto na palma da minha mão e sussurrou:

— Não. Estou orgulhosa de você, e isso é quase tão assustador quanto ter aquele cara me arrastando e não aceitar um não como resposta. Eu realmente não quero que você decepcione a nenhum de nós dois, Cable.

Inclinei-me e pousei meus lábios em sua testa.

— Você precisa ter expectativas razoáveis.

Ela suspirou e estendeu a mão para que pudesse apoiar as mãos na minha cintura.

— O que estamos fazendo?

Eu não fazia ideia, mas tinha certeza de que seria a melhor e a pior coisa que já me acontecera.

— Bem... Eu vou arruinar você, e você... você vai fazer o seu melhor para me salvar. — Deslizei minha mão sobre o seu cabelo e segurei sua nuca. Eu sabia para onde isso estava indo e tinha certeza de que ela também. Eu iria chegar lá mais rápido, mas tudo bem, porque eu poderia apenas esperar por essa garota para sempre.

— Você já veio em meu socorro duas vezes neste verão. Você é quem está me salvando. — Sua voz sumiu quando entrei em seu espaço pessoal. Eu a estava cercando. Estava pressionando. Eu a estava levando a algum lugar que ela nunca tinha estado antes.

Eu ia beijá-la.

Eu iria prová-la.

Eu ia transar com ela.

Eu seria o primeiro, o que era assustador, mas não tão assustador quanto a realidade de que ela também seria a minha primeira. Eu nunca tinha feito isso com ninguém de quem gostava antes. Claro, havia garotas que se preocupavam comigo, mas nunca senti o mesmo. Affton era diferente. Alguns dias, eu não aguentava ficar perto dela. Alguns dias, doía estar tão perto dela. Outros dias, tudo o que eu queria fazer era me aproximar. Uma coisa estava absolutamente clara para mim; embora eu nem sempre pudesse dizer o que sentia por ela, eu sentia algo de alguma forma. Não havia um vazio no centro do meu peito quando pensava em Affton. Havia algo ali, e isso era muito mais do que nada.

Eu iria, sem dúvida, quebrá-la, e não haveria conserto depois. Minhas peças e as peças dela seriam espalhadas daqui para o inferno e vice-versa. Não haveria como consertar a nenhum de nós novamente.

capítulo 13

AFFTON

Cable subiu e passou por cima de mim. Ele colocou o joelho na beirada da cama ao lado do meu quadril e me empurrou para trás. Colocou a mão ao lado da minha cabeça enquanto seu rosto pairava sobre o meu. Aqueles seus olhos cor de meia-noite eram ilegíveis, mas as sombras se foram e em seu lugar estavam todos os tipos de promessas e planos. A luz externa da fogueira brilhava através das cortinas e lançava em seu rosto um brilho vermelho-alaranjado que destacava aqueles demônios em sua alma, de quem ele sempre tentava fugir.

Ele ia me beijar.

Ele ia me tocar.

Ele iria me saborear.

Ele ia transar comigo... e eu ia deixar.

Eu queria que ele fizesse todas essas coisas. Este garoto que não conseguia se controlar. Este garoto que machucava as pessoas sem nem tentar. Este menino que estava tão perdido que me perguntei se algum dia poderia ser encontrado. Ele era aquele a quem eu deixaria entrar. Ele era aquele a quem nunca fui capaz de impedir.

Seus lábios pousaram em uma das minhas bochechas e depois se moveram para acariciar a outra. Sua cabeça inclinou para que sua boca ficasse em meu ouvido, seu hálito quente e úmido contra minha pele.

— Você sabe para onde estamos indo, Reed? Se você não quiser, agora é a hora de pisar no freio.

Foi muito rápido. Era perigoso. Não era lógico e definitivamente não era inteligente. Provavelmente era até um pouco antiético, considerando que eu estava aqui por meio de coerção e estava sendo paga para passar o verão com ele. Todas eram ótimas razões além do fato de que jurei que nunca me interessaria por um viciado, para dizer a ele que isso era o mais longe que eu poderia ir, mas o bom-senso não conseguia lutar contra todas as outras emoções que estavam se agitando e queimando dentro de mim.

Meu foco ferrenho estava debilitado.

Minha calma e raciocínio típicos não estavam em lugar nenhum.

Tudo dentro de mim estava zumbindo e tremendo. Para alguém que não deveria tremer, eu estava fazendo muito isso esta noite. Nunca estive tão instável em toda a minha vida.

— Está tudo bem, mas posso não ir na velocidade que você está acostumado quando vai por esta estrada. — Uma ou duas vezes, as coisas ficaram quentes e intensas com Hayes, quando eu saía com ele. Eu sabia mais ou menos o que me esperava, sabia quando virar à direita e quando virar à esquerda, mas não tinha ideia de como estacionar o carro. Eu sabia que Cable viajava por essa estrada regularmente, então nada era novo para ele. Eu, no entanto, não queria perder nada.

— Vou deixar você dirigir, mas vou guiar. Vou mostrar a você para onde ir, mas é você quem vai definir o ritmo. — Sua voz era baixa e suas palavras eram exatamente o que eu precisava ouvir. Ele poderia ser atencioso. Ele poderia ser gentil. Ele poderia ser compreensivo. Ele poderia ser todas as coisas das quais tinha certeza de que nunca seria.

Virei a cabeça para que meus lábios tocassem os dele. Seu gosto era algo doce com uma pitada de cigarro. Eu observei pelo canto do meu olho a noite toda, caindo no velho hábito de observá-lo quando ninguém mais estava olhando, nem mesmo ele. Eu estava esperando que ele pegasse uma bebida ou desaparecesse com algo que não deveria estar por perto. Ele nunca fez isso. Além de sair para fumar, ele ficou à vista durante toda a noite, seus olhos observando sua antiga vida acontecer ao seu redor. Ele não parecia ressentido ou arrependido... ele parecia triste. Talvez finalmente tenha percebido que tudo o que deveria fazê-lo feliz nunca realmente tinha feito. Era tudo apenas um curativo. Era tudo distração e diversão.

Ele retribuiu meu beijo. Seus lábios se moveram sobre os meus enquanto ele se abaixava para que nossos peitos se tocassem. Nunca gostei de me sentir presa, mas, neste momento, nunca quis que o peso de Cable James McCaffrey saísse de cima de mim. Suas mãos agarraram cada lado do meu rosto e sua respiração se misturou com a minha enquanto nós dois ofegávamos e gemíamos com a sensação de sermos pressionados um contra o outro. Meus mamilos se contraíram. Minhas pernas se moveram inquietas e meus quadris levantaram e arquearam contra os dele. Fingindo que sabiam exatamente o que estavam fazendo, minhas mãos encontraram o caminho para a barra de sua camiseta e começaram a puxá-la para cima em suas costas. O músculo flexionou e a pele tatuada se moveu sob meus dedos quando ele estendeu a mão e agarrou a parte de trás da gola para que pudesse retirar a peça em um movimento rápido. Era com prática e sem esforço, mas minha respiração, depois de toda aquela pele bronzeada e tensa pressionada contra a minha, não era.

Eu me sentia sem fôlego e oprimida, o que não ajudou em nada quando os lábios de Cable se moveram da minha boca molhada e dolorida para a lateral do meu pescoço. Senti a ponta de seus dentes e então o deslizar de sua língua enquanto ele lambia ao longo da pulsação e beliscava a curva do meu pescoço, passando pelo meu queixo. Uma de suas mãos se ergueu de onde estava apoiada no colchão acima da minha cabeça e pousou na minha coxa, onde a barra do meu vestido havia subido. Senti a ardência em cada dedo enquanto ele usava o polegar para desenhar círculos na pele sensível da parte interna da minha perna.

Isso fez a parte de mim que estava pressionada contra a protuberância em sua calça jeans se contrair e estremecer. Isso me fez suspirar e me mexer sob ele em antecipação. A ponta de seu nariz acariciou a minha clavícula, e senti o movimento de seus lábios tocando a base do meu seio. O toque fez meus mamilos endurecerem ainda mais, e, de repente, meu corpo inteiro parecia muito pesado. O local entre as minhas pernas doía, meus seios latejavam e se erguiam involuntariamente em direção àquela boca exigente.

Cable estava sendo gentil, mas havia uma ânsia na maneira como ele me tocava e na maneira como provava minha pele. Eu podia sentir suas restrições, o cuidado que estava tomando para não me assustar ou se mover muito rápido para que eu pudesse acompanhar. Ele era o garoto que pegava o que queria, fazia o que queria, quando queria, mas estava se controlando por mim. Isso me fez sentir especial e importante. Isso me fez apreciar o momento que estava tendo com ele, em vez de outra pessoa, mas também me deixou impaciente.

Eu podia ouvir as pessoas rindo e conversando na praia. A festa ainda continuava lá fora. O mundo real, aquele em que isso era uma péssima ideia, o mesmo que me deixaria de cabeça para baixo e toda retorcida estava perto demais. Se ele não jogasse um pouco mais do Cable perigoso na mistura, minha cautela de sempre faria barulho o suficiente para que eu não pudesse mais ignorar.

Não estava com medo dele ou do que acontecia entre nós. Para ser honesta, a maneira como ele me fazia sentir agora era menos assustadora do que todas as outras maneiras que me fez sentir neste verão. Eu sabia que ele era ridiculamente bonito e tinha um lado taciturno. Atração não era algo lógico. Eu gostava da aparência dele e meu corpo gostava da forma como ele olhava para mim. Era a atração por ele – mesmo que ele sempre estivesse me afastando – que me assustava. Eu estava tão envolvida em seu bem-estar e no que fazia, que esqueci de me manter segura. Esqueci que não havia espaço em meus planos para Cable James McCaffrey. Berkeley era meu objetivo, McCaffrey e qualquer coisa – a não ser pelo meu pai – que tivesse a ver com Loveless, não.

Passei a perna que ele acariciava em torno dele, arrastei os dedos de uma mão pela linha da sua coluna e enfiei os dedos pelo cabelo comprido em sua nuca. Meus dedos cravaram em seu couro cabeludo quando ele começou a mover a mão por dentro da minha perna. Meu vestido subiu facilmente com sua mão viajante, e deixei escapar um pequeno suspiro quando senti o toque de seus dedos contra o centro da minha calcinha. O contato fez minha pele formigar, e eu não aguentava mais as camadas de roupas entre nós.

Desci as mãos até meus quadris e puxei o vestido para retirá-lo por cima. Fiquei deitada embaixo dele, em nada mais do que uma calcinha rendada e um sutiã sem alças que fazia muito pouco para manter meu corpo excitado escondido de sua vista. Cable soltou um palavrão e olhou para o meu corpo com as pálpebras pesadas. Suas bochechas estavam coradas e seu peito largo subia e descia enquanto ele exalava uma respiração profunda.

— Não menti quando disse que você é de tirar o fôlego, Reed. Além disso, não vou mentir sobre o fato de que estava tentando imaginar o que você usava por baixo desse vestido a noite toda.

A mão na parte interna da minha perna levantou e tocou a borda do meu sutiã. Ele deslizou o polegar sob a costura de cetim e traçou a curva completa que estava escondida por baixo. Prendi a respiração, esperando, querendo seu toque no bico intumescido que estava praticamente implorando por sua atenção. Quando seus dedos circundaram o ponto rígido, fechei os olhos com força e mordi meu lábio inferior para não gemer. Ele esfregou círculos vagarosos ao redor de um mamilo e então mudou de tática. Pediu que eu me erguesse um pouco para que ele pudesse abrir o fecho e se livrar daquela barreira por completo. Seus lábios pousaram no outro mamilo, o ponto aveludado desaparecendo na caverna quente de sua boca enquanto eu afundava no prazer e no esquecimento.

O arrastar de seus dentes na pele sensível me deixou pronta para explodir. A pressão dos seus dedos e o puxão que ele deu do outro lado fizeram meu corpo se curvar e tremer incontrolavelmente. Eu me sentia molhada e com calor. Estava inquieta e pronta, querendo e esperando. Cada sensação que ele enviou através dos meus nervos parecia maior e melhor do que a anterior.

Meus dedos se curvaram no músculo duro de seu ombro enquanto eu me arqueava para cima para me esfregar contra toda a dureza que estava pressionada contra meu centro. Eu não sabia o que fazer com tudo isso, mas sabia que queria senti-lo sem o tecido áspero de sua calça jeans entre nós. Tive que soltar seu cabelo para colocar a mão entre nós e, quando o fiz, fui direto para o botão no topo de sua calça. Meus dedos saltaram sobre os músculos definidos de seu abdômen e suspirei enquanto eles flexionavam contra o meu toque.

— Você também não é tão ruim, McCaffrey.

Ele realmente não era. Ele fazia coisas ruins, escolhas ruins, tendia a ter pensamentos ruins sobre si mesmo e todos os outros, mas ele não era mau. E, por fora, bem, a visão era melhor ainda. Eu queria minhas mãos e boca em cada centímetro dele.

Cable não pôde me responder porque sua boca estava ocupada marcando meus seios. Sua lambida, sucção e girar de língua mudaram de um para o outro até que minhas mãos se tornaram instáveis, dificultando o trabalho de abrir o botão da calça. Enquanto eu estava lutando, desajeitada e descoordenada, uma de suas mãos encontrou o caminho para o tecido úmido da minha calcinha. Desta vez, não foi um movimento tranquilo e lânguido até o destino pretendido. Desta vez, não houve hesitação. Seus dedos navegaram sob a superfície sedosa como se ela nem estivesse ali e eu fiquei completamente imóvel enquanto ele deslizava pelas dobras úmidas pelo prazer nítido. Não havia como esconder minha reação. Não havia como fingir que não estava tão ansiosa e pronta para ele quanto ele estava para mim.

Aquilo era novo.

A sensação de desejo. A sensação de estar vazia e incompleta sem ele. Eu gostava das coisas que o garoto que não era Cable tinha feito comigo, mas não me sentia desesperada por mais. Cable me deixava louca. Ele me tornou irracional e selvagem; era o único que poderia me distrair de todas as outras coisas nas quais eu, normalmente, me concentrava e me mantinham em movimento. Ele afastou o que poderia ser, porque tudo o que importava era o que estava acontecendo entre nós dois agora.

Choraminguei, meio aflita e meio desejosa quando senti seus dedos se moverem. Eles deslizaram, buscando e procurando até encontrar o que procuravam. Seus lábios se levantaram do meu seio e pousaram de volta na minha orelha. Estremeci quando ele pressionou e sussurrou:

— Não posso acreditar que você vai dar isso para mim. Eu realmente não mereço.

Seu toque era confiante e firme enquanto seus dedos se moviam para dentro e para fora do meu centro. Seu polegar encontrou aquele local, aquele que todos diziam ser mágico. Eles estavam certos. Bastou um pequeno toque, um golpe suave e meus olhos se fecharam e os dedos dos pés se curvaram. Esqueci tudo sobre abrir sua calça e me perdi no prazer que me envolvia da cabeça aos pés. Seus dentes beliscaram minha orelha e sua língua lambeu ao longo do lóbulo. Levantei os quadris, pedindo freneticamente por algo, algo que eu nem sabia que existia até que esse garoto invadiu minha vida.

Passei os dedos em volta do pulso que estava preso entre minhas pernas. Eu podia sentir sua pulsação batendo forte e a flexão de seus dedos enquanto trabalhavam para dentro e para fora do meu corpo. Meus músculos se contraíram e tudo dentro de mim vibrou. A sensação era estranha, mas não indesejável, enquanto eu balançava com mais firmeza ao seu toque.

Abri os olhos com esforço, e assim que o fiz, meu olhar foi imediatamente capturado pelo olhar ardente e possessivo dele. Cable sabia que estava recebendo algo que eu nunca seria capaz de dar a ninguém, e o olhar que ele me dava dizia que planejava lidar com o que eu estava entregando a ele como se fosse mais do que algo especial... porque era. Isso era mais do que uma ficada em uma festa. Para mim, isso era tudo.

Gemi quando o calor e a tensão lânguida começaram a se desenrolar da minha barriga para todos os meus membros.

— Você pode não merecer, mas eu, com certeza, mereço. Sempre fiz tudo certo, Cable. Ter você aqui, comigo esta noite, dando algo que nunca quis que ninguém mais tivesse, é minha recompensa por isso.

A ponta do polegar pressionou meu clitóris e aqueles dedos longos e fortes descobriam todos os lugares escondidos e secretos que eu havia encontrado, um local que me fazia ver estrelas. Eu não aguentava mais. Meus dedos cravaram em sua pele, profundo o suficiente para deixar marcas. As minhas pernas se fecharam em torno de sua cintura. Pressionei meu peito contra o dele e me contorci contra Cable. O calor que se espalhou por todo o meu corpo começou a queimar quando minha visão embaçou, e cada parte do meu corpo se contraiu e tensionou diante do prazer. Eu estava sendo empurrada de um penhasco e flutuando nas nuvens de luxúria. Eu estava ficando nervosa e solta. Houve um choque semelhante ao de mergulhar em água gelada, mas que rapidamente desvaneceu-se em um calor que se espalhou em espiral e correu pelo meu sangue. A sensação era maravilhosa. Tão boa. Melhor do que boa. Era incrível, e eu tinha certeza de que ser recompensada por uma vida inteira fazendo as escolhas certas deveria ser exatamente assim.

Arfando e sem fôlego, beijei seu queixo enquanto ele pairava sobre mim, observando, esperando. Eu queria dizer a ele que valeu a pena. Queria explicar que tinha certeza de que ninguém mais poderia me fazer reagir e responder da maneira como ele fazia.

Tudo o que consegui dizer foi um fraco, *"Minha nossa!"*. Isso o fez rir, e meus olhos não se desviaram dos dele em momento algum, nem quando ele se desvencilhou de meus membros que o agarravam, ficando de pé ao lado da cama entre minhas pernas abertas.

Ele ofereceu a mão e puxou meu corpo lânguido para uma posição sentada. Depois tirou um tempo para deslizar minha calcinha pelas minhas pernas com movimentos eficientes e seguros. Eu me encontrei cara a cara com aquele pacote impressionante escondido atrás do zíper da sua calça jeans, e agora que não tinha suas mãos e boca em cima de mim, poderia me concentrar em chegar até ele.

Houve um pequeno tremor em minhas mãos quando as levantei para a frente de sua calça, mas era antecipação, não medo, fazendo-as tremer. Ele me observou em silêncio, esperando minha deixa sobre o que deveria ou não fazer. Ele estava sendo tão paciente que não pude evitar de me inclinar e dar um beijo bem acima de seu umbigo. Sua barriga musculosa tensionou e uma de suas mãos pousou no topo da minha cabeça. Senti seus dedos se enroscarem em meu cabelo.

Abri o botão e puxei o zíper para baixo. Ele usava aquela boxer preta que parecia gostar tanto e sua excitação estava pronta para explodir fora dela. Havia muito dele, e eu queria tudo.

Ele me impediu de empurrar sua calça para baixo para que pudesse pegar sua carteira. Então tirou um pequeno pacote de papel alumínio e me entregou enquanto continuava a se desnudar na minha frente. Ele não era tímido. E não tinha uma razão para ser, mas isso era muito para o meu cérebro lento e protegido assimilar. Mesmo no escuro, com sombras brincando de esconde-esconde, eu sabia que estava corando intensamente e piscando com rapidez.

    Ele estendeu a palma da mão e fez um gesto de "me dê" com os dedos. Entreguei o preservativo obedientemente e observei com olhos arregalados enquanto ele desenrolava o látex ao longo do comprimento do seu pau. Ele deve ter percebido parte da minha preocupação e hesitação porque um sorriso apareceu nos cantos de sua boca.

    — Vai ficar tudo bem. Vamos tomar nosso tempo e garantir que dê certo. Não tenha medo. — Ele me inclinou para trás e pairou sobre mim, desta vez nos deitando completamente sobre a cama.

    Sua boca era macia quando tocou a minha. Suas mãos eram gentis enquanto deslizavam sobre a superfície da minha pele, mas seu corpo estava duro. Seus ombros rígidos, seus bíceps protuberantes e eu podia sentir a tensão em suas coxas. A pressão de seu pau entre minhas pernas era insistente e erótica. Ele estava tão quente quanto eu, e aquela carne grossa era suave como a seda contra a parte interna da minha coxa.

    — No início, não vai ser tão bom quanto o que acabamos de fazer. Você sabe disso, não é? — Sua voz estava rouca e áspera. Eu não tinha ideia de como ele esperava que eu respondesse, quando senti a ponta de sua ereção deslizando através das dobras úmidas e ainda hipersensíveis de sua atenção anterior.

    Eu tinha ouvido relatos sobre a primeira vez. Jordan odiara a dela, mas isso poderia ser porque ela acabou odiando o cara com quem perdeu a virgindade. Ela disse que foi tudo rápido, incluindo o desconforto. Eu tinha outra amiga que não teve nenhum problema quando ela e seu namorado de longa data, finalmente, decidiram dar o próximo passo. Ela disse que era um pouco desconfortável e estranho, mas que a sensação desapareceu rapidamente.

    A verdade é que, de qualquer forma, fiquei feliz por ter a memória com ele. Bom ou ruim, eu queria esse momento com ele.

    — Acho que vou viver. — Realmente, era a primeira vez em muito tempo que eu estava vivendo, em vez de pensar. Estava experimentando algo. Jordan ficaria muito orgulhosa... depois que ela me matasse por me entregar ao Cable.

    Ele riu de novo e lentamente inclinou seus quadris contra os meus. Uma de suas mãos deslizou entre nós e sobre minha barriga. Eu o senti envolver seu punho em torno de seu eixo tenso e, um segundo depois, seu corpo pressionou lenta e firmemente no meu. Prendi a respiração e seus olhos se fecharam.

— Ainda bem que um de nós vai sobreviver a isso, Reed. Tenho certeza de que você está prestes a me matar.

Houve alguns segundos em que tudo dentro de mim resistiu à sua invasão, mas quando me lembrei de respirar, e quando ele me beijou, esqueci a estranha sensação de ser preenchida e tomada. Esqueci da pressão. Ignorei a dor do desconforto e foquei na sensação de prazer e paixão que se escondia por trás disso tudo.

Fiel à sua palavra, ele tomou seu tempo e se certificou de que tudo estivesse bem para nós dois.

Nós pegamos fogo.

Estávamos em chamas.

Queimamos um ao outro, uma e outra vez.

Não demorou muito para ser arrebatada pela nova sensação. Esqueci tudo sobre o que ele já tinha me dado e exigi mais. Era uma sensação inebriante ter aquele corpo grande e forte se movendo para dentro de mim e sobre o meu. Os sons que ele fazia em sua garganta e no fundo de seu peito eram extasiantes, e eu sabia que nunca esqueceria a maneira como seus olhos brilhavam com um fogo negro.

Ele desmoronou primeiro com um longo gemido e outra série de palavras indecentes. Eu estava contente em flutuar na nuvem de prazer onde me deixou para trás, mas Cable não toleraria isso. Sua mão e dedos inquisitivos estavam de volta entre minhas pernas, e levou apenas alguns movimentos bem pensados e alguns círculos habilidosos para que eu me perdesse ao redor dele.

Cable desabou em cima de mim, respirando com dificuldade, o corpo coberto por uma fina camada de suor. Ele fez um esforço óbvio para levantar a cabeça e pude ver um milhão de perguntas em seus olhos.

Eu estava bem?

Ele estava bem?

Foi bom para mim?

Doeu e eu já me arrependi?

Como acabamos aqui e quando poderíamos voltar a este exato momento de novo e de novo?

Eu ainda o odiava ou era algo mais próximo do amor agora?

Pela primeira vez na minha vida, não tive resposta para nenhuma delas.

capítulo 14

CABLE

— Eu não estava dirigindo na noite do acidente.

Foi a primeira vez que admiti isso em voz alta e eu nem tinha certeza se a garota para quem eu admitia aquilo estava acordada. Foi uma longa noite para Affton. Não dei a ela tempo para pensar ou colocar seus escudos de volta. Eu a limpei e continuei com ela até que nós dois estivéssemos muito doloridos e cansados para fazer muito mais do que nos enrolarmos um no outro e desmaiar.

Estar com ela fez a espera valer a pena. Minha mente e meu corpo estavam finalmente na mesma página. Ambos a queriam, queriam tomá-la e mantê-la. Ambos se deliciavam com o fato de que ela se encaixava tão bem, tão macia e dura em todos os lugares certos e nas quantidades certas de ambos.

Suspirei e observei seu cabelo deslizar entre meus dedos. Realmente era cabelo pós-sexo agora, mais bagunçado do que antes, quando a arrastei de volta para a cama depois que ela tomou um banho e a rolei de um lado para o outro. Secou em um emaranhado selvagem que parecia ir em todas as direções, mas os fios claros eram macios e sedosos contra o meu peito. Sua cabeça estava enfiada sob meu queixo, um de seus braços descansava ao longo de minhas costelas, e seu joelho dobrado sobre meu pau seriamente satisfeito. Nunca, em um milhão de anos, eu teria imaginado esse cenário com essa garota, mas se fosse honesto, era um sonho que se tornou realidade. Como em tudo que ela fazia, Affton aprendia rápido e era uma aluna excelente. Eu nunca tomaria como certo que fui eu quem a ensinou tudo sobre o tipo de sexo que deixava você exausto e animado ao mesmo tempo. Eu finalmente encontrei o tipo de aula para a qual não me importava em me empenhar completa e metodicamente. Afinal, a prática levava à perfeição.

— Eu sei que todos pensaram que Jenna estava no carro comigo, porque nós ficamos algumas vezes e andávamos com as mesmas pessoas, mas não foi por isso que ela estava lá. — Engoli em seco, esperando que Affton realmente estivesse dormindo, para que não tivesse os mesmos pesadelos que eu tinha. Depois que ela soubesse a verdade sobre aquela noite, aquilo iria assombrá-la da mesma forma que me assombrava. Ela poderia dormir com facilidade, mas era discutível se ainda iria querer dormir comigo deitado ao lado dela.

Suspirei e enrolei uma mecha de cabelo loiro em volta do meu dedo.

— Jenna e eu tínhamos muito em comum. O mesmo tipo de educação. O mesmo tipo de riqueza e *status*. Seus pais também nunca estavam por perto, mas pelo menos ela tinha uma babá que se importava com ela e a criou.

Jenna Maley era parecida com Jordan no sentido de que todos sabiam quem ela era e queriam um pedaço dela. Infelizmente, ela era semelhante a mim no sentido em que estava sempre procurando por algo que acabasse com a névoa de descontentamento que a cobria todos os dias. Assim como eu, ela estava perdida, e procurando por algo. Ambos aprendemos rapidamente que nos sentíamos vazios e ocos. Não fazia sentido tentar usar um ao outro para preencher esses buracos, mas nos entendíamos, e Jenna era a coisa mais próxima de uma amiga de verdade que cheguei a ter em Loveless. Acontece que a babá de Jenna tinha um irmão, e esse irmão tinha contatos em todo o Texas quando se tratava de conseguir qualquer medicamento que você pudesse imaginar. Jenna começou a tomar comprimidos que seu psicanalista receitou a ela, e rapidamente passou para coisas mais pesadas. Foi ela quem me apresentou todas as coisas que eram mais fortes do que um baseado.

— Ela era a minha traficante.

Ninguém em Loveless jamais soube disso. Ela escondia seus hábitos melhor do que eu, e carregava sua tristeza com mais graça do que jamais consegui. As pessoas achavam que eu era a má-influência. Eles sussurraram que eu a estava corrompendo e conduzindo por um caminho de destruição. Seus amigos disseram a ela para se afastar de mim, e quando seus pais estavam por perto, eles fingiam que tudo era apenas uma fase.

Ela nunca se afastou de mim porque usávamos um ao outro como muleta e permitíamos um ao outro fazer coisas horríveis. Sentir-se sozinho e abandonado é ruim; mas o pior é quando outra pessoa lhe diz que esses sentimentos são justificados e que você está completa e totalmente isolado porque ninguém se importa. Ela fez os pensamentos idiotas na minha cabeça soarem razoáveis e justificáveis. Ela queria que eu caísse o mais baixo que pudesse, para que ela não tivesse que viver no fundo do poço sozinha.

— Eu disse a Jenna que minha mãe estava me mandando para a reabilitação. Que minha mãe revirou meu quarto, encontrou meu estoque e perdeu a cabeça. Ela não queria que eu morresse. Quero dizer, ela não queria que eu causasse um escândalo para a família também, mas, na verdade, ela estava preocupada comigo quando soube o quão fundo eu tinha ido. — Soltei um suspiro. — Graças à você. — Eu a odiava na época, mas a verdade era que Affton provavelmente salvou minha vida quando me delatou.

Continuei sem resposta alguma da Bela Adormecida esparramada em meu peito. Deslizei a mão sob o cabelo ondulando suavemente contra sua nuca e a deixei ali. Eu estava me agarrando nela como se a minha vida dependesse disso. Eu não queria soltá-la nunca.

— Acredite ou não, eu queria ir. — Soltei um suspiro e realmente desejei que a minha calça estivesse mais perto para que pudesse acender um cigarro. Eu precisava da nicotina para acalmar meus nervos. Precisava da inspiração e expiração tão familiares para acalmar meu coração e pensar que estava tudo bem em abrir as portas para essa garota. — Fiquei tão aliviado por alguém finalmente ter percebido. Estava exausto com a constante subida e queda. E, caramba... a forma com que você olhou para mim, naquele dia em que me confrontou na escola, como se eu fosse uma causa perdida, era visível que você realmente me odiava. Estava enojado e cansado de ser aquele cara, mas eu era ele há tanto tempo que não tinha ideia de como me livrar dele. Comecei a pensar que ele era quem eu deveria ser, mas então minha mãe ofereceu uma chance de ajuda, e eu aceitaria. Jenna odiou aquilo.

Ela não queria perder o cara que era sua cortina de fumaça. Todo mundo estava muito ocupado me observando desmoronar para prestar atenção nela. Jenna também não queria perder seu melhor cliente. Se eu cheirasse ou engolisse um punhado de oxicodona, então um monte de outros jovens que quisessem ser como eu, ou pelo menos pensassem que queriam ser como eu, seguiriam o exemplo. Drogas para recreação eram um grande negócio no centro do país, e Jenna estava ganhando dinheiro com garotos entediados que caíam de cara na pressão dos colegas.

— Ela ligou e disse que queria me encontrar. Estava chorando, muito chateada, disse que se eu fosse para reabilitação, então talvez ela devesse ir também. Eu deveria saber que era mentira. Aquela garota não queria ajuda, ela só não queria ser a única pobre alma rica viciada em Loveless.

Affton resmungou algo e mudou de posição. Sua mão foi para debaixo da sua bochecha no meu peito, de modo que seus dedos ficaram espalmados sobre o meu coração. Seu joelho roçou meu pau coberto pelo lençol e eu imediatamente fiquei duro. Ela ficaria fora de ação por um ou dois dias. Eu não tinha dúvidas quanto a isso. Ela já estava dolorida e se movendo com dificuldade. Affton pegou muito e depois pediu mais. Ela era praticamente a melhor coisa de todos os tempos, e quando tudo isso explodisse e se dissipasse, eu sempre teria esta noite com ela para me lembrar que havia algo neste mundo pelo qual valia a pena lutar.

— Fui buscá-la porque ela estava uma bagunça e sem condições de dirigir. — Balancei a cabeça e queria me chutar por quão óbvio tudo era agora que estava pensando direito. — Ela armou pra mim. Quando cheguei à sua casa, ela estava nua e doidona. Ela disse que queria me dar uma festa de despedida da qual nunca esqueceria.

E porque eu era um idiota, e não podia recusar algo dado de bandeja, caí direto na armadilha. Imaginei que se eu fosse ficar limpo, poderia muito bem ter uma última noite de excessos. Para início de conversa, foi esse tipo de raciocínio que me transformou em um viciado. Eu não estava imune às consequências de minhas ações, embora pensasse que sim.

— Fui a uma festa regada a drogas. Bebi até vomitar, fodi até não conseguir ficar de pé, meti tanta merda no nariz que não consigo acreditar que meu coração não parou. Era nojento, mas eu sabia que tudo o que estava acostumado a usar para fingir que estava bem iria embora assim que eu entrasse no avião. Então, eu me joguei. Ela sabia que eu faria.

Era muito revelador que minha traficante me conhecesse melhor do que qualquer outra pessoa em minha vida.

— Acordei naquela noite, com ressaca e totalmente exausto. Jenna se ofereceu para me levar de volta ao rancho dos meus pais e, como eu não estava em condições de dirigir, concordei. Eu sabia que minha mãe ficaria chateada porque não havia como esconder o quão fodido estava naquele momento, e imaginei que talvez ela manteria a calma se Jenna estivesse lá como testemunha. Minha mãe detesta fazer cenas — bufei.

Affton esfregou sua bochecha contra meu peito. Sua outra mão passou por baixo do meu ombro, de modo que ela praticamente me deu um abraço de corpo inteiro. Eu sabia que ela não estava mais dormindo ou fingindo estar dormindo. Enfiei a mão sob as cobertas e segurei sua bunda redonda e macia em minha palma. Seu joelho roçou minha ereção deliberadamente e fechei os olhos.

— Assim que entramos no carro, Jenna perdeu o controle. Ela não estava olhando para a estrada quando começou a dirigir. Ela começou a gritar que eu não podia ir, que não podia contar a ninguém o que estávamos fazendo. Ela estava preocupada que eu revelasse quem era o meu contato. Ela pirou. — Lembrei do rosto dela, manchado de raiva e de maquiagem enquanto gritava e chorava. Eu não tinha ideia se ela estava chapada, ou ainda doidona da noite anterior, mas também foi assustador, considerando que meu carro passou de zero a sessenta em meio segundo. — Ela não foi em direção ao rancho, simplesmente pegou a estrada para a cidade. Ela dirigia muito rápido e não conseguia lidar com o carro. Eu implorei, implorei para ela diminuir a velocidade ou encostar, mas ela não estava presente.

Ela agiu como se não pudesse me ouvir.

— Não sei se ela estava tentando sair da cidade, ou se queria se machucar e a mim também. Não sei se estava tão perdida a ponto de pensar em machucar outra pessoa. Tudo o que sei é que nada disso teria acontecido se eu tivesse sido mais forte. Se não tivesse que ter uma última farra de tudo que fodeu minha vida em primeiro lugar. Fui egoísta e, por causa disso, Jenna morreu.

Eu sabia que ela não poderia levar o carro esporte até o centro de Loveless. Ela agia muito errática e imprevisível, e ia atropelar alguém ou nos tirar da estrada.

— De nós dois, eu era o que estava pensando mais claramente e, honestamente, não tinha ideia do que fazer. Estava tão confuso quanto ela. Tudo o que fazia sentido era agarrar o volante e tentar forçá-la a sair da estrada.

Só que estávamos indo rápido demais e não olhei para ver se havia mais alguém na estrada além de nós. Eu estava em pânico, bêbado e assustado demais.

— O carro derrapou em algum cascalho solto ao lado da estrada e perdeu o controle. Jenna largou o volante e cobriu o rosto, e nós derrapamos de uma pista para a outra, batendo em outro motorista inocente no processo. Meu carro esporte bateu na valeta da estrada, a frente travou e virou naquela merda. Jenna e eu fomos jogados para fora do carro com o impacto, porque nenhum de nós se incomodou com os cintos de segurança. — Tive que parar e pigarrear algumas vezes antes de continuar. Meus dedos cravaram em sua nuca e na lateral de seu quadril. Eu ia deixar marcas

135

nela, com mais do que minhas palavras. — Ahn... Quando Jenna foi jogada, o carro capotou e ela morreu na hora. Por algum motivo, fui jogado para longe o suficiente para ficar apenas com alguns pequenos arranhões e hematomas. Tive um braço quebrado, várias costelas fraturadas e bati a cabeça. Acabei com uma concussão que sacudiu meu cérebro o suficiente para não me lembrar de nada do que aconteceu.

Affton se moveu. Ela colocou as duas mãos no centro do meu peito e apoiou o queixo nelas. Quando abri os olhos para encará-la, pude ver que ela estava chorando. Lágrimas silenciosas deslizavam pelo seu rosto enquanto ela me observava no escuro. Levantei a mão e passei o polegar sobre a mancha molhada.

— Os policiais vieram ao hospital depois que acordei e me perguntaram o que aconteceu. Na época, eu honestamente não conseguia me lembrar. Tudo o que eu sabia era que Jenna e eu tínhamos ficado loucaços na noite anterior. Eles me perguntaram se eu estava dirigindo, já que ambos fomos arremessados e caímos em lugares diferentes. Eles não sabiam quem estava ao volante. Era meu carro, então imaginei que era eu quem dirigia. Só depois de admitir a responsabilidade é que me disseram que eu seria acusado de homicídio. Foi quando também descobri sobre o outro motorista. Ele quase morreu. Por nenhuma outra razão, ele estava no lugar errado na hora errada.

— Quando você recuperou a memória? — Sua voz estava baixa e pensativa.

— Bem na época em que o julgamento começou. Pedaços aqui e ali começaram a voltar para mim, mas eu estava muito confuso na época. O juiz não me garantiu uma fiança porque ele era próximo aos Maleys e eles queriam que eu pagasse pelo que aconteceu com Jenna. De repente, eles eram os pais do ano e Jenna tinha sido uma espécie de anjo. Todos na cidade cochichavam que sabiam que eu acabaria me ferrando, só que ninguém sabia que seria tão literal. A família do cara que colocamos na cadeira de rodas processou meus pais por tudo o que aconteceu, e essa foi a gota d'água que finalmente transbordou o copo do casamento deles. Minha mãe abandonou meu pai e voltou toda sua atenção para tentar me manter fora da prisão.

Esfreguei o polegar ao longo de seu lábio inferior e levantei a perna esquerda sob a dela para que ela fosse pressionada com mais firmeza contra minha ereção dolorida.

— De alguma forma, Jenna conseguiu evitar as câmeras de trânsito, e minha reputação de desrespeito às regras levou a melhor. Não havia nenhuma prova de que não era eu quem estava dirigindo, e a verdade é que não importava. Eu sabia que nada disso teria acontecido se tivesse sido capaz de dizer não, se tivesse sido capaz de me afastar de meus vícios... mas eu tinha cedido. Aquele acidente foi tanto minha culpa quanto dela. Ficar sentado em uma cela de prisão não era nada, considerando o preço que ela teve que pagar. Eu mereci... e provavelmente merecia mais... mas eu não estava dirigindo aquele carro.

Eu precisava que ela soubesse disso.

Não tinha certeza do porquê, mas simplesmente sabia que era uma informação que ela precisava saber, especialmente agora que cruzamos uma linha muito importante em nosso relacionamento.

Ela piscou para mim e soltou um suspiro longo e profundo. Sua respiração tocou meus lábios em um beijo fantasma e suas palavras me envolveram em um abraço invisível.

— Você está procurando perdão, Cable? Porque se for, eu o perdôo, e realmente acho que você deveria se perdoar. — Ela virou a cabeça para que sua bochecha estivesse mais uma vez apoiada em suas mãos. — Quer saber um segredo? — Sua voz era suave e gentil. Foi a primeira vez que ela pareceu hesitante e insegura comigo.

Assenti com a cabeça no escuro e enrolei as pontas de seu cabelo em volta dos meus dedos.

— Seus segredos estão seguros comigo, Reed. — Eu não poderia prometer que seu coração estaria.

— Escrevi uma carta para você, mais de uma, quando você foi embora. Pedi desculpas de centenas de maneiras diferentes por contar à sua mãe o que estava acontecendo com você. Sabia que nada do que aconteceu naquela noite teria acontecido se eu mantivesse meu nariz fora da sua vida. Tentei ajudá-lo e deu tudo errado. Eu me senti tão responsável quanto você pelo que aconteceu naquela noite. — Ela soltou um longo suspiro. — Eu nunca as enviei. Me senti muito mal com o acidente e com o fato de você ter ido para a cadeia, mas fiquei feliz por você ter recebido ajuda. Fiquei feliz por você não poder mais usar drogas. Era egoísta e me fez sentir culpada, mas é a verdade. Você foi para a prisão por algo que não fez e perdeu alguém de quem gostava. Acho que foi punido o suficiente por fazer algumas escolhas erradas ao longo do caminho. Sua penitência está paga. Você queria ajuda, queria mudar; e aqui está sua chance. Não foda com tudo.

Nos rolei para que ela ficasse por baixo e me apoiei em meus antebraços acima de sua cabeça para não esmagá-la.

— Eu não as teria aberto se você as enviasse. Eu não estava em um lugar onde quisesse compartilhar a culpa, e nós dois sabemos que não sou exatamente bom em ouvir o que você tem a dizer.

Ela fazia tudo parecer tão simples. Estraguei tudo e isso me custou tudo. A única maneira de consertar aquilo era consertando a mim mesmo, porque essa era a única parte da equação que poderia ser corrigida.

— Falando em foder... — Levantei as sobrancelhas para ela e grunhi quando ela bateu nas minhas costelas desprotegidas.

Foi muito intenso, contar todos os meus segredos e tristezas para ela. Affton não parecia com medo dos meus demônios, mas agora ela sabia o quão sanguinários e cruéis eles podiam ser. Eu precisava de algo que fosse familiar, algo que fosse simples depois de toda aquela exposição de alma. Eu me senti cru e exposto... vulnerável. Estava tremendo de uma maneira diferente do que no consultório do doutor Howard e meu mundo se focou sobre ela, em vez de naquela noite.

Affton se mexeu embaixo de mim e revirou os olhos.

— Eu mal posso me mover. Estou dolorida em lugares que nem sabia que existiam e, honestamente, meu coração está em conflito depois de ouvir tudo isso. — Eu podia ver que ela estava sofrendo por mim, mas também por minha causa. Ela disse que não queria que eu a desapontasse, mas ouvir sobre como minhas más escolhas poderiam ser ruins fez exatamente isso.

Eu me movi para me afastar dela, para lhe dar o espaço que ela obviamente precisava enquanto lutava com a minha verdade horrível.

— Descanse. Vou me certificar de que a casa não está destruída e recolher um pouco da bagunça para que Miglena não caia em uma pilha de lixo. — Não fui muito longe. Seus braços se fecharam em volta do meu pescoço e suas pernas circundaram meus quadris, então não havia como ir a lugar nenhum. Suas sobrancelhas pálidas se ergueram e um sorriso suave apareceu em sua boca.

— Podemos convocar a Jordan para nos ajudar a limpar pela manhã. Não estou pronta para você ir ainda.

Eu a observei me olhando e disse, honestamente:

— Se eu ficar, nós dois vamos acabar nos movendo muito mais do que isso, e não quero que você faça nada comigo quando estiver confusa ou em conflito. Não quero que pense que estou me aproveitando de você, Reed. — Eu não me importava em manipulá-la e motivá-la com joguinhos tolos, mas me recusei a tomar vantagem do seu coração para o meu próprio prazer.

Ela olhou para mim por um longo momento antes de puxar minha boca para a dela. Foi um beijo que começou lento e doce, mas acabou molhado e selvagem. Meus dedos estavam entre suas pernas e seus dedos em volta do meu pau pulsante no momento em que paramos para respirar. Seu olhar era vítreo e sua respiração estava agitada quando ela me disse:

— Eu sempre soube quem você é, Cable. Nunca concordei com as escolhas que você fez... mas sobre você, meu coração nunca se confundiu sobre você.

Ri e me inclinei para que pudesse roçar meus lábios contra os dela novamente.

— Você me odiava naquela época e me odiava no início deste verão. Lembra?

Seus lábios se contraíram.

— Exatamente. Eu odeio você, Cable James McCaffrey. Agora me ensine como chupar seu pau.

Nada nunca foi mais sexy do que sua doce boca dizendo aquelas coisas sujas. Eram palavras que ela não estava acostumada a dizer, e eu as amava quase tanto quanto amava saber que era o único que sabia o que era estar enterrado bem dentro dela. Pela primeira vez, não dei a mínima por ser uma má influência. Se corrompê-la levasse sua língua a me lamber e seus lábios a me chupar, então eu estava feliz em conduzi-la direto para o inferno.

Se você pensar bem, amor e ódio realmente não são muito diferentes quando você vai direto ao assunto. Ambos deixam você louco. Ambos fazem você fazer coisas que nunca pensou que faria, e ambos eram tão, tão fáceis de se perder.

Eu amava que ela me odiasse... e odiava ter certeza de que estava me apaixonando por ela. Essa compreensão partiu meu coração em dois pedaços. Havia a metade que estava exultante por ser capaz de sentir algo tão grande e importante e a outra metade que estava perdendo o controle e tremendo de medo. Eu não sabia amar ou odiar quando se tratava de outra pessoa. Eu sentia muito do último por mim mesmo, mas nunca me preocupei em me permitir ter uma reação tão forte a ninguém.

Restava saber que lado do meu coração era mais forte.

capítulo 15

AFFTON

Eu gostava de sexo... muito.

Pelo menos, eu gostava muito de fazer sexo com Cable James McCaffrey. Era muito melhor do que brigar com ele. Era muito melhor do que tentar controlá-lo. Era infinitamente melhor do que ser ignorada por ele e muito mais fácil do que tentar odiá-lo. Nus e emaranhados um no outro, finalmente encontramos um nível em que nos conectávamos que não fez nenhum de nós querer puxar os cabelos. As palavras que ele usava quando estava dentro de mim não magoavam. A maneira como ele olhava para mim quando colocava as mãos em mim nos curava. A maneira como sua boca se movia sobre a minha me ajudava a entender como ele funcionava mais do que apenas observá-lo e esperar pelo seu próximo movimento.

Cada beijo era temperado com desespero e domínio. Ele estava tão fora de controle comigo quanto eu com ele, e embora esses sentimentos me apavorassem, eles o emocionavam e o deixavam com fome por mais. Ele estava inundado de sentimentos, dominado pela emoção e amando cada minuto disso. Ele não estava mais entorpecido, o que significava que voava mais alto do que qualquer droga já o havia levado... o que significava que a potencial queda de volta à Terra, quando acontecesse, seria devastadora.

Não havia como dizer qual versão do Cable eu pegaria em um determinado dia; nunca houve nenhuma maneira de prever que tipo de sexo eu teria com ele também. Houve as noites em que ele se arrastou para baixo das cobertas e me tomou lenta e suavemente. Houve dias em que ele me apoiou contra a parede, as mãos frenéticas e os movimentos apressados, entrando e saindo antes que eu soubesse o que me atingiu. Houve momentos em que ele era apenas estocadas curtas e ordens autoritárias, mas esses momentos eram frequentemente seguidos por minutos perdidos enquanto ele me deixava aprender e levar todo o tempo que eu precisava.

Sempre era bom, sempre roubava o fôlego e derretia minha mente. Era difícil acompanhá-lo, então tive que aprender a me entregar e simplesmente apreciar todas as diferentes maneiras como ele me fazia sentir o mesmo tipo de prazer. Eu nunca sabia para que lado ele iria, mas estava feliz por estar junto, se o destino fosse desmoronar em seus braços e sob suas mãos.

Falando em estar sob suas mãos...

No momento, eu estava aprendendo que eu perdia o tesão quando suas mãos puxavam meu cabelo e seus dedos cravavam em meu quadril enquanto ele me fodia por trás. Eu não amo ficar de cara para baixo com minha bunda para cima por uma série de razões, mas a principal era que eu não conseguia ver seu rosto. Não pude ver aqueles olhos enquanto eles mudavam do expresso para a meia-noite enquanto a paixão e o prazer afugentavam suas sombras.

— Você está perto, Reed? — Suas palavras foram agitadas, e estremeci quando senti o toque úmido de sua língua ao longo da minha espinha. — Era para ser rápido.

Ele tinha uma sessão com o terapeuta na cidade, para a qual não deveria se atrasar, mas quando voltou de sua sessão de surf matinal, todo cheio de areia e molhado, cabelos desgrenhados caindo nos olhos e aquele sorriso malandro na boca, fiquei um pouco louca. Eu meio que pulei nele, o que levou à minha situação atual. Eu estava perto, mas a desconexão que estava tendo porque não podia vê-lo estava pregando peças na minha imaginação hiperativa. Eu não queria ser um corpo sem rosto para ele. Não queria ser um lugar quente e disposto a escapar de tudo com o que ele não podia lidar.

Eu queria que ele *me* quisesse... e só a mim. Da mesma forma que estava beirando à obsessão por ele e só por ele.

Seus dentes morderam a curva onde meu pescoço encontrava meu ombro e soltei um gemido. Isso deixaria uma marca; eu tinha elas por todo meu corpo. Outra coisa que aprendi na semana passada era que, embora eu me bronzeasse facilmente, minha pele normalmente pálida estava sujeita a hematomas e agora eu parecia um mapa rodoviário. Todos os meus lugares mais sensíveis foram marcados pela boca e as mãos de Cable.

— Reed? — ele sussurrou meu nome em meu ouvido, e eu poderia dizer pelo tremor em seu tom que se ainda demorasse um tempinho para chegar lá, eu ficaria sozinha porque ele já estava bem na linha de chegada.

Eu podia sentir seu pau grosso ondular entre minhas pernas e a maneira como seu ritmo constante acelerou e se tornou mais exigente. A mão que segurava meu cabelo puxou com mais força, e virei a cabeça obedientemente para que seus lábios pudessem roçar minha bochecha.

Abri os olhos e olhei para ele agora que estava tão perto. Eu deveria estar alarmada que ele pudesse me ler tão bem, que pudesse ver através de toda aquela névoa que encobria minha inteligência e confiança habituais. Antes que pudesse recuperar o fôlego, ele nos colocou de joelhos, minhas costas contra seu peito, seu braço travado em volta de mim, enquanto sua outra mão desaparecia entre minhas pernas, onde estávamos unidos. Ele sabia exatamente onde tocar, quanta pressão aplicar para me levar onde ele precisava que eu estivesse. No entanto, foi o meu nome rosnado em meu ouvido que me levou ao limite.

— Vamos, Affton, não faça isso — grunhiu, e seus quadris resistiram quando meu corpo o apertou; contraindo enquanto eu convulsionava em torno dele, o desejo quente e úmido correndo ao redor de seu pênis e desencadeando seu próprio orgasmo. — Você tem que saber que não preciso estar olhando diretamente para você para vê-la. Você sempre esteve lá, cada vez que eu pisco, tenho você gravada na minha retina. Poderia desenhar você de olhos fechados. — Seus lábios pousaram na lateral do meu pescoço e seus dentes se arrastaram ao longo da veia latejante enquanto eu lutava para recuperar o fôlego e acalmar meu coração.

Uma mão ainda estava entre minhas pernas, mas a outra deslizou pelo meu seio e subiu até que segurou meu queixo e inclinou minha cabeça para trás, de forma que ele pudesse mordiscar ao longo da linha do meu queixo. Ele cheirava a água salgada e sexo. Era inebriante e tão fácil de se embriagar.

— Eu costumava me masturbar com a memória de você quando as luzes se apagavam e eu tinha um minuto para pensar, quando estava preso. Nunca tínhamos nos falado, a não ser na vez em que você veio pra cima de mim no estacionamento. Fazia anos que não te via, mas sabia a cor exata dos seus olhos e a forma exata como o seu lábio superior se curvava. Eu sabia que você tinha seios que seriam perfeitos e uma bunda que faria os homens chorarem. Eu via você, Affton, sempre via você.

Ele esfregou o polegar ao longo do meu lábio inferior, e tive que seguir a carícia com um movimento da minha língua.

— E mesmo que eu fosse cego e nunca mais pudesse te ver, eu saberia qual é a sensação que você me traz. Nenhuma outra mulher é feita sob medida para me tomar do jeito que você faz.

Ele era bom em fazer nosso nível de loucura fazer sentido. Ele também era bom em me fazer pensar se eu realmente *era* feita sob medida para tomá-lo, e apenas a ele. E não estava falando apenas sobre seu pau. Estava falando sobre sua intensidade. Sua personalidade imprevisível. Seu temperamento explosivo, mudanças de personalidade e todos os seus joguinhos. Eu tomava aquilo tudo desde antes de estarmos no espaço um do outro, e agora estava pegando ainda mais e me afundando ainda mais na areia movediça que era Cable. Em algum ponto, parei de lutar para me libertar porque lutar só me fazia afundar mais. Eu não toleraria nada disso de ninguém além de Cable; e aceitei porque veio junto com os sentimentos que passei a ter por ele.

Arquejei quando Cable fez um pequeno movimento no meu clitóris quando saiu de dentro de mim. Ele virou minha cabeça para que pudesse dar um beijo ardente em meus lábios e saiu da cama, o corpo nu se espreguiçando, os músculos escorregadios de umidade e suor. Ele passou a mão no peito e sacudiu o cabelo bagunçado do rosto enquanto se virava e se dirigia ao banheiro, uma vista de morrer quando me disse:

— Vou tomar banho e ir. Saio em um minuto.

Eu me mexi para o lado da cama e peguei minha camisa Johnny Cash do chão. Eu também precisava tomar um banho antes de irmos a qualquer lugar, mas antes de subir as escadas correndo para o meu quarto, esperando que Miglena não me visse ao longo do caminho, tive que perguntar:

— Você realmente fazia... ahn... pensando em mim quando estava na prisão? — Não deveria ser sexy. De maneira nenhuma aquilo deveria ser excitante, mas era. Ele estava em um lugar horrível, sofrendo por um pecado que não era inteiramente dele e, sem saber, posso ter sido o único ponto positivo durante seu período lá. Gostei dessa ideia muito mais do que deveria.

Ele parou na porta e olhou para mim por cima do ombro tatuado. Suas sobrancelhas loiras se levantaram e aquele sorriso que parecia capaz de me desfazer apareceu em seus lábios.

— No meu antigo quarto no rancho em Loveless. Na prisão. Na casa de reabilitação. Nessa cama em que você está sentada. — Ele apontou para o interior do banheiro. — No chuveiro, pelo menos uma vez por dia, independente se estava saindo com outra garota ou não. Você acumulou muitas horas em minhas fantasias, Reed. Você sempre teve um papel principal, e agora que sei o quão boa é a sensação de ter você e qual gemido você dá quando goza, você é praticamente um ato solo. Já lhe disse, você é praticamente tudo que vejo quando fecho meus olhos, e não conheço muitos caras que se masturbam com os olhos abertos.

Pisquei surpresa e lambi meus lábios.

— Meu Deus... — Aquilo foi doce e quente... e sexy pra caramba.

— Você é fofa quando não consegue encontrar algo inteligente para dizer. Controle-se, Reed, temos um lugar onde precisamos estar.

Uma vez que ele levou seu corpo perfeitamente musculoso para o banheiro, recuperei meu juízo e fui para o meu próprio quarto para que pudesse me tornar apresentável. Realmente havia pontos de referência em toda a minha pele, nos lugares onde Cable esteve, então não havia como esconder o que estávamos fazendo, mas domei meu cabelo e coloquei algo que cobriu a maioria das manchas vermelhas óbvias e pequenos hematomas.

Estávamos no carro a caminho do consultório do doutor Howard quando Cable perguntou como Jordan estava. Ela acabou ficando um pouco mais do que o fim de semana depois de se dar bem com o cara que a ajudou a se livrar do babaca que tinha me incomodado. Ela não era exatamente uma fã dos novos densenrolares em meu relacionamento com Cable, mas surpreendentemente, era uma fã dele. Eles tinham um jeito semelhante que atraía as pessoas, o carisma que atraía. Embora ele tivesse sido indiferente a ela no início, depois que ela saltou para me defender sem medo, seu comportamento mudou. Ele nunca foi exatamente caloroso e acolhedor com ninguém, mas deu atenção a ela o tempo todo em que esteve lá e conversou ativamente até que ela fosse embora. Para Cable, isso era praticamente um selo de aprovação.

— Ela está bem. Está ocupada aprendendo tudo sobre seu novo emprego. O ex dela ligou depois que Jordan postou todas aquelas fotos da festa, mas ela não atendeu. — Dei de ombros. — O cara com quem ela ficou aqui na verdade mora em Austin, então ele não está muito longe de Loveless. Eles entraram em contato, mas ela diz que quer se concentrar no trabalho.

Jordan também me deu um sermão sobre controle de natalidade e perder a cabeça por causa de um cara quando meu sonho de toda a vida estava ao alcance. Ela me avisou para ter cuidado, me disse para não ser idiota em relação ao sexo e então ordenou que me certificasse de que Cable fosse bom para mim e me lembrou de sempre ser boa comigo mesma. Ela realmente era a melhor amiga de todos os tempos e quanto mais o fim do verão se aproximava, mais eu percebia o quanto deixaria para trás quando ainda nem tinha saído do Texas.

— Quando ela estiver pronta, não terá que esperar muito para encontrar um cara para tomar o lugar de seu ex. Ela é linda. — Parei no estacionamento do consultório do doutor e me virei para encará-lo. Ele abriu a porta e olhou para mim por cima dos óculos escuros. — Ela também é uma garota legal que parece leal às pessoas que ama. Um cara inteligente vai ver isso e correr atrás. — Ele inclinou a cabeça para o prédio. — Você vai entrar e me esperar?

Desde seu ataque de pânico, eu ficava sentada na minúscula e suja sala de espera durante suas sessões, caso ele precisasse de mim, mas ele parou de falar com o médico depois daquele episódio, então era uma hora perdida. Eu estava começando a me perguntar se ele precisava lidar com isso sem a rede de segurança que forneci. Ele ficou estranho por semanas depois que testemunhei seu colapso. Talvez se soubesse que poderia se abrir e deixar tudo aquilo sair em um lugar seguro que eu não invadiria, ele falaria.

— Dessa vez, não. Vou ao mercado. Miglena me deu uma lista de compras. Eu disse a ela que era bobagem nós duas perdermos tempo comprando coisas para a mesma casa, então estamos alternando as semanas. — Ela me disse que faria todas as compras e cozinharia, e me lembrou que era seu trabalho e que estava feliz em fazê-lo, mas mencionei que precisava de algo para me manter ocupada enquanto Cable estava em sua consulta. A mulher viu e entendeu mais do que a própria mãe dele. Ela imediatamente percebeu o que eu queria dizer e me disse que poderíamos alternar.

Cable franziu a testa em uma pequena carranca, mas se inclinou sobre o console e me deu um beijo antes de colocar as longas pernas para fora do carro.

— Tudo bem. Mandarei uma mensagem quando terminar. — Ele saiu e se abaixou, e então me encarou com um olhar pensativo no rosto. — Tenho pensado muito sobre Miglena e minhas irmãs. Você acha que ela algum dia me deixaria conhecê-las?

Abri e fechei a boca, levantei a mão e a deixei cair inutilmente de volta no volante.

— Acho que, se isso é algo que você realmente quer fazer, você deveria falar com ela. Também acho que é algo sobre o qual deve conversar com o terapeuta. Se você der esse passo, afetará não apenas o seu relacionamento com Miglena, mas também o que tem com sua mãe e seu pai. — Eu queria acreditar que ele era emocionalmente forte o suficiente para navegar nessas águas turbulentas, mas não tinha certeza. Se fosse pego nas corredeiras, ele afundaria e não faria nenhum esforço para encontrar o caminho para a superfície para fora da água agitada.

Ele inclinou o queixo em um aceno brusco e fechou a porta com um pouco mais de força do que o necessário.

Eu ainda estava pensando em sua revelação e me preocupando sobre como seria esta sessão enquanto caminhava pelo mercado. Estava desorientada, perdida no mundo de Cable, distraidamente adicionando coisas ao carrinho, incluindo toda a porcaria que ele comia e que estava na lista de Miglena, quando dei uma parada repentina e brusca assim que meu carrinho colidiu com o de outro cliente. O impacto foi alto, pois as latas de ambos os carrinhos chacoalharam. Coloquei a mão na boca para abafar o grito assustado de surpresa e corri para me desculpar com a pessoa.

Ele era um cara jovem, provavelmente apenas um ou dois anos mais velho que Cable, bonito de uma forma limpa e entediante. E parecia tão surpreso com a colisão quanto eu, mas sua reação foi uma risada e um aceno de mão enquanto eu tentava dizer a ele que sentia muito por estar com a minha cabeça nas nuvens.

— Não se preocupe com isso. Eu estava olhando para o meu telefone, então sou tão culpado quanto você. Você está bem... — Ele parou, obviamente esperando que eu respondesse com o meu nome.

— Affton, e sim, estou bem, só um pouco envergonhada. Normalmente não sou de sonhar acordada.

O cara inclinou a cabeça para o lado e estreitou os olhos enquanto me observava atentamente.

— Affton Reed?

Fiz uma careta e brinquei nervosamente com uma mecha de cabelo.

— Ahn, sim. Eu conheço você?

Ele balançou a cabeça e me deu um sorriso tão brilhante que quase me cegou.

— Não, na verdade, não. Eu sou de Loveless. Bem, não nasci, mas me formei no colégio lá. Estava no último ano quando você era caloura. Trip Wilson. — Ele veio em minha direção com a mão estendida, que apenas cumprimentei para não parecer rude.

Eu estava certa sobre ele ser um pouco mais velho que Cable, mas não tinha ideia de quem ele era. Eu não me lembrava dele na escola, e era um pouco assustador que se lembrasse de mim depois de todo esse tempo.

Especialmente porque me esforcei para não ser tão memorável. Nunca pensei que me destacasse, mas Cable me disse que eu não precisava nem tentar.

— O que você está fazendo aqui em Port Aransas? Umas últimas férias antes de ir para a faculdade? — Ele parecia bastante amigável, mas havia algo estranho em toda a situação. Aquilo fez os pêlos dos meus braços se arrepiarem.

— Estou passando o verão com um amigo. Quem poderia dizer não a um verão na praia? — Voltei para o meu carrinho com a intenção de terminar as compras para poder voltar para Cable. Esse cara me perturbava, mas não da maneira divertida e desafiadora que meu amante problemático fazia. — Eu realmente tenho que ir. Me desculpe novamente pela batida no carrinho.

— O amigo com quem você está é Cable McCaffrey, não é? Eu o conhecia brevemente na escola também. Éramos conhecidos e soube que ele estava morando aqui depois que saiu da prisão. O cara já passou por muitas coisas, não é? Adoraria encontrá-lo e ver como ele está. — Ele se moveu na frente do meu carrinho enquanto eu o contornava. Talvez ele conhecesse Cable naquela época, ou talvez não. Ele obviamente não o conhecia agora, ou saberia que Cable não queria mais nenhum fantasma de seu passado aparecendo em sua porta.

— O amigo com quem estou hospedada é muito reservado e não é um grande fã de companhia. Boa sorte para se reconectar com seu amigo do colégio, mas parece que ele não está com muita pressa de ser encontrado se estiver se escondendo aqui. — De propósito, empurrei meu carrinho ao redor do dele, mas fui interrompida quando sua mão pousou no meu braço.

Olhei para seus dedos que seguravam meu cotovelo e tentei me soltar quando ele me disse:

— Você não acha que o resto das pessoas em Loveless merecem saber que seu príncipe reinante não foi responsável pela morte da princesa? Eles não merecem saber que o dinheiro ainda tem influência no sistema legal e a pessoa errada pode ir para a cadeia por um crime que não cometeu, se o preço for justo? Cable não deveria ter a chance de contar seu lado da história? Você não acha que as pessoas deveriam saber que Jenna Maley foi a culpada de tudo? Ela estava dirigindo e foi ela quem forneceu ao Cable as drogas que foram encontradas em seu sangue após o acidente. — Seus dedos apertaram ainda mais meu braço, e realmente tive dificuldade para me livrar de seu aperto. — Cable levou a pior. Os pais dele pagaram aquele processo civil de milhões de dólares e os Maleys pagaram para encobrir o envolvimento da filha. Não há justiça em nada disso.

Respirei fundo e soltei o ar lentamente, para não perder a cabeça no meio do supermercado. Eu não fazia ideia de como ele sabia de tudo isso, mas sabia que Cable não iria gostar nem um pouco.

— Essa história não é de nenhum de nós para contar e a única pessoa que pode falar algo a respeito, não quer. Ele já passou por muita coisa e não precisa estar no meio dessa sua busca por justiça, ou seja lá o que for.

— É justiça para ele, Affton. Você tem que ver isso.

Mordi a língua para me conter. Eu via, mas também via Cable de joelhos no chão, lutando para respirar enquanto as lágrimas rolavam por seu rosto quando tentou processar tudo o que aconteceu naquela noite. Ele não precisava de justiça, ele precisava de paz e perdão. Cable fez suas escolhas e sofreu as consequências, ele não precisava de ninguém revirando aquela história ou fazendo sensacionalismo sobre ela.

— Se você perguntar ao Cable, a justiça já foi feita. Ele fez o que achou ser certo depois de fazer algo que sabia ser muito errado. Agora ele está tentando seguir em frente e fazer o melhor que pode. Ele não precisa que você o arraste de volta para a pior noite da sua vida. Deixe-o em paz. Ele não vai dar o que você quer.

O cara me soltou e senti seus olhos me seguirem pelo corredor.

Eu tinha certeza de que estava sendo enganada, que estava pairando à beira de uma armadilha.

Eu não disse nada específico, mas ele me fez sentir como se tivesse dado exatamente o que queria.

Eu precisava dizer ao Cable que problemas estavam chegando e esperava que ele estivesse pronto para surfar todas aquelas ondas perigosas. Afinal, ele vinha praticando ficar em pé quando a tempestade caía durante todo o verão.

capítulo 16

CABLE

O doutor tinha outra daquelas camisas havaianas feias e espalhafatosas e, assim que bati à porta de seu consultório, ele me perguntou se eu preferia passar a sessão de hoje com ele na praia em vez de ficar sentado em seu sofá. Ele mencionou ter compromissos de manhã cedo e perder a chance de pegar algumas ondas hoje. Eu sabia que ele era mais rato de praia do que um médico profissional certificado, então concordei prontamente. Foi uma curta caminhada do seu prédio até a praia e, uma vez lá, ele imediatamente tirou os chinelos e afundou os dedos dos pés na areia com um suspiro. Sentei ao lado dele e deixei o calor da areia penetrar na minha pele.

— Eu amo a água. É por isso que me mudei de Dallas para cá depois do meu divórcio. — O médico olhou para mim, mas ele estava com uns óculos escuros tipo Ray-Ban, então não pude ler sua expressão. — Por que você decidiu vir aqui quando saiu do programa de reabilitação? Seu relacionamento com seu pai é questionável, na melhor das hipóteses, e pelos pedaços que reuni, este lugar não guarda as melhores lembranças para você.

Peguei um cigarro e acendi a ponta enquanto refletia sobre sua pergunta.

— Eu também amo a água. Sempre fui atraído por ela e não achei que alguém se importaria em me procurar aqui quando eu saísse da prisão. Eu queria ficar sozinho.

Ele me cutucou com o cotovelo e perguntou se poderia acender um cigarro. Eu nunca o tinha visto fumar e ele nunca fedia a cigarro, então fiquei surpreso, mas entreguei um sem reclamar. Ele fez um som de prazer ao inalar uma baforada tóxica e virar a cabeça de volta para a água.

— Como você se sente sobre este verão, já que não teve a chance de experimentar a solidão que estava procurando?

Grunhi e joguei as cinzas na areia.

— Sei lá, acho que me fez perceber que nunca estive tão sozinho quanto pensava. Minha mãe está no meu pescoço, Affton não me deixa fora das vistas e Miglena... — Parei e tentei colocar em ordem o que eu pensava sobre a mulher que sempre esteve lá por trás da minha educação. — Ela sempre fez o melhor para me deixar saber que alguém que se preocupa comigo está por perto. Eu só a via no verão e sempre soube que algo estava acontecendo com ela e meu pai, mas quando acabou entre eles, ela ainda parecia se importar comigo. Acho que neste verão percebi que não era uma atuação. Ela se importa, e estar sozinho com meus pensamentos estúpidos e cérebro idiota nem sempre é o que parece ser. É bom ouvir o que as outras pessoas têm a dizer, porque a merda que digo a mim mesmo é o que me coloca em apuros.

Ele deu uma longa tragada no cigarro e estendeu a mão para colocar os óculos de sol no topo da cabeça.

— Você já parou e se perguntou por que seu cérebro tem a tendência de ser idiota, Cable?

Dei de ombros e coloquei a mão atrás da cabeça para poder tirar a camiseta. Coloquei no cós da minha calça jeans e inclinei a cabeça para trás, para que o sol tocasse meu rosto.

— Meu pai é um idiota e eu me pareço com ele, então presumo que herdei um pouco de sua idiotice também. Minha mãe é uma maníaca por controle e ambos têm mais dinheiro do que é saudável. Nunca quis nada e cresci sabendo que as regras e normas básicas não se aplicavam a mim. Fui tratado de maneira especial, embora nunca fizesse nada para ganhar o elogio ou a aprovação de ninguém. Sempre fui um merdinha privilegiado, mas nunca fiz nada com isso para ajudar alguém ou fazer do mundo um lugar melhor. Sempre achei que meu cérebro sabia que não merecia o respeito de ninguém e aproveitava todas as oportunidades para me lembrar o quão inútil realmente sou. — Foi fácil falar a ele tudo isso com o sol brilhando no meu rosto e o som das ondas bloqueando o barulho do meu coração acelerado.

O médico fez um ruído de consideração com a garganta enquanto continuava a fumar o cigarro.

— Você é jovem. Talvez ainda não tenha encontrado seu propósito e lugar. É pedir muito supor que só porque nasceu privilegiado, você automaticamente teria uma causa ou paixão para defender. Você teve que crescer, Cable, e isso sempre vem com sucesso e fracasso. Nem mesmo os ricos estão imunes às quedas que costumam acompanhar as subidas. Normalmente, eles são melhores em esconder isso do que o resto de nós. O dinheiro não pode consertar tudo, garoto.

Ele estava certo sobre isso. O dinheiro nunca foi capaz de me consertar e não fez nada para salvar Jenna.

— Dinheiro não é o problema, doutor. Mesmo sem ele, há dias em que não consigo sair da cama. Há momentos em que tudo que quero fazer é entrar naquela água até que ela me cubra e me leve. Eu fico à deriva. Sempre fiquei à deriva. Foi assim que me tornei viciado. Mesmo quando me sentia péssimo quando o barato ia embora, ainda sentia algo. Eu não estava entorpecido como quando estou sóbrio. — Affton foi a coisa mais próxima que já encontrei de uma âncora. Ela foi a única coisa que me fez querer ter meus pés tocando o chão com mais frequência.

O médico jogou o cigarro na nossa frente e cruzou os braços sobre os joelhos dobrados.

— É por isso que perguntei se você já se perguntou *por que* se sente assim. Apesar das suas escolhas, você é inteligente, Cable. E deve reconhecer que sentir desconectado das pessoas que se importam com você e não ser capaz de processar como suas ações irão afetar os outros, não é como nossas mentes normalmente funcionam. Você tem vivido sua vida como se sua única opção fosse ser assim, quando pode, muito bem, não ser o caso. Você pode ter alguns fios cruzados ou um desequilíbrio químico. Isso não é incomum e não tem nada a ver com a forma como você foi criado ou os privilégios com os quais nasceu. Algumas mudanças e compromisso para usar a terapia para resolver seus problemas podem fazer uma diferença enorme. Essa flutuação que sente diminuiria, mas você aprenderia como lidar com o peso das suas escolhas. Esse tipo de responsabilidade seria bom para você, meu amigo.

Fiz uma careta e terminei meu cigarro.

— Sério? Você acha que dar drogas a um viciado em recuperação é uma solução?

Ele riu e balançou a cabeça.

— Acho que há opções que podem lhe ajudar. Você já está pronto para isso? — Ele encolheu os ombros. — É difícil dizer, porque você não é honesto comigo e não acho que, na maioria das vezes, você é honesto consigo mesmo. Sei que você não tem que viver da maneira que tem vivido. E sei que você não tem que arriscar sua vida e os corações das pessoas que o amam se decidir não fazer isso. — Ele suspirou e se deitou na areia, cruzou as mãos sobre a barriga e fechou os olhos. — Onde está sua linda companheira hoje? Ela geralmente fica esperando por você.

Eu me irritei quando ele, de novo, a chamou de linda.

— Ela tinha umas coisas para fazer. Ela não é minha companheira; ela é minha... — Parei por um segundo, sem ter certeza do que Affton era, mas sabia que ela era, com certeza, mais importante para mim do que uma companheira de reabilitação. — Amiga. Na verdade, ela é provavelmente a melhor amiga que já tive.

Era verdade. Ela era minha melhor amiga, além de ser o melhor sexo que já tive. Ela estava pronta para tudo o que eu falasse para ela. Tinha um corpo de matar, que agora eu conhecia por dentro e por fora. Era mais do que o fato de eu ser o único que a havia tocado, provado, penetrado e a feito gritar. Eu ficava tonto de alegria cada vez que pensava nisso, mas o que realmente me impressionava era que tanto meu corpo quanto minha mente estavam presentes toda vez que estávamos juntos. Não era apenas foder para esquecer. Era para criar memórias. Eu queria me lembrar de cada suspiro, cada ofego, cada gemido e cada som que ela fazia. Eu queria que a maneira como seus olhos se transformavam em ametista quando ela gozava ficasse gravado em meu cérebro e a maneira como ela se apertava e pulsava em torno de mim, só em mim, gravada em minha alma.

Eu me inclinei sobre os cotovelos e olhei para o céu.

— Na outra noite contei a ela sobre o acidente. — Eu a levei para os lugares mais escuros que havia dentro de mim, e ela ainda adormeceu ao meu lado. Ela ainda me abraçou e me encorajou a fazer melhor, a ser melhor. Ela não desistiu de mim e até me mostrou que também tinha um pouco de escuridão dentro si.

— Isso é bom. Como você se sente agora que encontrou alguém em quem confia o suficiente para compartilhar todos os detalhes do que aconteceu naquela noite? — Ele parecia sonolento, mas quando olhei para ele, pude ver que me ouvia atentamente. O cara era bom. Ele me levou a um lugar onde eu estivesse confortável, que me acalmasse e me fizesse desabafar. Eu odiava seu consultório e como ele parecia deslocado lá. Ele se encaixava aqui na praia, e era muito mais fácil se abrir para um rato de praia do que para um psicanalista vestido com uma camisa feia. Ele manipulou o mestre manipulador, e eu o respeitava por isso.

Soltei uma risada.

— Bem, não tive um ataque de pânico, se é com isso que você está preocupado. — Provavelmente porque tive o orgasmo mais intenso da minha vida e ela ainda estava nua e envolta em mim. — Estávamos bem vulneráveis e ela tornou mais fácil eu vomitar tudo aquilo. — Porque confiei nela mesmo quando tudo dentro de mim se rebelou contra a ideia.

Ele fez outro som e abriu um olho.

— Não posso dizer que estou surpreso que a dinâmica entre vocês dois tenha mudado para algo íntimo. Há afeição óbvia entre vocês e ambos são pessoas excepcionalmente atraentes.

Fiz uma carranca para ele e falei:

— Pare de falar sobre a aparência dela. Isso é estranho, e ainda não acho que seja ético... ou apropriado.

Ele riu e deu um sorriso aberto para mim.

— Eu estava me perguntando quando esses instintos protetores voltariam a aparecer. Você os mostrou antes, quando mencionei a aparência dela pela primeira vez, e isso o deixou obviamente desconfortável. Tenho me perguntado se foi um acaso ou não. Estou feliz que você não apenas confie nela o suficiente para compartilhar coisas, mas que também se preocupe com ela o suficiente para defendê-la. Essas são respostas normais quando você se preocupa profundamente com alguém, Cable. Você está fazendo exatamente certo. Vocês dois conversaram sobre o que tudo isso significa quando o verão acabar? Você está no caminho certo para recuperar o controle das suas finanças e tenho certeza de que Affton tem planos para o seu futuro. Ela me parece uma jovem determinada e brilhante.

Nós não falamos sobre isso. Era o elefante branco na sala que ganhava peso a cada dia. Também não falamos sobre como ela ainda estava relatando à minha mãe o meu progresso a cada dois dias, ou como ela se sentia sobre receber dinheiro por ficar de olho em mim agora que passava quase todas as noites na minha cama. Havia muito que estávamos evitando conversar, e era muito mais fácil ter uma quantidade infinita de sexo e mergulhar mais fundo no que quer que estivéssemos construindo entre nós do que tentar enfrentar todos os obstáculos que estavam em nosso caminho.

— Ela vai para Berkeley, Affton quer ser psicóloga. A mãe morreu quando ela era pequena por causa de uma overdose, e ela quer impedir que isso aconteça com qualquer outra criança que possa ter um pai com problemas. Ela tem um coração enorme. — Tão grande que ela não conseguiria segurar a barra toda sozinha. Eventualmente, ela teria que deixar outra pessoa ajudá-la a carregar o peso daquilo tudo.

— Ahhh... não é à toa que ela é tão compreensiva e empática com você. Ela sabe em primeira mão como pode ser difícil amar alguém que luta contra um vício. Affton parece ser um tipo especial de garota, Cable. Sugiro que você faça o seu melhor para não ferrar com as coisas. — Ele fechou os olhos novamente. — Faça um esforço, garoto. Você não vai se arrepender.

Peguei outro cigarro e coloquei entre meus lábios sem acendê-lo. Estreitei meus olhos contra o brilho da água e observei os turistas saltando as ondas ondulantes que atingiam a areia.

— Não quero ferrar com tudo, mas vou. É assim que sou. — Nunca quis não ferrar algo tanto quanto essa coisa que eu tinha com a Affton, mas o faria, e mesmo sabendo disso, ainda não tinha a força de vontade de deixá-la em paz. Eu disse a ela que iria arruiná-la e ela ignorou o aviso.

— Talvez você faça isso, talvez não. De qualquer forma, você é humano e está tendo uma experiência humana. Você está a bordo disso. Você está abraçando a experiência. O que não está fazendo é estar à deriva. — Ele suspirou novamente. — E como mencionei, existem opções. Se você quiser levar a sério as mudanças positivas para sua saúde e bem-estar a longo prazo, me avise. Eu gostaria de ver você ir de passo em passo, Cable. Gostaria de ver você ter sucesso.

Acendi meu cigarro e fumei silenciosamente por alguns minutos. Minhas mãos estavam cobertas de areia quando me sentei outra vez. Limpei as mãos e peguei meu celular do bolso de trás. Tinha uma chamada perdida de Affton e duas de minha mãe. Eu realmente precisava botar minha cabeça no lugar e ligar de volta para minha mãe; fazia meses desde que falei com ela... Fiquei contente em deixar Affton falar por mim. A mulher devia estar perdendo a paciência e eu não queria que ela aparecesse sem avisar. Eu realmente não queria que ela entrasse no meio de algo que não deveria, porque isso afetaria Affton.

— Nós temos mais dez minutos. Você tem outras palavras de sabedoria para mim ou posso ligar pra minha garota e pedir que ela me busque?

O doutor abriu os olhos e me deu um sorriso.

— Você pode ir, se quiser. Vou aproveitar o sol até a próxima consulta. Temo que ela não seja fã de ar fresco e luz do sol.

Soltei uma risada seca com isso e me levantei. Eu tinha areia em meus sapatos que precisava sacudir, mas faria isso em outro momento.

— Sempre que você quiser a chance de tirar um paciente do consultório, sou seu cara. — Estiquei meus braços sobre minha cabeça. — E se quiser fazer uma sessão na água, também estou disposto. Sou um surfista muito melhor do que um paciente.

Ele baixou o queixo em reconhecimento.

— Podemos tentar isso. Terapia de surf. Eu poderia surfar nessa, literalmente. Vejo você na próxima semana, Cable. Pense sobre o que conversamos hoje. Converse sobre isso com sua garota e talvez com sua mãe. Procure algumas outras opiniões e faça pesquisas, mas lembre-se de que a escolha é sua. Você pode continuar do jeito que está ou pode fazer algumas mudanças. De qualquer forma, você tem pessoas em sua vida que irão amá-lo e apoiá-lo.

Murmurei um adeus e caminhei de volta para seu prédio de escritórios. O carro velho e surrado de Affton já estava estacionado na frente e ela andava de um lado para o outro, agitada. Ela estava mordendo o lábio inferior com tanta força que me preocupei que pudesse arrancar a maldita coisa de seu rosto. Ela também estava resmungando baixinho. Estava tão presa em seu ataque de ansiedade que não respondeu quando chamei seu nome, e não parou de se mover até que eu estivesse perto o suficiente para segurar seus ombros. Quando a puxei e perguntei o que havia de errado, ela imediatamente começou a tremer, e aquele lábio que ela mordia com força tremeu, me fazendo pensar que estava prestes a chorar.

— Você conhece alguém chamado Trip Wilson? — Ela se recostou no porta-malas do carro e me encarou com olhos arregalados e suplicantes.

— Sim. Estudamos na mesma escola. Ele era alguns anos mais velho. Seus pais compraram o *Loveless Gazette* quando chegaram à cidade. Trip se considera um grande repórter. Ele está no meu pescoço sobre a noite do acidente desde que fui preso. Ele quer uma exclusiva ou alguma merda dessas. Me recusei a falar com ele, mas isso não o impediu de ligar e ser um pé no saco. Por quê?

Ela se inclinou para frente até que sua testa estivesse pressionada contra o meu pescoço. Passei um braço em volta dos ombros dela enquanto os dela rodeavam minha cintura. Suas mãos travaram na parte inferior das minhas costas enquanto seu corpo inteiro estremecia.

— Encontrei com ele no mercado. Bem, ele me encontrou. Trip bateu com o carrinho no meu e começou a falar sobre você. Ele sabe que você está aqui, Cable. Ele também sabe mais sobre aquela noite do que deveria. Ele sabe que você não estava dirigindo, que você assumiu a culpa para encobrir o envolvimento de Jenna.

Praguejei alto por cima de sua cabeça. Minhas mãos se apertaram convulsivamente na sua nuca e se fecharam em punhos em seu cabelo.

— Como ele poderia saber disso? Você é a única pessoa para quem eu contei.

Ela balançou a cabeça contra o meu pescoço e suas mãos se agarraram no tecido da minha camiseta.

— Não sei, Cable, mas ele sabe. Ele estava falando sobre justiça e política de cidade pequena. Trip mencionou sobre não permitir que os Maleys manipulassem o sistema para proteger a imagem de sua filha. Ele foi intenso e não pareceu se importar quando disse a ele que você só queria seguir em frente com sua vida, que o que está feito, está feito.

— Assim você me fode! — Eu não queria lidar com Wilson e menos ainda queria lidar com as consequências de tudo o que ele planejava fazer com aquela informação. Era exatamente por isso que não queria voltar para Loveless.

Ela inclinou a cabeça para trás e ergueu os lábios em um sorriso vacilante.

— Okay, mas não acho que isso resolverá o problema.

Sua resposta atrevida me espantou e não pude resistir a dar um beijo em seus lábios trêmulos.

— Não, não vai, mas é uma maneira infalível de me fazer esquecer um pouco o problema. Vamos levar as compras para casa e nos distrairmos pelo tempo que for preciso para me ajudar a esquecer.

Ela soltou um suspiro e me deixou pegar sua mão.

— Não podemos evitar lidar com todas as coisas difíceis para sempre.

Ela estava certa, não podíamos. Mas também não poderíamos consertá-las, então podíamos também nos concentrar na coisa difícil que estava entre nós. Nós definitivamente poderíamos lidar com isso, e a solução era óbvia.

capítulo 17

AFFTON

Soltei um grito de medo e me encolhi ao lado de Cable. Passei a maior parte do filme com o rosto enterrado em seu ombro, espiando por entre os dedos quando pensei que era seguro. Nunca fui fissurada por filmes de terror, muito sangue e tripas para o meu gosto, mas entendia por que Cable gostava deles. Eu podia sentir seu coração disparado, e, de vez em quando, ele se sobressaltava tanto quanto eu. Para um garoto que passava tanto tempo tentando perseguir uma emoção real, o medo era tão bom quanto qualquer outra coisa que pudesse surgir. Ele se empolgava com a emoção de estar com medo, porque essa era uma reação normal que ele não precisava procurar.

Eu o ouvi rir acima da minha cabeça e sua mão deslizou para cima e para baixo no meu braço me confortando enquanto eu me encolhia nele ainda mais.

— Eu disse que poderíamos assistir a outra coisa.

Balancei a cabeça negativamente e abri os dedos o suficiente para olhar para a tela enorme a tempo de ver outra adolescente perder sua vida. Se você fosse uma garota bonita, não duraria muito nesses filmes. Se fosse uma garota bonita que tinha rolo com um dos garotos, morreria mais cedo ainda. Não parecia justo que, assim que os personagens descobriam as alegrias do sexo, eles levassem uma facada no pescoço.

— Você assistiu toda a franquia do "Velozes e Furiosos" comigo; vou sobreviver à essa maratona de "Sexta-feira 13".

Cable insistira que Jason era o mais legal de todos os assassinos de filmes de terror. Com seus movimentos espasmódicos e a máscara de hóquei, eu estava tendo dificuldade em descobrir como ele perseguia todos aqueles adolescentes pela floresta sem cair de cara no chão. Ele não parecia se tornar mais coordenado ou gracioso à medida que o filme progredia.

A mão de Cable se enrolou ao redor do meu pescoço por baixo do meu cabelo e me segurou contra seu peito. Senti o toque de seus lábios no topo da minha cabeça e o ouvi rir levemente. Ele estava fazendo mais isso ultimamente... rir. Cable começou a levar mais a sério suas sessões com o doutor Howard. Os dois começaram a passar a manhã juntos, no mar, uma vez por semana. Ele conversou com Miglena sobre suas irmãs. Ela estava hesitante e insegura. Miglena amava Cable como se fosse seu, obviamente, mas ela ainda tinha um relacionamento complicado com o pai dele, e por ser uma mulher extraordinária, se preocupava com o que tal encontro faria com sua mãe. Ela não queria perder o emprego ou colocar suas filhas em uma situação estranha, possivelmente emocionalmente estressante. Ela disse que pensaria em apresentá-lo a elas, mas ainda não estava pronta para fazer aquilo acontecer. Ele ainda não tinha falado com a mãe e as ligações dela estavam vindo com mais frequência do que antes. Cable estava progredindo no presente, mas o passado e o futuro continuavam complicados.

Meu pai ligou e perguntou se ele poderia vir me visitar. Ele parecia solitário e um pouco perdido. Quebrou meu coração dizer não a ele, mas ele ainda não tinha ideia do que eu estava realmente fazendo em Port Aransas, ou que seu trabalho dependia do meu sucesso. Cable ouviu a conversa, e quando eu disse a ele que teria que voltar para Loveless para ver meu pai e arrumar minhas coisas antes de partir para a Califórnia, ele ficou quieto. Não era um tipo normal de silêncio, mas o tipo que me deixava saber que ele se perdera. Ele escorregou para algum lugar dentro de sua cabeça, muito, muito longe, onde eu não poderia alcançá-lo, e ele ficou lá por dois dias. Eu não podia tocá-lo, fisicamente e nem emocionalmente. Cable se fechou e me excluiu. Aquilo machucava. Doeu ainda mais quando percebi o que iria acontecer quando eu realmente fosse embora. Se a ideia de eu ir teve um efeito tão forte sobre ele, realmente ir embora iria isolá-lo completamente. Não haveria amor de longa distância. Nenhum esforço para fazer as coisas funcionarem através da distância que nos separava.

Era uma morte, mas não tive escolha a não ser deixar ela me levar. Eu não conseguia me afastar dele, mesmo que fosse melhor para nós dois a longo prazo. Esperei que ele fosse e, quando ele encontrou o caminho de volta para mim, eu estava lá. Nós passamos os próximos dias sendo preguiçosos, nos reconectando (com grandes quantidades de sexo por toda a casa) e desfrutando da companhia um do outro enquanto ainda podíamos. O que levou à maratona de filmes que ocorreu o dia todo. Eu disse a ele que me comprometeria a assistir a todos os filmes do Jason se ele assistisse aos filmes "Velozes e Furiosos" primeiro. Eu não lhe disse que ele meio que me lembrava um Paul Walker muito mais jovem, e era por isso que a franquia era uma das minhas favoritas. Ele levou numa boa até "Desafio em Tóquio".

Cable aguentou apenas porque coloquei minhas mãos em sua calça e o distraí com movimentos que nos deixaram confusos da melhor maneira possível. Eu estava prestes a dizer a ele que era sua vez de me distrair quando minha atenção foi atraída pela tatuagem intrincada que estava espalhada por todo o seu ombro. Ficávamos nus juntos regularmente, mas eu normalmente me distraía com as outras partes dele para prestar atenção na sua tatuagem. De perto, as linhas eram hipnotizantes.

Toquei a ponta do dedo na linha preta e tracei onde ela envolvia seu bíceps.

— Você tinha essa quando estávamos na escola ou a fez depois? — Depois significaria que ele deixou alguém perfurar sua pele enquanto estava na prisão. A ideia me fez estremecer desconfortavelmente. Sempre usamos proteção, mas houve um ou dois momentos em que nos empolgamos, e a proteção veio como um pensamento tardio. Eu queria manter para sempre a maneira como ele me fazia sentir por dentro, mas qualquer coisa que ele pudesse pegar com uma agulha suja, nem tanto.

Ele riu e me deu um aperto.

— A maioria fiz antes de ser preso. Fiz com um cara em Austin. Ele desenhou algumas coisas que eram legais. Peguei os desenhos e os tornei melhores. Ele ficou impressionado. — Cable levantou a mão que não estava me segurando e mexeu os dedos para que a teia de aranha nas costas de sua mão se movesse e a viúva negra dançasse. — Eu fiz essa na caneta. Tinha um cara que foi preso alguns meses antes de eu sair que era um tatuador aqui fora. Seu irmão mais velho estava em uma gangue, e seu estúdio se envolveu em alguns negócios desagradáveis por causa desses contatos. A gangue do irmão tinha um pessoal lá dentro da prisão que lhe oferecia proteção e mandava para ele tudo de que precisava para tatuar enquanto estava preso. Compartilhamos uma cela por alguns meses, algumas histórias, então ele me tatuou.

Eu me encolhi, e ele deve ter visto onde minha mente estava, porque deu outro beijo no topo da minha cabeça e me disse, suavemente:

— Estou limpo, Reed. Não estive com ninguém além de você desde que saí e fiz exames antes de entrar na casa de reabilitação. Eu nunca colocaria você em risco.

Tracei o topo de seu ombro.

— Então, você que desenhou?

Seu queixo abaixou e tocou o topo da minha cabeça. Agora eu estava abraçando em vez de me encolher.

— Sim. Achei que se fosse ficar no meu corpo para sempre, eu poderia muito bem ser responsável pelo desenho.

Eu me inclinei para trás para poder olhar para ele. Cable aproveitou minha nova posição e deu um beijo em meus lábios. Imediatamente corri minha língua sobre a umidade deixada para trás, provando-o e saboreando aquele gosto salgado e de sol que era típico dele e só dele.

— Você é um artista incrível, Cable. Talvez você possa pensar em fazer algo com isso para o seu futuro.

Ele piscou para mim algumas vezes e então inclinou a cabeça para o lado.

— Você realmente acredita que sou um artista?

Acariciei ao longo da borda de sua mandíbula, a barba por fazer, com meu nariz e fui até sua orelha. Quando cheguei lá, afundei suavemente meus dentes no lóbulo e sussurrei:

— Sim, você é. Eu disse que dei uma espiada no seu caderno. Você é incrivelmente talentoso e suas tatuagens são lindas. Não estou surpresa que você as tenha desenhado.

Passei a mão sobre seu peito nu, parando para acariciar círculos preguiçosos sobre a superfície de seu mamilo com o polegar. Eu o ouvi respirar fundo e a mão que ainda segurava a minha nuca deslizou em uma linha suave por toda a minha espinha, de modo que parou sobre as minhas costas. Tudo o que eu estava vestindo era uma de suas camisetas e uma calcinha boxer que fazia pouco para mantê-lo fora enquanto sua mão ia em busca de pele quente.

— Ninguém nunca me chamou de nada antes.

Eu me mexi, então beijei o lado de seu pescoço e mordisquei ao longo de sua clavícula. Meus dedos fizeram um desvio para aqueles abdominais esculpidos, rastreando as linhas definidas entre eles e fazendo cócegas no músculo tenso sob a pele esticada.

— O que você quer dizer?

Ele grunhiu e se mexeu quando seu pênis começou a endurecer e alongar contra o tecido fino do longo short de basquete que ele usava. Não havia como não notar aquele monstro, mas eu não tinha vontade de correr e me esconder dele.

— Nunca fui um bom aluno, nem um bom filho. Nunca fui um namorado ou mesmo amigo de ninguém. Nunca tive que trabalhar ou me dedicar para alguma coisa que queria. Eu não sou legal. Não sou bem-sucedido ou motivado. A única coisa que já fui foi um viciado. Já fui chamado assim e agora sou um criminoso e ex-condenado. Mas nunca nada de bom ou valioso. Essa é a primeira vez que alguém me chama de algo que não me faz estremecer. Isso é algo que eu não me importaria de ser.

Ele respirou fundo quando mergulhei um dedo na reentrância de seu umbigo, e passei minhas unhas pelos pêlos dourados que se estreitavam até sua óbvia ereção. Deixei meus lábios seguirem o caminho que meus dedos haviam traçado, deslizando minha língua sobre seu mamilo e sorrindo quando os movimentos o fizeram rosnar.

Deslizei a mão além do elástico no cós do seu short e suspirei quando encontrei aço envolto em veludo. Eu amava que ele fosse tão duro e tão macio ao mesmo tempo; que sua ereção pulsasse em resposta ao meu toque e que ele já estivesse úmido na ponta. Passei meu polegar pela cabeça sedosa, espalhando a umidade e fazendo seu corpo tensionar enquanto eu avançava. Mudei meu peso para que estivesse de barriga para baixo, a cabeça acima de seu colo, seu pau latejando e grosso na frente do meu rosto.

Esfreguei minha bochecha contra sua barriga e suspirei. O ar quente da minha respiração fez suas coxas tensionarem e sua mão voltou para a minha nuca, enquanto a outra acariciava minha bunda, seus dedos mergulhando em lugares e tocando pontos que eu não tinha sido corajosa o suficiente para deixá-lo explorar antes de agora.

— Você não precisa tentar ser um artista, Cable, você simplesmente é. Você é talentoso e muitas outras coisas também. — Passei a parte plana da minha língua sobre sua cabeça lisa e envolvi minha mão em torno da sua ereção rígida. Ele grunhiu, e seus quadris levantaram involuntariamente, empurrando sua larga ponta pelos meus lábios entreabertos.

Eu o chupei obedientemente, girando a língua em torno de sua largura e acariciando minha mão em torno de sua base depois de deslizá-la para cima e para baixo na parte que eu não conseguia engolir. Ele gemeu, a mão agarrando meu cabelo enquanto guiava meu movimento oscilante para cima e para baixo. Eu amei o gosto dele na minha boca. Comecei a ter controle sobre seu grande corpo. Fiquei intrigada com a sensação de seus dedos enquanto faziam cócegas e vagavam entre a minha bunda. Aquilo me fez estremecer e gemer contra a carne firme que eu estava lambendo e sugando com todo ardor.

Eu sabia que ele gostava quando eu traçava a veia espessa que corria ao longo da parte inferior de seu pênis. Ele gostava ainda mais quando eu pressionava minha língua contra o ponto sensível logo abaixo da ponta. Passei a língua sobre aquela pele macia e chupei enquanto mais líquido subia em sua ponta. Ele rosnou meu nome e puxou o punhado de cabelo que estava segurando. Eu era boa nisso porque ele me ensinou exatamente o que fazer. Felizmente para nós dois, eu não tinha muito reflexo de vômito e realmente gostava de fazê-lo gozar. Eu não me importava em chupá-lo, o que era bom, considerando quanto tempo ele passou com o rosto enterrado entre as minhas pernas. Era um jogo justo.

Engasguei e pairei sobre ele, minha mão apertando e acalmando enquanto eu sentia a pressão de seus dedos contra aquele lugar secreto e sensível que ninguém nunca havia tocado antes. No início, seu toque era leve, avaliador e provocador. Quando abaixei minha cabeça mais alguns centímetros, até que sua ponta estava tocando o fundo da minha garganta e fazendo meus olhos lacrimejarem, eu o senti pressionar. Achei que meu corpo fosse levitar das poltronas de couro. Estava praticamente vibrando, presa entre a curiosidade e o medo. Ele sempre me fazia ficar fora de controle e me levava a sentir e experimentar coisas que nunca senti antes. Esse dedo inesperado se afastou e empurrou de volta, o que me fez arrastar os dentes em seu eixo de surpresa.

Ele sibilou em reação e puxou meu cabelo.

— Fique de joelhos, Reed. Me dê a sua mão livre.

Demorei um minuto para me mover. Quando levantei sob aquele toque nas minhas costas, ele foi ainda mais fundo e me fez estremecer. Eu não sabia se estava gostando, mas tinha certeza de que não odiava. Ele parou com o toque persistente quando me levantei. Engoli em seco com sua ereção ainda na boca e coloquei minha mão trêmula na dele. Ele imediatamente a deslizou entre minhas pernas e colocou meus dedos entre minhas dobras molhadas. Cable pressionou meus dedos no meu centro inchado e dolorido e disse:

— Não pare de se tocar até eu mandar, Reed.

Ele segurou meu pulso enquanto comecei a fazer círculos lentos e constantes e continuava a chupá-lo, tanto quanto poderia tomá-lo. Tive que me concentrar porque não estava respirando o suficiente. Estremeci porque todas as minhas terminações nervosas estavam vivas e dançando umas com as outras. Era muito para absorver e eu não tinha certeza se conseguiria lidar com aquilo.

Uma vez que consegui manter um ritmo lento e estava gemendo e rebolando contra meus próprios dedos, o toque talentoso de Cable estava de volta àquele lugar que sempre foi proibido. Ele acariciou a curva da minha bunda, esfregou a mão em cada lado, e então senti aquela pressão estranha e seu dedo pressionando mais uma vez.

Eu tinha certeza de que meus olhos iam sair das órbitas. O prazer deslizou por cada músculo, a paixão pesou em todos os meus membros. Não havia um lugar que eu não estivesse sentindo. Não havia uma única parte do meu corpo que não parecesse pertencer a ele. Eu não precisava estar no controle porque Cable estava. Ele me tocou como se eu fosse um instrumento caro e minhas respostas fossem música para seus ouvidos. Apertei seu pau e fechei a boca em volta da ponta. Ele praguejou e seus quadris se ergueram do sofá.

Eu estava tão molhada que podia sentir que cobria meus dedos e escorria pelas minhas pernas. Ele deve ter sentido também, porque parou de tocar e realmente começou a trabalhar em mim da mesma forma que eu estava trabalhando nele. O prazer subiu pela minha espinha e minhas coxas começaram a tremer. Meu corpo vibrou e meu coração disparou. Eu mal podia continuar me movendo enquanto a sensação me oprimia, mas, felizmente, seu corpo também não aguentou mais e se derramou em minha língua enquanto eu desabava em seu colo.

Limpei minha boca no material do seu short, que estava amontoado em suas coxas e suspirei de satisfação sentindo meu corpo lânguido. Sua mão passou de puxar meu cabelo para acariciá-lo suavemente, e seus dedos foram de foder minha bunda para desenhar círculos aleatórios na pele arredondada.

Soltei um suspiro e disse, baixinho:

— Você é mais do que um artista, Cable. Você é um bom amigo; pelo menos, você pode ser, e você tem sido para mim. Você é um dependente químico em recuperação, o que significa que está tentando e se esforçando. Você é um sobrevivente. Aquele acidente poderia ter matado você. Perder alguém com quem você se importava, de uma maneira tão horrível poderia ter sido o seu fim. Ir para a prisão por um crime pelo qual você não foi responsável... — Fechei a mão em torno de seu joelho. — Isso poderia ter acabado com você, mas você saiu quase inteiro. — Virei de costas para poder olhar para ele e sorri, porque ele obviamente estava absorvendo tudo o que eu disse. — Você também é fogo na cama... e na água. Você é muitas coisas, Cable, e sempre foi.

Ele traçou a ponte do meu nariz e a linha das minhas bochechas. Sua voz estava baixa e séria quando falou:

— Você também é um monte de coisas, Reed, e gosto muito de todas elas.

Era bom saber disso porque eu também gostava de todas as coisas que ele era... até das coisas ruins. A única diferença era que eu ainda amaria todas essas coisas quando fosse para o outro lado do país e ele... bem, quem sabia por quanto tempo ele se lembraria de todas as coisas das quais gostava em mim quando eu partisse.

Eu tinha certeza de que o conhecia bem o suficiente para saber que não se lembraria de que éramos algo pelo qual valesse a pena lutar.

capítulo 18

CABLE

— O que você vai fazer quando o verão acabar? Vai ficar aqui ou voltar para Loveless? — Affton estava encostada no parapeito do *deck*, olhando para a água enquanto o sol se punha. A brisa do mar soprava seu cabelo claro em volta do rosto e nos olhos. Ela estava com outro daqueles vestidos que me faziam ter pensamentos indecentes, e seus pés estavam descalços. Inocência e tentação, tudo embrulhado no pacote perfeito. Eu a queria mais do que jamais quis alguma droga ou uma bebida.

Meus pés estavam apoiados no corrimão ao lado dela e meu bloco de desenho aberto no colo. Havia dito a ela que estava desenhando o pôr do sol, mas em algum momento no meio do caminho era a imagem dela que começou a surgir e passei os últimos trinta minutos tentando ter certeza de que tinha feito as sardas certas e a curva de sua mandíbula perfeita. Eu a estava desenhando porque era a única maneira de me lembrar dela quando seguíssemos caminhos separados.

Nos últimos dias, ela vinha tentando evitar o que estava por vir para mim, para nós. Eu não queria pensar sobre aquilo, então não pensei, mas parecia que Affton havia finalmente atingido seu limite de tolerância para minha evasão.

— Se você decidir voltar para Loveless, ficarei lá por um tempo. Preciso empacotar as coisas de casa que vou levar comigo para Berkeley e quero passar algum tempo com meu pai.

Percebi que ela estava evitando suas ligações da mesma forma que eu estava evitando as de minha mãe. Quando perguntei sobre isso, ela deu de ombros e me disse que não tinha certeza do que dizer e que odiava mentir para ele. Eu queria me sentir culpado por isso, mas não me sentia. Isso significava que eu a tinha só para mim. Ela ainda estava falando sobre eu voltar para Loveless, e tive que me forçar a me concentrar no que ela estava dizendo.

— Se você estiver na cidade, podemos nos ver antes de eu ir embora. — Ela pegou seu cabelo voando entre os dedos e virou a cabeça para olhar para mim.

Dei uma tragada profunda no meu cigarro e sombreei a curva da sua garganta. Ela gostava quando eu a beijava ali. Ela gostava quando eu a beijava em qualquer lugar e em todos os lugares. Para alguém que era tão controlada e controladora na maioria das coisas, ela era surpreendentemente aberta e aventureira quando se tratava de qualquer coisa carnal. Para uma garota com escudos de um quilômetro de altura e um coração protegido em aço, ela era totalmente aberta a qualquer e todas as possibilidades quando estava nua e excitada.

— Eu gostaria disso, caso você esteja se perguntando. Quero ver você antes de ir. Quero passar o máximo de tempo possível com você, Cable.

Já tive pessoas que queriam passar um tempo na minha companhia antes, mas ela foi a primeira que realmente quis passar um tempo comigo. Era por isso que eu não queria pensar sobre o que iria acontecer quando ela fosse embora e eu fosse deixado por conta própria, mais uma vez. Eu não conseguia pensar em ser responsável por mim mesmo. Não poderia imaginar me esforçar para ser melhor se não fosse por ela. Affton foi a razão pela qual aprendi a flutuar. Ela foi a única coisa que me fez manter a cabeça acima da água durante todo o verão.

— Não sei para onde vou. — Inalei meu cigarro com força e estreitei os olhos para ela através da fumaça entre nós. — Não acho que estou pronto para voltar para o rancho. Não tenho certeza se algum dia poderei voltar para Loveless. Meu pai vai querer seu ninho de amor de volta, eventualmente, então também não posso ficar aqui indefinidamente. Terei acesso às minhas contas novamente, então talvez irei a algum lugar onde nunca estive, a alguns lugares onde ninguém sabe quem eu sou ou o que fiz.

Ela suspirou pesadamente e se virou para encarar a água. Seus ombros cederam quando ela se inclinou sobre o parapeito.

— Então, em vez de se perder dentro de sua própria cabeça, você vai realmente se perder no mundo. — Ela parecia desapontada e triste. — Você sabe que não pode fugir de seus problemas, certo? Tudo o que você vai fazer é levá-los para um novo lugar. A paisagem pode mudar, mas a bagagem vai estar abarrotada do mesmo lixo. Tudo o que você vai fazer é transportá-lo de um destino para outro. Quando vai se acomodar em algum lugar e desfazer as malas?

Joguei o bloco de desenho para o lado e apaguei meu cigarro na madeira do *deck*. Coloquei as mãos atrás da cabeça e observei enquanto o céu brilhava em laranja e vermelho como um fogo celestial. Ela queria respostas que eu não tinha. Eu nunca quis machucá-la e nunca quis ninguém perto o suficiente para me machucar, mas era para lá que estávamos indo, e não importava para onde ela estava indo ou para onde eu terminasse.

— Abri aquela mala com você neste verão, Reed. Não é tão pesada como sempre foi. Será muito mais fácil ir de um lugar para outro.

Ela fez um som estrangulado e baixo em sua garganta, então eu me levantei e me aproximei por trás dela. Apoiei as mãos em cada lado de seu corpo e pressionei meu peito na linha rígida de suas costas, descansando meu queixo em seu ombro e sentindo sua bochecha úmida pressionando a minha. Odiava que ela chorasse por mim e por minha causa, mas Affton queria enfrentar a realidade, e a nossa não era bonita e nem fácil.

— Você sempre soube para onde estava indo, Affton, e eu sempre estive perdido. Eventualmente, encontrarei meu caminho para onde quer que eu deva estar, mas nós dois sabemos que esse lugar não está perto de onde você está indo.

Ela fungou um pouco e ergueu a mão para secar o rosto molhado. Apoiou a mão ao lado da minha no parapeito e sussurrou:

— Poderia ser.

Suspirei e virei a cabeça para que pudesse beijar sua bochecha. A praia atrás da casa estava surpreendentemente vazia, os únicos sons eram nossas palavras sussurradas e a batida de nossos corações enquanto eles corriam um em direção ao outro e para longe da pesada verdade que pairava sobre nós.

— Poderia ser se eu fosse uma pessoa diferente, se meu destino não fosse sempre ferrar tudo. A última coisa que você precisa é gastar todo o seu tempo tentando me consertar enquanto está batalhando para construir o seu futuro. Você foi feita para fazer grandes coisas, Affton. Qualquer pessoa que passe mais de cinco minutos com você sabe disso. — Eu queria mantê-la, mas pela primeira vez na minha vida poderia reconhecer o quão egoísta isso era. Pela primeira vez, eu queria fazer a coisa certa, não necessariamente por mim, mas por ela. Affton me escolheria, provavelmente fazendo a primeira escolha ruim de sua vida, e eu não poderia deixá-la fazer isso. — Este verão com você é o mais próximo que vou conseguir de estar ótimo e, honestamente, tem sido mais do que mereço. Eu não queria ninguém no meu espaço, mas sou grato por você ser a pessoa que apareceu para dividir esse espaço comigo enquanto eu tentava entender tudo. Esta é a segunda vez que você me salvou.

Movi a cabeça para que pudesse beijar seu queixo e atrás de sua orelha. Ela inclinou a cabeça para me dar melhor acesso e suas fungadas se transformaram em suspiros suaves.

— Acho que isso nos deixa quites. Você também me salvou duas vezes neste verão.

Passei um braço em volta da cintura dela e a puxei de volta com mais firmeza na curva do meu corpo. Seus quadris se encaixavam perfeitamente contra os meus. Ela encolheu a barriga quando mudei meu aperto para que minha mão cobrisse seus seios sobre o tecido leve de seu vestido. Eu sabia com certeza que ela não estava usando sutiã sob o tecido fluido, porque a vi se vestir esta manhã. Não tivemos que ir a lugar nenhum, nenhuma chamada para um teste de drogas hoje, então ela nunca se preocupou em colocar um. Seu mamilo endureceu e cutucou a palma da minha mão enquanto eu movia meus lábios de sua orelha para a lateral de seu pescoço. Lambi em uma linha até onde seu pescoço encontrava o ombro e dei uma mordida naquela curva sensível. Ela estremeceu contra mim e ergueu uma das mãos de modo que cobrisse a minha em seu seio. Meu polegar estava esfregando a carne excitada, raspando contra o tecido de seu vestido.

— Não podemos controlar para onde estamos indo, mas podemos aproveitar o máximo de onde estamos agora. — Eu não conseguia ver nada além dela, e isso era assustador porque houve um tempo na minha vida em que eu não conseguia ver nada além da minha próxima dose ou do meu próximo gole. Ela me fez sentir melhor do que qualquer uma daquelas coisas, mas quando ela se fosse, eu não tinha ideia de como deveria encontrar meu caminho de volta para esses tipos de sentimentos sem meus vícios para me levar até lá. Eu sentiria frio novamente, vazio e solidão. Passei a maior parte da minha vida assim, mas agora que sabia que havia uma maneira diferente de ser, ia ser uma merda retroceder.

Coloquei minha outra mão em sua coxa, onde a bainha de seu vestido descansava. Senti sua pele se arrepiar em reação, e ela se mexeu ligeiramente contra mim. Meu zíper começou a apertar meu pau e todo o sangue correu do meu cérebro para outros lugares do meu corpo. Fiquei duro quando ela suspirou, mas quando ela se mexeu contra mim e sutilmente empurrou seu seio com mais força ao meu toque, fiquei mais duro ainda. Não havia muito o que fazer no que se referia ao meu pau, e deixei isso claro pressionando o comprimento rígido na plenitude da sua bunda. Ela respirou fundo e fechou a mão em um punho na viga de madeira onde estava inclinada.

— Devíamos entrar. — Sua voz estava tensa e rouca. Uma mistura de desejo e resignação a percorreu, indicando que ela entendia que isso era tudo que tínhamos. Ela esfregou sua bochecha na minha e pressionou de volta contra o meu pau. Eu queria que minha calça jeans e seu vestido desaparecessem para que eu pudesse brincar naquele vale doce na minha frente. Eu queria incliná-la um pouco mais, para que pudesse arrastar minha ponta através de sua umidade e afundar em seu calor pulsante. Queria ficar de joelhos e colocar minha boca sobre ela enquanto o sol poente refletia as cores do fogo na água, transar ao som das ondas quebrando na praia lutando pela supremacia sobre seus gritos e gemidos de prazer. Eu queria tomá-la sem pensar em quem poderia estar assistindo ou quem poderia chegar enquanto eu estivesse enterrado bem fundo dentro dela. Queria reivindicá-la, torná-la minha e que o resto do mundo soubesse disso.

Deixei minha mão subir por sua perna, causando arrepios e sentindo ela enrijecer enquanto eu levava mais de seu vestido comigo. Quando cheguei ao topo de sua coxa, soltei o material para que cobrisse minha mão enquanto traçava a costura de sua linda calcinha rendada.

Coloquei meus lábios em seu ouvido e disse:

— Quero aqui. — E realmente queria. Aqui com ela, com a água, a emoção de estar do lado ao descoberto e fazer algo que geralmente era feito a portas fechadas. Eu já tinha feito sexo em lugares públicos antes, mas era sempre apressado, e eu geralmente estava muito chapado para apreciar a onda natural de antecipação e excitação que fazia meu sangue esquentar e minha pele formigar. Naquela época, eu estava muito fodido para me importar. Tudo o que eu procurava era a libertação, não importava onde eu estivesse ou com quem estivesse. Nenhuma dessas coisas era verdade agora. Eu me preocupava com Affton e me importava com esse momento em um lugar que ajudava a suavizar todas as minhas arestas irregulares.

— Cable... — Ela estava hesitante e nervosa, mas não protestou quando coloquei um dedo na lateral de sua calcinha e comecei a puxá-la para baixo. Tive que soltar seu seio para que pudesse me abaixar de joelhos atrás dela. Alisei minhas mãos ao longo da parte de trás das suas pernas firmes, levando sua roupa íntima com elas e obtendo uma visão completa de sua bunda perfeitamente redonda enquanto eu estava lá embaixo.

— Ninguém pode ver. O *deck* é muito alto e a proteção da grade nos mantém fora de vista. Qualquer um que passar por perto simplesmente pensará que somos duas pessoas nos abraçando durante o pôr do sol. É romântico.

Ela bufou e olhou para mim enquanto eu separava ligeiramente seus joelhos para que eu pudesse colocar minha mão entre suas pernas.

— Não acho que romântico seja a palavra certa para isso. — Ela ajustou os pés e mordeu o lábio para abafar um suspiro quando meus dedos encontraram seu centro úmido. Ela já estava molhada e quente, seu corpo acolhedor e pronto, mesmo que o resto dela não estivesse.

Sorri para ela e coloquei minha mão livre em seu quadril para que seu vestido dobrasse nas costas, mas que ainda estivesse abaixado e cobrindo-a na frente. Eu era o único que podia ver suas dobras doces e escorregadias. Eu era o único que podia sentir seu corpo tremer enquanto deslizava meus dedos dentro dela, e os agitava para dentro e para fora. Eu era o único que podia prová-la, eu queria comê-la.

— Incline seus quadris um pouco para trás na minha direção. — Ela murmurou algo baixinho, mas obedeceu ao meu comando. Affton sempre foi tão receptiva quando estávamos juntos dessa maneira. Ela estava perseguindo a mesma sensação que eu, sempre ansiosa para sentir as coisas que só eu a fazia sentir.

Afundei os dentes na carne da sua bunda, o que a fez gritar e olhar para mim com os olhos entrecerrados. Sorri para ela, tirando meus dedos molhados do seu centro gotejante e os coloquei na boca. Seus olhos se arregalaram de surpresa, mas rapidamente ficaram com as pálpebras pesadas e cheios de desejo.

— Você tem que ficar quieta, Reed, ou não vou continuar. — Cheguei na frente dela e circulei seu clitóris com movimentos rápidos. — Ou você pode ser escandalosa. Não que isso importe para mim. De qualquer forma, eu saberei como faço você se sentir. — Porque eu teria seu prazer em toda a minha língua.

Coloquei minha boca sobre ela e comecei a lamber e foder com minha língua. Não pude deixar de sorrir contra sua abertura quando ela deu um pequeno grito assustado. Ela empurrou seus quadris contra meu rosto e agarrou meu pulso para que ela pudesse se esfregar contra meus dedos enquanto eu brincava com seu clitóris. Eu podia sentir seu corpo acelerando e pulsando ao meu redor. Suas coxas tremiam e ela se ergueu na ponta dos pés para me dar mais acesso. Rosnei em aprovação e afundei minha língua mais profundamente nela. Affton gemeu em resposta e eu a ouvi dizer meu nome. Nada nunca soou melhor do que meu nome em seus lábios enquanto as ondas quebravam ao fundo.

Apertei seu pequeno clitóris com mais força do que normalmente faria e senti o quanto ela estava imersa naquilo enquanto seu prazer corria pela minha língua. Ela tinha um gosto tão bom e respondia tão docemente aos meus toques. Tudo o que eu queria era fazê-la reagir assim o tempo todo. Ela era incrível quando estava rígida e tensa, mas quando se soltava e se deixava ir na onda do orgasmo, ela era espetacular.

— Cable... — Havia um aviso em seu tom, e ouvi vozes vindo de algum lugar da areia. Elas estavam rindo e tagarelando, mas tudo que eu conseguia focar era em quão perto ela estava de gozar e quão duro meu pau estava. Eu não me importava com eles; eu me importava com ela e em aproveitar ao máximo cada minuto que tínhamos juntos.

Dei a ela uma última e longa lambida e me levantei. Abri minha calça e puxei meu pau para fora. Estava pulsando em meu punho, úmido na ponta e morrendo de vontade de estar dentro dela. Demorei um minuto para tirar um preservativo da minha carteira e desenrolar. Fiquei esperando que ela mudasse de ideia enquanto as vozes ficavam mais altas e mais próximas, mas ela esperou em silêncio na minha frente, os olhos fixos na água. Apertei sua bunda enquanto apoiava uma mão no parapeito e pressionei meus quadris aos dela. Ela choramingou um pouco e se recostou em mim, inclinando a cabeça enquanto meus lábios pousavam em seu pescoço.

— Eles acham que estamos apenas nos abraçando, lembra? — Isso era o máximo que poderíamos fazer, e se alguém olhasse perto o suficiente, eles saberiam disso.

Usei meu aperto em meu pau para me guiar através de suas dobras e empurrei para dentro dela em um golpe longo e suave. Seu corpo apertou o meu, seu calor me envolvendo, paredes gananciosas vibrando ao redor de mim. Suspirei em seu pescoço, enterrei meu nariz na curva de seu ombro e levantei a mão para cobrir seu seio. Eu queria que seu vestido sumisse para que pudesse sentir a maciez aveludada de seu mamilo contra a palma da minha mão, mas não queria abusar da sorte. Ela ainda estava quase toda coberta pela frente, e eu estava tão perto dela por trás que não cabia um pedaço de papel entre nós. Minha calça estava pendurada na minha bunda, mas não me importei. Por mim, eu transaria com ela nua na frente de toda a cidade, mas sabia que ela não era esse tipo de garota. Affton tinha muito mais discrição do que eu, e eu não queria que ela se arrependesse de nenhuma das coisas que fizemos juntos.

Apertei seu seio e rolei meu polegar sobre seu mamilo. Balancei meus quadris contra ela e grunhi de satisfação quando ela se empurrou de volta para mim. Nossos movimentos eram lentos, mal nos mexendo um contra o outro. Empurrei com firmeza, certificando-me de não sacudi-la ou pressioná-la na madeira com muita força. Foi mais suave e muito mais lento do que da primeira vez. Não era foder. Eu sabia porque isso era tudo que eu tinha feito antes de Affton, e que no fundo isso era diferente.

Meu coração batia forte em meus ouvidos. Eu podia sentir cada vibração de seu pulso. O prazer cresceu na base da minha espinha e senti sua coluna enrijecer. Ela ergueu o braço e o colocou atrás da minha cabeça, seus dedos enfiados no meu cabelo.

Afundei meus dentes na pele macia que meus lábios estavam percorrendo e chupei forte o suficiente para que ela ficasse com uma marca muito tempo depois que este momento não fosse nada mais que uma memória. Ela sussurrou meu nome e se desfez. Seu corpo contraiu o meu, me levando em um turbilhão de calor e satisfação. Quando eu a segui até à beira do orgasmo, foi uma queda lânguida, sensual e carnal. Era algo melhor do que sexo e gratificação.

Era uma conexão.

Era o que eu sempre procurava e nunca consegui encontrar. Nem mesmo percebi que era o que estava procurando no fundo das garrafas e nas drogas.

Suspirei e me inclinei para trás para que pudesse dar um beijo no topo de sua cabeça. Ela se encaixava perfeitamente em mim; uma pena eu não me encaixar em nenhum lugar da sua vida.

— Isso é o que eu chamo de aproveitar ao máximo o nosso tempo juntos. — Nós dois suspiramos enquanto eu saía de dentro de seu corpo relaxado e lânguido e puxava minha calça para que meu pau não ficasse pendurado à brisa do mar.

Ela deslizou o vestido em volta dos quadris e olhou para mim com olhos ilegíveis por cima do ombro.

— Vou sentir sua falta, Cable James McCaffrey.

Acreditei nela. Ela realmente sentiria minha falta, mesmo depois de tudo que eu fiz, e todas as coisas que estava fadado a fazer. É por isso que dizer adeus iria me destruir. A única coisa que eu sentia falta era do esquecimento. Mas Affton era muito mais do que isso. Ela era tudo.

capítulo 19

AFFTON

Um minuto eu estava dormindo profundamente, aninhada ao lado de Cable, seu braço pesado em volta da minha cintura, e no outro eu estava no meio de um turbilhão de fúria com sobrenome McCaffrey.

Pisquei quando as cortinas pesadas que cobriam a grande porta de vidro foram abertas e levantei a mão para cobrir meus olhos contra a luz. Arfei surpresa quando Cable se endireitou, me fazendo deslizar para o lado enquanto as cobertas eram puxadas de nós e um jornal voava diretamente no centro de seu peito.

Parada no final da cama estava uma Melanie McCaffrey claramente furiosa. Um pouco da sua pomposidade e equilíbrio haviam se apagado, e ela parecia pronta para cuspir fogo e fazer chover enxofre ao redor de mim e do filho sonolento. Cable esfregou a mão no rosto e piscou preguiçosamente para sua mãe enquanto pegava o jornal que ela jogou nele. Puxei o lençol para mais perto do meu peito e fiz o meu melhor para me tornar o menor possível. Não funcionou. O olhar furioso e escuro da mulher me prendeu no lugar enquanto saltava entre mim e seu filho.

— Você não estava dirigindo na noite do acidente. — Não foi uma pergunta. Foi uma declaração direta que soou frágil e quebrada. — Você foi para a prisão sem motivo. Você custou uma fortuna à sua família em um processo civil quando não era você o culpado. Você me deixou lutar por você. Você me deixou defendê-lo de todos quando não era necessário. — Ela fez uma pausa, respirou fundo e cruzou os braços sobre o peito em uma postura combativa. — Você separou seu pai e eu. Eu o deixei por sua causa, e nenhuma vez você pensou em me dizer a verdade, Cable. Sempre estive do seu lado, mas agora não tenho certeza se você está mesmo do seu lado.

Cable praguejou enquanto lia a manchete e o artigo abaixo. Sem dizer nada, ele me entregou o jornal e deslizou suas longas pernas para o lado da cama. Sua mãe fixou seu olhar em mim enquanto Cable descia da cama, nu e sem vergonha alguma, embora pintasse um quadro bastante claro de por que estávamos na cama juntos. Ele vestiu o short que havia tirado na noite anterior e passou as mãos pelo cabelo bagunçado em irritação.

O jornal tremeu em minha mão enquanto eu lia a manchete em negrito no topo da página.

Nova evidência mostra que o herdeiro local da fortuna McCaffrey não teve culpa na colisão fatal

Estava assinado por Trip Wilson, e o artigo continuava afirmando que, sob as ordens do xerife, uma nova investigação sobre o acidente foi iniciada por insistência da imprensa local. O Departamento do Xerife de Loveless trouxe um especialista em perícia de acidentes automotivos que usou tecnologia digital para mapear a cena e recriar diferentes cenários até encontrar um que correspondesse onde os veículos pararam e onde as vítimas foram encontradas. Aparentemente, o laudo do especialista mostrou que era impossível Cable estar dirigindo. Em seguida, citou uma fonte anônima (eu) dizendo que ele já havia passado por muita coisa e não queria falar nada sobre aquela noite. Também delineou o custo do julgamento e o custo dos contribuintes de manter Cable preso por um crime que não cometeu. Parecia mais inflamado do que empático ao afirmar que era apenas mais uma maneira pela qual os ricos tiravam vantagem dos menos abastados. E isso porque Trip afirmou que queria justiça. O artigo especulava que Cable não era o responsável pelas drogas encontradas nos sangues dele e de Jenna naquela noite. Os Maleys ficaram revoltados com as revelações e foram citados como tendo dito que não deixariam a memória de sua filha ser manchada pelas novas evidências. As duas famílias mais ricas de Loveless estavam prestes a ir para a guerra e, pelo que parecia, Melanie estava disposta a arrastar Cable até o meio dela.

Ele jogou para mim sua camiseta que estava no chão, e eu a passei pela minha cabeça, mantendo um olho em sua mãe, porque ela parecia querer jogar algo muito mais pesado do que um jornal em mim.

— Mãe...

Ela ergueu a mão e o interrompeu.

— Eu não quero ouvir, Cable. Tenho estado muito preocupada com você. Fiz o meu melhor para fazer o certo por você e para você. Tudo que eu queria fazer era ajudá-lo, e você nem se deu ao trabalho de atender o telefone. Mandei uma pessoa aqui para ficar de olho em você e você a levou para a cama. Ele realmente esteve limpo durante todo o verão? Ou você o tem acobertado para continuar brincando de casinha com ele? Você ficou com o meu filho e com meu dinheiro; parece que subestimei você, Affton. Tenho certeza de que seu pai não ficaria tão orgulhoso de você agora se pudesse ver como está se aproveitando do meu filho.

Estreitei meus olhos para ela e segui o exemplo de Cable, saindo da cama desarrumada.

— Você me chantageou para desistir do meu verão. Você ameaçou o trabalho do meu pai. Como ousa ficar aí e tentar me dar um sermão sobre tirar vantagem de alguém?! Estou aqui porque você me forçou a estar. — Vi Cable estremecer com o canto do olho, mas não pude voltar atrás, porque era verdade. Eu queria estar aqui com ele agora, mas não estaria aqui em primeiro lugar se ela não tivesse me forçado. — E não, não o acobertei para poder passar o verão dormindo com ele. Ele ficou limpo, foi às reuniões com o terapeuta e no geral fez tudo o que deveria fazer para ficar fora da prisão. Ele tentou fazer e ser melhor. Talvez você deva parar e fazer um inventário antes de lançar todas essas acusações horríveis ao redor.

Ela abriu a boca para discutir, mas Cable se moveu mais rápido do que eu já o tinha visto antes. Ele estava na frente dela com as mãos em seus ombros antes que ela fizesse um único som. Ele deu-lhe uma pequena sacudida e a atenção dela se voltou para ele enquanto as mãos dela subiram para circular seus pulsos. Não foi um confronto bonito, mas, novamente, nada com esta família parecia ser fácil.

— Não faça isso. O que quer que você pense que vai fazer ou dizer a Affton... não faça. Isso não tem nada a ver com ela. — Sua voz era ríspida e não pude deixar de ficar um pouco satisfeita por ele estar me defendendo. Cable nunca se importava muito, tendendo mais a ser frio e indiferente, em vez de correr em defesa de alguém. Agora, ele parecia estar tomado por todo tipo de fogo e chamas. Aquilo claramente pegou sua mãe de surpresa. Eu não poderia dizer se ela estava emocionada ou apavorada com sua demonstração explosiva de emoção. Ela pareceu ficar em algum lugar entre os dois.

— Ela deveria mantê-lo seguro, não dormir com você. Prometi a ela uma pequena fortuna. Fazer sexo com você não fazia parte do acordo.

Você não precisa de mais complicações em sua vida. Você não precisa de uma garota se aproveitando de você quando está no fundo do poço e no seu momento mais vulnerável. — Ela fechou os olhos brevemente e a observei recuperar a compostura de uma forma que só pessoas ricas e experientes conseguiam fazer. Esta era uma mulher acostumada a manter o que acontecia a portas fechadas, firmemente trancadas em uma caixa para que ninguém mais pudesse ver seu sofrimento e tristeza. — Você precisa estar focado em si mesmo, não em outra pessoa, Cable.

Eu não poderia discordar sobre isso. Também não poderia dizer a ela que tudo estava focado nele desde o início. Eu queria as mesmas coisas que ela queria... ajudá-lo. Para salvá-lo de si mesmo. A diferença é que ele me deixou entrar... completamente. Cheguei a lugares que ninguém mais tinha visto. Os lugares onde suas sombras mantinham tudo escuro.

Ele praguejou de novo e comecei a me mover lentamente em direção à porta. Eles precisavam resolver isso entre os dois. Eu não me importava mais se ela me pagaria ou não, ou se ela fosse demitir meu pai, não havia nada que eu pudesse fazer para impedi-la. Ainda faltavam algumas semanas dos noventa dias para o fim da condicional e eu tinha feito minha parte. Cable estava limpo, ele não voltaria para a prisão e poderia realmente lavar sua própria roupa agora. Eu honestamente acreditava que ele passaria nas provas para conseguir seu diploma, e ele estava levando suas sessões com o terapeuta mais a sério. Cable parecia estar pensando mais e mais em seu futuro, então de qualquer maneira que você olhasse, eu tinha mais do que cumprido minha parte no trato. Se ela queria me punir por dormir com Cable, então que seja. Não me arrependia de nenhum minuto que passei com ele. Cable valia a pena cada segundo do relógio.

— Mãe, tudo em que sempre me foquei foi em mim mesmo. É por isso que não disse que não estava dirigindo naquela noite. Eu queria pagar o preço por minhas escolhas erradas, então paguei, independente de ser certo ou errado. É por isso que não disse para você que estava usando drogas. Eu queria escapar e desaparecer em algo que não era real, então o fiz. É por isso que não atendi suas ligações durante todo o verão. Eu não queria enfrentar sua culpa e pena. Já me sinto mal o suficiente... Não poderia lidar com você se sentindo mal em cima disso tudo. Eu sabia que você estava chantageando Affton com algo importante para fazê-la ficar comigo, e dormi com ela de qualquer maneira porque ela me faz sentir bem. — Foi a minha vez de recuar, mas ele estava certo. Ele dormiu comigo, embora isso tivesse muito mais consequências para mim do que para ele. — Sempre foi sobre como me sinto ou não, mas nos últimos dois meses, ela me fez ver que também se trata de como faço as outras pessoas se sentirem. — Ele riu, mas foi uma risada desagradável e ríspida. — Eu geralmente faço as pessoas se sentirem uma merda, e isso é algo que preciso mudar. É algo que quero mudar, por causa da Affton.

Ele definitivamente me fez sentir um lixo em certos momentos neste verão, mas também me fez pensar, desafiou algumas das coisas que eu achava que sabia sobre mim e ele. Não havia como negar que Cable me fez sentir muito, muito bem, mais do que me fez sentir mal. Senti um aperto no coração ao saber que fui eu quem abriu seus olhos para ver o efeito que ele causava nos outros. Ele era seu próprio tipo de droga. Viciante e problemático. Uma vez que você tinha um pouco dele, você queria mais, mas uma vez que você tinha tudo dele, parecia impossível viver sem ele fluindo em suas veias.

Sua mãe suavizou um pouco, só um pouco, mas foi o suficiente para que ele soltasse seus ombros e desse um passo para trás. Ele balançou a cabeça e segurou uma de suas mãos.

— Deixe o pai da Affton em paz, mãe. Se você ferrar com o trabalho dele ou um futuro emprego, não terá mais notícias minhas. Quando eu fizer vinte e um, você não conseguirá mais usar minhas contas bancárias para me segurar. Serei livre para fazer o que quiser com esse dinheiro, e se você brincar com um homem inocente, prometo que vou usá-lo para desaparecer. — Seu tom era suave, mas a ameaça era muito real. Ele queria realmente dizer aquilo. Ela sabia disso e eu também.

Senti as lágrimas queimarem no fundo dos meus olhos. Achei que odiar Cable James McCaffrey era esmagador. Odiá-lo não tinha nada a ver com amá-lo. Senti o calor e o peso da mudança em minhas emoções me consumirem completamente. Senti tudo aquilo tomar conta de mim. Senti uma espiral incontrolável e selvagem por todo o meu corpo. Foi a única coisa que pude sentir, e isso era assustador porque eu podia ver o nosso fim olhando para mim diretamente nos olhos. Ele estava tentando se descobrir, e eu estava me preparando para me acomodar.

Corri para fora do quarto quando ele chamou meu nome.

Eu estava fugindo.

Fugindo do que estava sentindo. Fugindo de Cable defendendo a mim e ao meu pai. Fugindo do seu reencontro consigo mesmo; da sua autorrealização e redenção. Fugindo de um adeus vazio e uma despedida chorosa. Eu precisava me afastar de tudo que era Cable James McCaffrey antes que ele realmente me arruinasse.

Ele me avisou que o faria. Eu deveria ter ouvido.

Cegamente, vesti um short para me cobrir. Então, abri o armário do quarto de hóspedes e comecei a jogar vestidos e camisetas na bolsa de lona aberta que joguei na cama. Estava enfiando coisas na bolsa sem enxergar nada, quando Cable entrou no quarto, ainda parecendo chateado e ligeiramente abalado.

— Ela não vai mexer com o seu pai, Reed. Ela me prometeu que não faria.

Continuei enfiando roupas e coisas diversas nas bolsas. Eu só conseguia olhar para ele por um minuto, ou iria desmoronar.

— Obrigada por isso.

— O que você está fazendo, Affton? — Sua voz estava rouca.

Coloquei uma mecha de cabelo atrás da orelha e olhei para ele pelo canto do olho.

— Arrumando as malas. Acho que é hora de voltar para Loveless. Você passou quase todo o verão sem um único deslize. Você fez um bom trabalho, Cable, não precisa mais de mim, e acho que não posso mais fazer isso com você sabendo que vai acabar de qualquer maneira. Sinto falta do meu pai e sinto falta da Jordan.

— O que é "isso" exatamente, Reed? Você não pode mais me foder sabendo que isso vai acabar, ou você não pode mais gostar de mim? Qual dos dois? — O Cable malvado estava de volta. Eu ainda preferiria ele assim do que o Cable frio e vazio. O Cable malvado queria briga; o Cable fantasma não se importava com nada.

— Nenhum dos dois. Estou totalmente envolvida por você. Agora, se eu lutar para me libertar no final do verão, vou ficar ainda mais presa. Se me libertar agora, você pode fazer o que for preciso para encontrar o seu caminho e eu posso voltar ao meu. — Eu não conseguia mais me lembrar de como era caminhar por aquela estrada. Eu tinha meu caminho todo mapeado, e Cable jogou todos os meus mapas pela janela. Soltei um suspiro e fechei os olhos brevemente. — Você precisa estar bem por você, não por mim ou por qualquer outra pessoa. Você precisa querer isso para si mesmo, Cable.

Eu o ouvi grunhir e, quando abri os olhos, ele estava com as minhas bolsas nas mãos e saiu pela porta sem dizer uma palavra. Isso quebrou meu coração, mas eu disse a mim mesma que era o melhor. Era melhor tirar o curativo de uma vez só. Não que um curativo ajudasse a curar as feridas que cortaram meu coração ao deixá-lo.

Peguei minha última bolsa cheia de meus produtos de higiene e maquiagem e o segui até o meu carro. Ele já havia enfiado minhas malas dentro do pequeno porta-malas e estava encostado na lateral, os braços cruzados sobre o peito, o cenho franzido em irritação marcando seu rosto bonito. Havia uma mecha de cabelo loiro caindo sobre sua testa que eu queria afastar, mas se o tocasse agora, não seria capaz de soltá-lo. Eu seria a única agarrando frenética e desesperadamente enquanto ele tentaria se soltar. Tentei segurar minha mãe, e vê-la escapando por entre meus dedos quase acabou comigo. Perder meu controle sobre Cable iria me esmagar, então soltá-lo era a única opção.

— Você ficaria se eu pedisse à minha mãe para ir embora? — Sua voz me arrepiou. Ele parecia estar agonizando e eu odiava isso.

Balancei a cabeça negativamente.

— Não. Não é sobre ela. É sobre nós. Nosso tempo chegou ao fim. Você me disse que isso iria acontecer. Não vamos deixar nosso começo ruim e nosso final agridoce arruinar todas as coisas boas que aconteceram no meio do caminho. Adorei passar o verão com você, Cable. Estou muito orgulhosa de tudo o que conquistou. Estou orgulhosa de você.

Jogando cautela e meu coração pela janela, fiquei na ponta dos pés para que pudesse envolver meus braços em volta do pescoço em um abraço que o estrangularia. Seus braços envolveram minha cintura e seu rosto se enterrou na curva do meu pescoço. Nenhum de nós queria soltar o outro, mas era preciso.

— Vou sentir sua falta, Reed.

— Também vou sentir sua falta. Mas você sabe onde estarei se algum dia for para a Costa Oeste... — Deixei o sentimento se dissipar e me afastei enquanto ele tentava me puxar para mais perto. Eu queria dizer a ele para manter contato, mas isso doeria muito. Em vez disso, eu disse a ele: — Se você precisar de mim, Cable, estarei lá. Vou ajudá-lo quando fizer escolhas ruins e vou apoiá-lo nas boas. Você não está sozinho, nunca. Lembre-se disso.

Estava claro que ele queria dizer algo, mas seus olhos mudaram para quase pretos, e ele me soltou. Cable se afastou do carro e começou a subir as escadas para a frente da casa sem se despedir. Mais uma vez, disse a mim mesma que era melhor assim, mas isso não impediu que as lágrimas caíssem ou que minhas mãos tremessem tanto que mal consegui girar a chave na ignição. Eu estava me virando para lhe dar uma última olhada e talvez, com sorte, receber um aceno ou um sorriso para me lembrar dele, mas o que aconteceu a seguir foi tudo menos uma memória que eu queria ter para sempre.

Em vez de olhar para mim ou me observar dirigir, Cable subiu as escadas pisando forte e parou na porta da frente. Eu podia ver suas costas tremerem com o esforço que ele estava fazendo para mantê-las eretas. Não foi o suficiente. Em uma fração de segundo, seu punho pousou contra a madeira pesada da porta. Achei ter ouvido a madeira rachar de dentro do meu carro. Eu ia me afastar e deixá-lo desabafar quando o som de vidro quebrando me fez pular do carro. Seu próximo golpe falhou na madeira e passou por um dos painéis de vidro decorativos que ficavam na porta. Era de vidro pesado, temperado, então não havia como sua mão estar bem depois de quebrá-lo.

— Cable? — chamei seu nome para ter certeza de que ele estava bem e, quando ele se virou, gritei ao vê-lo coberto de sangue. Estava jorrando de sua mão e escorrendo por seu antebraço em um rio escarlate.

A porta se abriu e tanto Miglena quanto a mãe dele apareceram. Ambas tiveram uma reação semelhante à minha. Muitos gemidos e mãos batendo agitadas enquanto eu corria escada acima, puxando sua camiseta que ainda estava usando pela cabeça para que pudesse envolver sua mão. De perto e pessoalmente, parecia ainda pior do que eu imaginava. Havia sangue por toda parte, e vários de seus dedos estavam inchados e dobrados em um ângulo estranho.

Enrolei sua mão e percebi que ele não havia proferido um som ou se encolhido. O Cable zumbi tinha assumido, e isso não era bom.

— Chame uma ambulância.

Miglena saltou para seguir a ordem enquanto Melanie olhava para o filho como se nunca o tivesse visto antes.

— O que você fez?

Eu não tinha certeza se aquela pergunta era para mim ou para ele, então não me incomodei em responder. Eu estava muito preocupada que Cable parecesse completamente desligado. Ele estava naquele lugar onde nada poderia alcançá-lo, nem mesmo a dor. Foi dez vezes pior do que seu colapso no escritório do doutor Howard... Duas vezes mais assustador.

Cable tinha sumido dentro de si e eu não tinha certeza se alguém seria capaz de trazê-lo de volta.

capítulo 20

CABLE

Eu sabia que deveria estar gritando de dor ou pirando com a quantidade de sangue que estava encharcando as bandagens que os paramédicos colocaram em minha mão, mas eu estava entorpecido.

Affton estava indo embora.

Ela estava voltando para uma vida que não tinha lugar para mim.

Eu sabia que isso ia acontecer; caralho, estava me preparando para aquele adeus por semanas, mas não me preparei para o buraco que isso deixou em meu peito. Foi um golpe duplo, ela indo embora e minha mãe aparecendo e jogando todas as minhas decisões egoístas na minha cara. Eu já tinha decidido que quando voltasse a ter acesso às minhas contas, devolveria a ela e a meu pai o dinheiro que eles gastaram com o processo civil. Eu também cobriria todas as despesas legais. Isso faria um buraco na conta, o que significa que eu não conseguiria viver com a quantia indefinidamente. Eu precisaria descobrir o que iria fazer com a minha vida, encontrar algo em que fosse bom e ganhar dinheiro com isso. Teria que fazer o que Affton havia me incentivado a fazer durante todo o verão... encontrar algo que me importasse além dela.

Eu podia ouvir o uivo das sirenes acima e o barulho do rádio no ombro dos paramédicos enquanto eles corriam comigo para o hospital. O cara me disse que minha mão com certeza estava quebrada, mas era o sangramento fora de controle que o preocupava. Ele estava preocupado que eu tivesse cortado uma artéria e, se fosse esse o caso, precisaria de uma cirurgia para estancar o sangramento.

Eu não tinha certeza do que aconteceu com Affton. Ela desapareceu quando a ambulância chegou, dizendo que precisava encontrar uma camisa. Eu estava sendo carregado em uma maca e indo para o hospital antes que ela reaparecesse. Se estivesse no lugar dela, aproveitaria a oportunidade para fazer uma saída furtiva. Eu claramente não lidei bem com o nosso adeus, e se eu fosse ela, ficaria preocupado com o que poderia acontecer a seguir. Não era culpa dela que eu tenha perdido o controle.

Era minha culpa.

Todos aqueles anos desejando sentir algo, ansiando por emoções genuínas, mas quando finalmente as senti, não pude lidar com elas. Meu peito estava afundando. Minha pele parecia muito apertada por todo o meu corpo. Minha cabeça parecia que ia explodir. Tudo estava girando, puro caos e confusão. Eu sabia que precisava dizer a ela que também sentiria sua falta. Eu precisava dizer a ela que acreditei quando ela disse que estaria lá de qualquer jeito, que eu nunca estaria sozinho. Eu precisava ouvir isso de alguém em quem confiava e me importava. Mas tudo o que eu podia fazer era sentir o fogo e a fúria queimando sob minha pele. Eu não pretendia socar a porta; não foi planejado. O primeiro soco levou meus pensamentos agitados do desespero para algo sólido e tangível, algo familiar... dor. Eu sabia o que fazer com isso, então coloquei meu punho na janela e destruí minha mão.

Tirou minha atenção do meu coração destruído.

A maca foi puxada para fora da ambulância e fui imediatamente levado às pressas pelos corredores da sala de emergência. Houve uma enxurrada de atividades quando fui levado para uma das baias de trauma. Várias enfermeiras me fizeram perguntas rápidas, e vi uma jovem se encolher ligeiramente quando desembrulhou a bandagem ensanguentada que protegia meus ferimentos.

— Parece que a janela ganhou, hein, campeão? — Ela me deu um sorriso, mas não teve impacto. Senti como se estivesse vendo tudo acontecer com outra pessoa. Eu tinha ido embora. Flutuando em algum lugar onde nada doía e nada importava. Eu não conseguia nem ficar preocupado com o quão torcidos e mutilados meus dedos pareciam. Não havia como eu sair daqui sem gesso, e isso era péssimo, porque todo o dano foi feito na minha mão dominante, mas mesmo isso não poderia me tirar da minha névoa de zumbi.

— Sua pressão arterial está um pouco elevada, mas isso era de se esperar. Você está tomando algum medicamento? Tem um histórico de algum medicamento do qual precisamos estar cientes? — Uma das enfermeiras bateu na dobra do meu braço e inseriu um acesso intravenoso. Se não estivesse à deriva, separado de mim mesmo e de tudo que estava acontecendo ao meu redor, teria dito a eles que era um dependente químico em recuperação... ou talvez eu não tivesse. De qualquer forma, não disse nada enquanto bolsas transparentes de soro foram penduradas acima da minha cabeça e bombeadas em minhas veias recém-limpas.

— Vamos ter que sedá-lo para realinhar os ossos em sua mão, e parece que você cortou uma artéria. Essa pequena desgraçada não vai parar de sangrar a menos que façamos um pequeno ponto. Você com certeza fez um show, querido. — Eu estava me sentindo um pouco tonto. Possivelmente por causa do que ela colocou nos sacos pendurados, ou talvez tenha sido pela perda de sangue. Lembrei de ter visto um médico entrando, seguido pela minha mãe, que estava chorando e tremendo. Palavras foram trocadas, a papelada foi assinada, mas eu estava adormecendo. Entre cada piscar, eu procurava um rosto familiar com olhos quase roxos e rosto com sardas. Eu queria que ela me beijasse e me dissese que tudo ia ficar bem. Queria que ela me abraçasse e me dissese que tudo isso não era nada.

Ela não estava lá, e eu não podia culpá-la porque nem eu estava. Senti vagamente meus olhos ficando pesados demais para mantê-los abertos. Senti minha mãe apertar minha mão boa. As luzes acima de mim começaram a se mover e então tudo sumiu. Tudo ficou escuro e eu realmente estava à deriva, perdido em um abismo no qual não tinha certeza se encontraria o caminho de volta.

Quando acordei, estava em um quarto de hospital, e não havia mais como afastar o quanto agonizava por dentro e por fora. Minha mão arrebentada parecia pesar uma tonelada e com certeza havia gesso em volta dela. Minha cabeça estava confusa e minha boca seca. Era como voltar de uma viagem narcótica particularmente potente. Levantei a mão boa para esfregar meus olhos e pisquei quando um homem com um jaleco entrou pela porta. Ele tinha um tablet nas mãos e estava olhando para a tela com os olhos semicerrados. Sua gravata estava torta e seus sapatos rangeram no chão enquanto caminhava para o lado da minha cama.

— Como está se sentindo, senhor McCaffrey? — Ele parecia entediado, e de alguma forma isso era reconfortante.

Levantei a mão ferida e a deixei cair.

— Já estive melhor.

— Aposto que sim. Você quebrou dois nódulos da mão, deslocou dois dedos e sofreu uma fratura fina ao longo do pulso. Você tem um exército de pontos segurando sua mão, e aquele sangramento arterial foi uma merda de fechar. — Ele ergueu os olhos do tablet e ergueu uma sobrancelha para mim. — Em uma escala de um a dez, qual é o seu nível de dor?

Mexi as pontas dos meus dedos que estavam saindo do gesso e respirei fundo quando um desconforto cortante subiu pelo meu antebraço.

— Nove, mais ou menos. — Não era nada que já não tivesse sentido antes. Eu estava mais machucado depois do acidente naquela noite, mas definitivamente não me sentia bem.

— Vou pedir a uma das enfermeiras para trazer algo para a dor. Seu histórico diz que você não é alérgico a nada, correto?

Engoli em seco e lambi meus lábios. Agora era quando eu deveria confessar. Agora era quando eu deveria fazer a escolha certa e dizer a ele que não queria narcóticos.

— Não, não sou alérgico a nada. — Senti o buraco no centro do meu peito se alargar e o espaço entre mim e Affton ficar maior do que já era.

— Ótimo. Vou pedir à enfermeira que traga algo que vai na intravenosa e vou prescrever algo quando tiver alta hoje. Sua mãe tem entrado e saído do seu quarto esperando você acordar. Tenho certeza que ela ficará feliz em ver que está acordado e bem. Você deu um grande susto nela.

Ele não sabia da metade.

Eu não me importava que minha mãe estivesse preocupada comigo. O que me importava era que logo teria algo em meu sistema que me faria esquecer que não me importava.

O médico repassou algumas coisas comigo, mencionou que eu deveria considerar um curso de controle da raiva e disse que meus pontos iriam coçar pra caramba quando começassem a sarar. Fechei os olhos quando ele saiu do quarto e não os abri novamente até que ouvi a porta abrir. Eu estava esperando a enfermeira com meu analgésico ou minha mãe com o rosto manchado de lágrimas. O que vi foi o cabelo loiro claro e os olhos azul-púrpura da cor de um hematoma. Seu lindo rosto estava contraído de preocupação e seus olhos estavam feridos.

Pisquei enquanto ela caminhava para o lado da cama. Quando Affton segurou minha mão boa, não pude evitar de estremecer com o contato, e ela imediatamente me soltou com um suspiro e colocou o cabelo atrás das orelhas.

— Aquilo foi uma estupidez, Cable. Foi você quem me disse que não íamos na mesma direção. Você queria ser aquele que iria embora primeiro? Isso teria sido mais fácil para você? Porque se for, então faça isso. Desligue-se do mundo, então serei eu que o verei partir.

Fechei os olhos novamente e virei a cabeça para longe dela.

— Não é isso. Eu sabia que tínhamos que acabar, mas não estava pronto para como isso seria. Não estou acostumado a... emoções. — Eu não estava acostumado a sentir nada e ela me fazia sentir tudo. — Precisava de um lugar para ir — bufei. — Eu meio que esperava que todos esses sentimentos fossem embora com você quando partisse.

Ela se moveu para o outro lado da cama e tocou meu gesso com os dedos. Affton suspirou novamente e se abaixou para que seus lábios tocassem o gesso.

— Esses sentimentos não são meus para tomar. Eles são seus para mantê-los. Você precisa aprender a lidar com eles sem se machucar.

Se isso é o que significava sentir normal, eu preferia muito mais ser desconectado. Ao menos quando estava entorpecido, meu coração não doía.

— Cable McCaffrey? — Nós dois nos viramos e olhamos para a porta quando um enfermeiro disse meu nome. Ele estava empurrando uma máquina para dentro do quarto e lendo informações de um pequeno frasco com algo em sua mão. — É você?

— Sou eu — concordei.

Ele conferiu minha data de nascimento e me fez mais algumas perguntas enquanto Affton o observava com os olhos estreitos.

— Isso aqui vai ajudar, assim que atingir seu sistema, você se sentirá tão bem quanto a chuva.

Affton ficou tensa ao lado da cama e seu olhar foi de mim para o enfermeiro, e vice-versa.

— O que é isso que você está dando a ele?

O enfermeiro deu uma olhada para ela e depois para mim. Eu não disse nada, então o momento se arrastou até se tornar opressor e desconfortável. Finalmente, ele pigarreou e disse a ela:

— É hidromorfona, para a dor.

Affton assobiou um som ferido e doloroso e se afastou da cama.

— Ele não disse que é um viciado em recuperação? Nem se o inferno congelar você vai injetar nele um opiáceo de qualquer tipo.

O enfermeiro olhou para mim e depois de volta para ela.

— Ahn... isso não está em lugar nenhum do histórico dele. O medicamento foi prescrito pelo médico de plantão.

— Ele também está em liberdade condicional. Se for chamado para um teste de drogas com qualquer tipo de opiáceo em seu sistema, ele vai voltar para a prisão, a menos que alguém deixe claro que seja necessário com seu oficial de condicional. — Ela me olhou com tanta intensidade que pude sentir a pressão contra minha pele. — Não tome isso, Cable. Não comece a voltar por esta estrada. Se você não olhar para onde está indo, acabará exatamente onde sempre esteve.

O enfermeiro esperou, obviamente inquieto e inseguro. Minha mão latejava, assim como a cabeça.

— Você nos dá um minuto?

Ele olhou para o frasco em sua mão e depois para Affton.

— Ela está certa. Se você estiver em recuperação, não deve mexer com essas coisas. O médico não teria receitado se soubesse.

Suspirei e passei a mão boa pelo cabelo, com irritação.

— Apenas me traga um pouco de Tylenol ou Advil por enquanto.

Quando ficamos sozinhos, esperei que ela soltasse os cachorros em cima de mim. Eu podia ver cada músculo do seu corpo tensionado pela raiva e seu rosto estava vermelho com uma fúria mal contida. Ela estava terrivelmente parecida com aquele dia em que me confrontou no estacionamento. Ela me chamou de viciado e disse que eu precisava de ajuda. Eu não tinha ideia de como iria me chamar agora.

— Minha mãe começou a usar analgésicos. — Sua voz tremeu, e os nós dos dedos ficaram brancos quando suas mãos se fecharam em punhos ao lado do corpo. — Nós sofremos um acidente de carro. Ela ficou gravemente ferida. Ela acabou precisando de um monte de cirurgias nas costas e nunca conseguiu realmente recuperar completamente os movimentos. Os médicos lhe deram oxicodona para a dor e, no início, ela só usava quando realmente precisava.

— Ah, Reed...

Ela ergueu a mão e me interrompeu.

— Você disse que ouviria quando eu estivesse pronta para falar sobre minha mãe, então ouça. Lembro que ela começou a agir diferente. Ela sempre foi presente em minha vida. Ela vinha e ajudava na minha sala de aula; ela me levava para os encontros dos escoteiros e às aulas de dança. Fazíamos algo juntos todos os domingos, como uma família, e, de repente, ela estava cansada demais para tudo isso. Ela nunca queria sair de casa. Nunca queria fazer nada comigo e com meu pai. Ela disse que era porque sentia dor o tempo todo, e não duvido que fosse parte disso, mas os analgésicos... — Ela balançou a cabeça. — Eles ajudaram no início, depois machucaram. Logo, ela precisava de mais do que o prescrito. Ela começou a fazer coisas malucas e ir de médico em médico para conseguir mais. — Affton riu, mas sua risada era irregular e rouca. Aquele som cortou na minha alma. — Quando os médicos não quiseram mais prescrevê-los, ela começou a implorar ao meu pai para ir buscá-los. Ela queria que ele mentisse por ela. Foi quando eu realmente comecei a perceber que as coisas em minha família estavam desmoronando. — Ela levou a mão trêmula à boca e piscou para afastar as lágrimas. — Quando meu pai não quis fazer isso, ela queimou meu braço com um ferro de passar para que pudesse me levar às pressas para o pronto-socorro.

— Meu Deus. — Percebi que ela tinha uma mancha pálida no braço que nunca ficava bronzeada e era lisa ao toque, mas nunca perguntei sobre aquilo... porque eu era um idiota e ela merecia alguém muito melhor do que eu.

— Quando meu pai descobriu o que ela fez, ele pegou e se mudou. Ele disse à minha mãe que se ela não conseguisse ajuda imediatamente, ele iria pedir o divórcio e conseguir a minha custódia total. Ela procurou.

Affton cruzou os braços sobre si mesma para se abraçar.

— Ela ficou em um programa de reabilitação por trinta dias e contou todo tipo de mentira sobre valorizar o que tinha e querer salvar sua família. O que ela não nos contou foi que conheceu uma mulher na reabilitação que a ensinou como era mais fácil e barato ficar chapada com heroína do que com oxicodona. Ela mudou de pílulas para drogas de rua em um piscar de olhos.

Affton suspirou.

— As coisas pioraram rapidamente a partir daí. Ela me deixava sozinha. Esquecia de me alimentar. Ela não se importava se eu chegasse na escola na hora ou não. Ela deixou de ser mãe e deixou de ser esposa. Ela só queria ser uma viciada. Meu pai tentou ajudá-la, mas ela deixou claro que não queria melhorar. Ela queria estar chapada mais do que queria estar com a sua família.

Affton fungou e esfregou os braços com as mãos. Eu queria abraçá-la, mas tive a sensação de que se chegasse muito perto, ela poderia quebrar... exatamente como sua amiga, Jordan, me avisou que aconteceria. Eu não apenas esbarrei nela, eu bati e ela quebrou.

— Ela foi presa. O juiz ofereceu a ela um acordo judicial se ela concordasse em voltar para a reabilitação. Ela foi, mas de má-vontade. Meu pai pediu o divórcio e estava em processo de assumir a minha custódia quando ela saiu. Eu era apenas uma criança, mas sabia que ela não tinha muito tempo se vivesse daquela maneira. Quanto mais o vício tomava conta, mais como um cadáver ambulante ela parecia; aquilo me assustava.

Ela esfregou os dedos nas bochechas enquanto as lágrimas que estava controlando se soltavam.

— Fui eu quem a encontrou. Ela não retornou nenhuma das minhas ligações e perdeu um grande recital de dança, o que não era novidade, mas naquela época eu fiquei chateada. Eu queria dizer a ela que tinha acabado, que ela não era mais minha mãe. Queria dizer que meu pai e eu merecíamos coisa melhor, e ela era nojenta e triste. Eu queria machucá-la do jeito que ela me machucava. Saí da escola mais cedo e fui até o apartamento dela. Quando abri a porta, encontrei-a deitada no chão. Ela estava azul. — Ela parou de respirar por um segundo, e quando começou a falar novamente, suas palavras eram quase inaudíveis: — Eu não sabia o que havia de errado, então toquei nela, e ela estava um tanto fria. Sentei no chão e chorei, chamando seu nome sem parar até que um vizinho veio ver o que estava acontecendo. Meu pai estava tão bravo. Ele estava bravo com ela. Com raiva de si mesmo por me deixar ainda vê-la. Com raiva de mim por estar tão chateada com uma mulher que não se preocupava em ser minha mãe há muito tempo. Foi a única vez em que o vi chorar.

Affton estava tremendo tanto que eu tinha certeza de que ela iria desabar. Gemendo de esforço e dor, coloquei as pernas na beirada da cama e estendi meu braço saudável para agarrá-la pela cintura. Ela não lutou por causa dos tubos e fios ligados a todos os diferentes lugares do meu corpo, mas também não facilitou para que pudesse puxá-la entre minhas pernas e contra o meu peito.

— Eu não posso amar outro viciado, Cable. Não vou. — Ela soluçou contra meu pescoço e acariciei sua testa com meus lábios. — Eu odeio o Cable viciado, mas amo o Cable dependente químico em recuperação, mesmo que ele nem sempre seja quem você escolheu ser. Você precisa aprender a amá-lo também.

— Eu posso fazer boas escolhas por você, Reed. Parece que não consigo fazer para mim mesmo.

Ela colocou os braços ao meu redor frouxamente e me deu um abraço antes de fungar alto e se afastar. Meu pescoço estava molhado com as suas lágrimas e meu pulso estava irregular por tê-la tão perto e ouvir sua história.

— Tente.

Ri e dei a ela um aceno com a cabeça.

— Vou tentar.

Ela me deu um sorriso débil e afastou o cabelo do rosto. Ela me amava e me odiava. Eu a amava e me odiava por isso.

— Tenho certeza de que, quando conseguir me acostumar com todos esses sentimentos, quando aprender o que fazer com eles, poderei aprender a amar você, Affton Reed.

Seus olhos se arregalaram e ela colocou as mãos sobre o coração. Ela corou novamente, mas desta vez era um um lindo tom rosado. Sua língua apareceu quando ela lambeu o lábio inferior, os olhos brilhando com a promessa e desafio.

— Prove, Cable James McCaffrey.

Com essas palavras finais, ela desapareceu porta afora e saiu da minha vida, deixando-me sozinho para fazer a escolha certa por mim mesmo... para pelo menos tentar ser digno de amá-la e ser amado por ela.

Tudo o que podia fazer era tentar. Mesmo se eu falhasse, pelo menos estava tentando... suas palavras me assombraram por muito tempo depois que a porta se fechou atrás dela.

capítulo 21

AFFTON

Berkeley ~ Próximo do feriado do Dia de Ação de Graças
— Eu estava me perguntando se você gostaria de comer uma pizza ou tomar um café antes do feriado...

Eu estava olhando para o meu telefone, mal ouvindo o cara andando ao meu lado. Eu nem tinha certeza de qual era o nome dele, mas ele foi persistente em seus esforços para me fazer sair com ele ao longo do semestre. Estávamos na mesma aula de introdução à Psicologia, e ele zanzou continuamente pelo auditório gigante nos últimos meses até que criou coragem para se sentar ao meu lado. A princípio, me perguntou se eu queria estudar junto e, quando recusei, ele passou a me perguntar sutilmente se eu queria sair durante vários eventos em grupo. Eu sempre disse não.

Não que ele não fosse bonito; ele era. O cara era alto, magro e parecia muito acadêmico. Usava óculos da moda com armações grossas e pretas, e suéteres sobre camisas de botões; também usava calça jeans justa e botas de cano baixo. Ele era praticamente um anúncio ambulante de universitário gostoso que levava a sério a si mesmo e sua educação. Havia muitas outras garotas que o observavam dia após dia, mas ele parecia não notar, já que tinha seus olhos fixos em mim, embora eu mal tivesse lhe dado um olhar.

Eu podia ouvir Jordan me dizendo que era hora de seguir em frente. Podia ouvi-la me dizendo para viver um pouco, para aproveitar tudo que a faculdade tinha a oferecer, incluindo garotos muito bonitos que eram o oposto de Cable em todos os sentidos imagináveis. Não havia surfistas desleixados no meu programa de Psicologia. Não havia garotos perdidos e tentando desesperadamente encontrar seu caminho. Todos esses caras se esforçaram tanto quanto eu para ter seu lugar naquela sala de aula, e eles não estavam dispostos a estragar tudo vivendo de forma imprudente.

Deveria ser um apelo para mim, eles deveriam ter me interessado... mas não tinham.

Olhei por cima do meu telefone e pisquei para o cara tentando juntar as peças do que ele tinha acabado de me perguntar. Já que ele estava me olhando com expectativa, imaginei que tinha me convidado para sair novamente. Eu tinha que dizer não, odiava não conseguir nem imaginar dizer sim para alguém que não fosse Cable, mas não havia outra escolha. Eu não estava prestes a enganar ninguém. Embora fosse solteira, tecnicamente independente e livre para fazer o que bem entendesse e com quem quisesse... Eu não pude. Como sempre, meu coração estúpido ainda estava emaranhado e preso em Cable James McCaffrey.

Eu não tinha ouvido falar dele desde que saí do hospital.

Não fazia ideia se ele recusou os analgésicos e voltou ao caminho certo.

Não sabia se ele havia voltado aos seus velhos hábitos ou se pensava em mim a cada minuto de cada dia, do jeito que eu pensava nele. Eu me perguntei se ele sentia tanto a minha falta que era consumido pela saudade. No escuro, me perguntava se ele me imaginava quando acordava solitário e sozinho... do jeito que eu o imaginava.

Eu não sabia de nada, mas meu coração não se importava. Ele se recusava a me deixar seguir em frente, se recusava a me deixar considerar o convite desse cara bonito ou de qualquer um dos outros que apareceram em meu caminho. Não me deixaria seguir em frente.

— Eu... ahn... Bem, eu realmente não posso sair antes do feriado. Tenho um projeto para entregar e meu pai está vindo para a cidade para que possamos passar o Dia de Ação de Graças juntos. Realmente não tenho nenhum tempo livre. — Enfiei uma mecha de cabelo atrás da orelha e percebi que tínhamos quase cruzado todo o caminho até o prédio onde meu apartamento estava localizado.

Graças a Deus, Melanie McCaffrey apareceu com o dinheiro que me prometeu. Caso contrário, eu teria ficado presa em um dos dormitórios da ala comunitária, compartilhando meu espaço com um estranho e vivendo sem paredes. A ideia de usar um banheiro comunitário me fazia querer vomitar. Mesmo assim, ainda precisava dividir o apartamento, mas pelo menos havia uma sala de estar e várias portas fechadas nos separando. Valia totalmente a pena o dinheiro extra.

E meu pai estava realmente vindo me visitar. Quando saí de Port Aransas, voltei para casa e imediatamente abri meu coração sobre tudo. Acho que foi ver Cable no hospital, todos aqueles tubos ligados a ele, que me levou ao limite. Aquilo me lembrou muito de todas as vezes que minha mãe fingia se machucar ou que estava doente para ser internada e conseguir narcóticos. Contei a ele sobre Melanie e sua ameaça, sobre o dinheiro e o verão que passei tentando ajudar Cable a ficar limpo. Contei ao meu pai sobre o acidente, a verdade, não o lixo que estava nos jornais, e contei a ele tudo sobre me apaixonar pela pessoa absolutamente errada e como foi difícil ir embora. Pedi desculpas por mentir e esperei que ele consertasse tudo como sempre fez.

Meu pai me chocou ao ligar para seu chefe na cervejaria e pedir demissão na hora. Ele tinha algumas palavras a dizer para Melanie McCaffrey, mas implorei a ele para deixar aquilo de lado. Ela amava o filho e se recusava a deixá-lo arruinar a própria vida. Eu o lembrei que nós dois estivemos na mesma posição com a minha mãe. Ele disse que se recusava a trabalhar para uma mulher que manipulara sua filha dessa forma. Ele concordou que Cable não era alguém que ele escolheria para mim, considerando sua história e seus problemas, mas não me julgou por ter me apaixonado tanto e tão rápido.

Ele me abraçou enquanto eu chorava e me disse para acreditar nas partes boas que Cable me mostrara, mas para ficar atenta às partes ruins. Ele era o melhor pai de todos os tempos e lidou com meu primeiro coração partido como um profissional. Mas ele não conseguiu consertar o que estava quebrado; não conseguiu me consolar quando desmoronei depois de ligar para o hospital para checar Cable, apenas para ser informada que ele tinha ido embora contra as ordens médicas. A única pessoa que poderia evitar a minha dor no coração havia desaparecido como uma nuvem de fumaça, vagando pela escuridão, como ele sempre me avisou que faria.

Meu pai também me disse que vinha pensando há muito tempo no que faria quando a casa estivesse vazia. Toda a sua vida tinha trabalhado para manter um teto sobre nossas cabeças e cuidar de mim, mas agora que eu estava me aventurando por conta própria, era hora de ele viver um pouco. Um mês depois de eu ir para a faculdade e me instalar, ele vendeu a nossa casa e usou o dinheiro para comprar um trailer. Meu pai me disse que queria conhecer o país. Ele queria viajar e experimentar tudo o que a vida tinha a oferecer. Estive preocupada o tempo todo com a possibilidade de Melanie ter tirado as raízes do meu pai, mas como descobri, o homem era uma pedra que rolava. Ele nunca ficava muito tempo no mesmo lugar, e eu recebia um cartão-postal uma vez por semana de lugares que só tinha visto em revistas e na televisão. Ele estava vindo de Seattle para a Califórnia para passar o Dia de Ação de Graças comigo, e eu mal podia esperar para vê-lo. Meu pai não se arrependia de deixar Loveless para trás, e eu realmente invejava sua atitude despreocupada. As pessoas só tinham poder sobre nós se permitíssemos.

— Você está saindo com alguém, Affton? Você tem namorado em casa ou algo assim? — Ele parecia confuso ao invés de confrontador. O cara realmente não entendia por que eu não lhe dava uma chance. — Admiro sua dedicação e acho realmente sexy o quão inteligente você é, mas estamos na faculdade. A vida é mais do que o que está em nossos livros. Eu realmente quero a chance de conhecer você melhor. Acho que cairia bem. — Ele parecia tão sincero e estava certo; ele se encaixava muito melhor do que o garoto que deixei para trás e não conseguia esquecer.

Eu me movi inquieta e coloquei uma mecha de cabelo atrás da orelha.

— Eu... ahn... Eu não... — Cambaleei e parei, quase tropeçando nos meus próprios pés quando chegamos à frente do meu prédio. O cara ao meu lado agarrou meu braço para me impedir de cair enquanto eu ficava imóvel, a boca aberta, a respiração ofegante e meu peito subindo e descendo, o coração batendo tão forte que doía, porque não havia como confundir a figura familiar sentada nos degraus do meu prédio.

Havia um cigarro pendurado em sua boca e seus olhos estavam fixos no meu cotovelo, onde o cara ainda estava segurando. Pisquei rapidamente para ter certeza de que ele era real e, quando ele não desapareceu, lembrei de respirar.

Ele ficou de pé e eu automaticamente dei um passo em sua direção. Sendo atraída, como se ele fosse um ímã e eu um pedaço de metal. Atraída, porque ele era o sol e eu nada mais do que um planeta preso em sua órbita. Ele me moveu sem nem tentar.

Ele parecia diferente, melhor. Seu cabelo loiro escuro estava mais curto do que no verão, cortado rente à cabeça nas laterais e na parte de trás, mas mais comprido na parte de cima e penteado para trás. As mechas platinadas e pálidas do sol de verão se foram, assim como as sombras em seus olhos. Aqueles olhos cor de chocolate estavam claros e afiados, nunca oscilando do ponto onde o garoto que não era ele me tocava. Seu cenho franzido era familiar, assim como a arrogância quando ele se aproximou de mim e de meu companheiro indesejado. Nenhum de nós falou, mas houve toda uma conversa enquanto nos encarávamos sem piscar.

Eu me recompus o suficiente para me livrar do aperto em meu braço e olhei para meu colega com arrependimento genuíno. Eu gostaria de ter sido capaz de sair com ele, que ele tivesse sido capaz de romper minhas barreiras, mas o único que já foi capaz de escalar todas as minhas paredes foi Cable. Agora, ele nem mesmo precisava escalá-las. Havia uma porta em meu coração e ele era a única pessoa que tinha a chave. Estávamos saindo de um filme terrível. Eu era a heroína inteligente e intrépida fazendo as escolhas mais idiotas quando se tratava de homens. Deste homem. De pé ao meu lado estava o exemplo perfeito de quem e o que eu deveria querer, mas todos sabiam que eu iria atrás do cara que obviamente era errado para mim.

— Me desculpe. — Olhei para o meu colega de classe pelo canto dos olhos. O pedido de desculpas soaria mais sincero se eu me importasse em saber seu nome. — Eu não tenho um namorado, na verdade… é complicado. — Cable nunca foi algo tão simples como um namorado, e nunca seria. — Não estou interessada em sair com mais ninguém.

Cable parou a alguns metros de distância e pude senti-lo. Eu podia sentir sua tensão e sua intensidade. Podia sentir o cheiro de seu cigarro e do sol e areia tão característicos dele. Podia ouvi-lo inspirar e expirar, lento e constante, como se ele estivesse tentando se controlar. Eu podia ver seus olhos mudarem de castanhos para uma cor mais escura que era quase preta. Ele estava sentindo coisas, tantas coisas, e ele estava lidando com todas essas emoções, não fugindo ou se escondendo de nenhuma delas.

Meu candidato a pretendente soltou uma risada seca e girou nos calcanhares.

— Você não pode ver mais ninguém, mesmo que estivesse interessada. Você tem procurado por alguém no meio daqueles que se aproximaram de você durante todo o semestre, e agora sei junto. Você só tem olhos para quem quer que seja esse cara. Você não tem problemas em olhar diretamente para ele. Vejo você depois do feriado de Ação de Graças. Minha oferta para estudar ainda está de pé. Eu quis dizer isso quando disse que aprecio o fato de você ser tão inteligente quanto bonita. Vejo você mais tarde, Affton.

Ele se afastou e Cable se aproximou. Ele colocou uma das mãos no bolso da jaqueta jeans e usou a outra para tirar o cigarro da boca. Suas sobrancelhas cor de areia se levantaram e o canto da boca baixou quando ele perguntou:

— Interrompi algo?

O Cable de sempre. Sem um 'oi'. Nenhuma saudação de qualquer tipo. Inclinei a cabeça para o lado e respondi sua pergunta com outra:

— O que você está fazendo aqui?

Ele largou o cigarro no chão e o apagou sob a ponta do tênis. Cable levou a mão à nuca e olhou para o chão enquanto respondia:

— Já estava na hora. — Poderia ser tão fácil e simples?

— Não tenho notícias suas há meses. — Não havia como disfarçar a acusação em meu tom. Eu estava preocupada com ele. Senti falta dele e sofria por ele. Era irritante que Cable estivesse agindo como se nós mal tivéssemos nos separado.

Ele praguejou e ergueu a cabeça para olhar para mim. Tudo estava naqueles olhos escuros. Cada minuto que passamos separados, cada segundo divididos e nos afogando na solidão.

— Podemos ir a algum lugar e conversar? — Ele se moveu com incerteza e soltou um suspiro. — Pode ser em algum lugar público, se você não quiser ficar sozinha comigo.

Houve um tempo em que a última coisa que eu queria era ficar cara a cara com ele. Nos últimos meses, ficar sozinha com ele era o que eu sonhava à noite. Foi uma fantasia que deixei brincar na minha cabeça quando estava tendo um dia particularmente ruim. Foi o que me manteve onde estava quando sabia que seria muito melhor me afastar dele emocionalmente.

— Podemos subir para o meu apartamento. Não é nada de especial e eu divido com uma colega, mas é quieto e perto. — Ele me devia uma explicação. Caramba, ele me devia muito mais do que isso, mas para começar, eu ficaria feliz se ele me contasse onde esteve e por que não tinha entrado em contato.

Ele assentiu com a cabeça e me seguiu para dentro do prédio. Não conversamos no elevador no caminho até o meu andar. Acenei distraidamente para algumas garotas que moravam no final do corredor. Fiquei surpresa que elas soubessem meu nome, já que eu não saía ou me relacionava com ninguém. Fiquei menos surpresa que elas estivessem curiosas sobre Cable e quisessem ser apresentadas. Eu não as apresentei. Felizmente, o apartamento parecia estar vazio quando entramos. Eu não tinha certeza de para onde isso entre nós dois estava indo, mas não queria plateia para nada do que pudesse acontecer.

— O que você acha da sua colega de quarto?

Joguei minha bolsa no chão ao lado da cama e observei enquanto Cable vagava ao redor do minúsculo quarto, verificando os pequenos toques que adicionei para tornar o lugar mais aconchegante.

Havia uma cadeira em frente à mesa, mas era onde ele estava parado, então me sentei na beirada da cama. Minha pele arrepiou enquanto seus olhos seguiram o movimento. Eu e Cable, em um pequeno espaço que era quase todo ocupado por uma cama, provavelmente não foi a melhor ideia que já tive.

— Ela é legal. É minha colega do curso de Psicologia, então temos algumas aulas juntas e muitos dos mesmos trabalhos. Ela é quieta; tem um namorado que mora no distrito de Mission, do outro lado da baía, então ela não fica muito aqui. Não é Jordan, mas gosto dela. — Gostava mais do que pensei que gostaria. Ela era séria e motivada, e nunca perguntou por que eu sempre parecia estar triste e perdida.

Cable deslizou as mãos nos bolsos da frente da calça jeans desbotada e se recostou na minha mesa. Sua voz era baixa e intensa quando ele me disse:

— Senti sua falta, Reed.

Aquilo fez meu coração apertar. Machucava. Doía tanto que coloquei a mão no centro do peito e apertei tentando conter a dor.

— Então por que você não me ligou? Ou mandou uma mensagem de texto ou e-mail? Existem várias maneiras de você entrar em contato comigo, Cable. Você sempre soube exatamente onde eu estava. — Tudo o que eu queria saber era se ele estava bem. Eu queria saber se ele estava fazendo boas escolhas e tentando ser melhor. Não por mim, mas por ele mesmo.

— Não tomei os analgésicos e nem peguei a receita de oxicodona. — Ele tirou a mão do bolso e a estendeu para frente para que eu pudesse ver todas as linhas finas e brancas que agora cortavam seus dedos e a palma da mão. Sua tatuagem de teia de aranha tinha falhas na tinta onde ele tinha cicatrizes, mas isso não fazia a tatuagem parecer menos durona. — Foi péssimo. Eu realmente queria algo para me acalmar, mas você estava certa. Se eu começasse a rolar pela colina abaixo, seria uma bola de neve e não haveria como controlar a avalanche de destruição que se seguiria. Eu disse não aos remédios por você, mas depois de falar com o doutor Howard, percebi que também disse não por mim. Além disso, minha mãe perdeu a cabeça quando ouviu o que eles estavam tentando me dar. Acho que aquele médico ainda está tentando restaurar uma pele nova depois que minha mãe quase o esfolou.

Eu queria chorar de alívio.

— Isso é incrível, Cable. — Fiquei muito orgulhosa por ele entender o que estava sentindo e chegar à conclusão certa. Isso me deu esperança... por ele... e para nós.

Ele riu e passou a mão marcada pelo cabelo.

— Quando você me disse que ia embora, eu perdi o controle. Eu não queria os analgésicos para a minha mão; eu os queria para o meu coração. Não estava acostumado a me importar com ninguém do jeito que me importo com você.

Pelo menos ele disse *"importo"* e não *"importava"* porque o verbo no passado teria quebrado a minha compostura fina como papel.

— Foi você quem disse que tínhamos que acabar. Foi você quem me disse que não havia lugar para você na minha vida. — Eu teria aberto espaço para ele, se pedisse, mas em vez disso, fugi antes que ele pudesse me afugentar.

Um sorriso surgiu em sua boca, e eu queria senti-lo contra meus lábios. Além de seus olhos estarem claros, parecia que parte do peso que prendia sua alma também havia se dissipado. Esse sorriso era real. Era genuíno, e não havia nada além de humor autodepreciativo por trás daquilo. Não havia malícia ou manipulação.

— Você desistiu tanto de sua vida por um viciado. Não podia deixar você desistir de mais por outro. Não há espaço em sua vida para alguém que não está disposto a tentar se recuperar.

Suas palavras foram doces, mas também comoventes.

— Você estava tentando.

Ele balançou a cabeça e se afastou da mesa. Ele caminhou até onde eu estava sentada e se abaixou ao meu lado na beirada da cama. Instantaneamente, tudo em meu corpo ficou tenso. Quando nos tocávamos, sempre havia uma corrente elétrica que passava dele para mim. Eu estava intensamente ciente de como estávamos perto um do outro e como seria fácil acabar com essa distância.

— Eu não estava realmente tentando, Affton. Estava seguindo as regras. Se estivesse realmente tentando, teria sido honesto com o médico quando ele me perguntou sobre o meu histórico. Teria deixado o doutor Howard me ajudar do jeito que ele queria durante todo o verão. Eu teria deixado você em paz até que me recuperasse e pudesse lhe oferecer algo além de sexo.

Vacilei um pouco com suas palavras, mas ele estendeu a mão e a colocou sobre a minha, ambas entrelaçadas no meu colo. Sua voz era baixa e íntima, calma, mesmo quando ele me disse:

— Não me entenda mal, não me arrependo de um minuto que passamos juntos neste verão, e ainda tomaria as mesma decisões se isso significasse que eu a deixaria nua, mas você merecia algo melhor, e não a culpo por ir embora. Você não teve escolha. Eu precisava melhorar primeiro por mim, e só depois disso seria bom o suficiente para você. Você me pediu para provar que poderia amá-la e é exatamente isso que tenho feito.

Já que Cable desaparecera como um fantasma e eu não tinha ideia do que ele andava fazendo, tive dificuldade em acreditar que ele estava provando alguma coisa para alguém.

— Como você tem provado isso?

Ele esfregou o polegar em um círculo ao longo da parte externa do meu pulso. Tive que morder a língua para não gemer. Eu sentia falta da sensação do seu toque; de como me sentia por causa dele.

— Depois que você foi embora, eu disse a minha mãe que estava pronto para a ajuda dela. Estava pronto para realmente tentar fazer algumas mudanças significativas. Não queria mais ser um viciado, queria ser um dependente em recuperação. Conversamos com o doutor Howard, e ele me ajudou a ver um especialista. Entre a terapia e a medicação, acertei muitos dos meus problemas. Quer dizer, ainda estou uma bagunça. Estou clinicamente deprimido e tenho todos os tipos de ansiedade por causa do acidente e de todas as coisas que aconteceram depois, então duvido que algum dia estarei cem por cento equilibrado. Mas, na maior parte do tempo, não me sinto tão sozinho ou dissociado como antes. A maior parte da névoa se dissipou, mas ainda há dias que luto para ver através de tudo isso.

Minha pulsação saltou e eu tinha certeza que ele sentiu porque aquele sorriso se transformou completamente. Ele ainda era o único que poderia me fazer reagir assim. O meu colega de classe estava certo. Eu olhava através de todo mundo porque só tinha olhos para Cable.

— Passei um mês na praia me acostumando com as medicações e descobrindo o que funcionava. Alguns remédios me fizeram sentir como um zumbi e alguns me fizeram sentir como se estivesse rastejando para fora da minha pele. Mas, no final das contas, encontramos um bom equilíbrio entre medicamentos e terapia. Também disse a minha mãe que queria conhecer minhas irmãs e, após alguma resistência inicial, ela concordou que seria bom para mim. Miglena demorou um pouco mais para ser convencida, mas eventualmente, ela cedeu depois de ter certeza de que não perderia o emprego. Minha mãe também prometeu garantir que meu pai continuasse a pagar a pensão alimentícia das meninas. Ela cansou de pagar para mantê-las afastadas. Nós dois sabemos como ela pode ser implacável quando pensa em algo. O dinheiro vai sobrar mais um pouco para ela, e meu pai não pode continuar fingindo que nenhuma das suas filhas existe. A mais velha se parece comigo, e a mais nova obviamente parece com Miglena. Elas são umas meninas doces. Têm oito e seis anos. Fomos tomar sorvete. Elas me perguntaram se eu poderia ensiná-las a surfar. — Seus olhos ainda estavam nos meus e seus lábios se curvaram em um leve sorriso. Um pouco da tensão em seus ombros largos pareceu se dissipar quando fiquei exatamente onde estava. Eu duvidava que algum dia fosse capaz de me afastar dele novamente.

Cable parecia tão orgulhoso e satisfeito que fiquei emotiva.

— Isso é incrível. Estou tão feliz por você. — Ele precisava de todo o amor que pudesse receber e o tipo de amor que vinha de duas garotinhas inocentes que não tinham ideia de onde ele estivera ou quem ele era para elas era o melhor tipo. Era puro e inabalável.

— Eu também conversei com o cara que Jenna atropelou no acidente, aquele que acabou em uma cadeira de rodas. Queria me desculpar e dizer a ele que se ele precisasse de algo para tornar o seu novo normal mais fácil, me avisasse. Ele me disse que leu o artigo no jornal e sabia que não fui eu o responsável pelo acidente. Ele me perguntou se eu ainda estava usando e quando eu disse que não e que estava limpo desde aquela noite, ele me disse que poderia me perdoar e que oraria por mim. Ele estava feliz por nós dois estarmos vivos. Chamou isso de milagre e percebi que estava vivendo minha vida de maneira errada. Fiquei chateado por ter sobrevivido em vez de ficar grato por ter mais tempo para consertar as coisas. Ele é um homem melhor do que jamais serei, mas percebi que poderia aprender muito com ele. Se ele pôde me perdoar por estar tentando, então eu meio que senti que finalmente tinha permissão para me perdoar.

Ele parou um pouco, possivelmente pensando na garota que causou um impacto tão grande em seu passado, ou talvez, eu esperava, pensando naquela que teria tudo a ver com seu futuro.

— Quando estava me sentindo mais estável, disse à minha mãe que queria ir para aquele programa que ela tinha me falado antes do acidente. Fiquei limpo durante todo o verão, mas foi por pouco. Se você não estivesse lá, eu não teria conseguido. Eu precisava aprender como lidar com os desejos e como viver sem uma muleta. Conseguir a autorização para ir para lá, dentro dos limites das minhas atuais condições de liberdade condicional, demorou muito mais do que eu esperava, mas valeu a pena. Aprendi que meu fundo do poço não é tão baixo quanto alguns outros e que minha luta não é única. Nunca estarei completamente recuperado, mas estou em recuperação, e a sensação é muito boa. É para onde eu precisava ir... onde precisava estar... a fim de acabar aqui com você. Achei que havia estradas infinitas para viajar, mas havia apenas uma que me levaria aonde eu realmente queria estar. Saí do programa algumas semanas atrás. Eu teria entrado em contato antes, mas precisava saber que estava me esforçando pelos motivos certos e não apenas porque era o que você precisava de mim. Eu tinha algo a provar.

Pisquei com força para não chorar. Tirei minha mão debaixo da sua e entrelacei meus dedos aos dele.

— Estou impressionada. — Eu realmente estava. — Estava orgulhosa de você antes; agora estou maravilhada.

Ele levantou a mão e pegou uma lágrima rebelde com a ponta do dedo.

— Não chore por mim. Não mais. Não sou mais o cara que faz as garotas chorarem. Não sou mais o cara que não liga mais quando essas lágrimas são por mim.

Suspirei e pisquei para afastar as lágrimas.

— Não posso evitar. Eu não tinha certeza se iria ver você de novo e, se o visse, não tinha ideia de qual versão de Cable eu iria encontrar. Nada me preparou para esta versão.

Ele ergueu uma sobrancelha e se inclinou para mim para que pudesse bater o ombro no meu.

— E que versão é esta?

— O presente. O razoável e o racional. — Eu não tinha ideia do que fazer com este Cable, mas sabia que se não pude resistir a qualquer uma das outras versões dele, não havia nenhuma chance de resistir a esta; que me fazia sentir tudo e fazia meu coração vibrar como um milhão de asas de borboleta no meio de um redemoinho.

— Já que estou colocando tudo em pratos limpos, preciso dizer que fui eu quem pagou para você desistir do seu verão. Era o mínimo que eu podia fazer depois de tudo o que você desistiu, e a verdade é que queria ter uma parte de você vivendo seus sonhos. Eu não tinha certeza se haveria mais um lugar para mim neles. Nem de quanto tempo levaria para me endireitar, e não culparia você por não esperar. — Seu sorriso ficou menos brilhante e seus olhos se estreitaram. — Você definitivamente não parecia odiar ter o Senhor Quatro-Olhos acompanhando você de volta da aula.

Ele não me culparia por não esperar? Ele não me conhecia? Estive esperando por ele desde que o vi pela primeira vez, anos atrás. O ódio que eu pensava sentir por ele era na verdade compaixão, amor, uma necessidade de proteger algo que não era meu para proteger. Ele me fez sentir algo por ele quando eu estava com medo. Minha mãe me machucou de maneiras das quais nunca iria me curar. Eu não queria que ele fizesse a mesma coisa. Mesmo que estivesse do outro lado do país de onde começamos e paramos, meu coração não se afastou do dele.

Fui embora porque o amava e ele me disse que não era possível. Fugi porque o queria mais do que queria sair de Loveless; e porque mesmo quando estava convencida de que o odiava, ele ainda era o único que eu podia ver e o único que realmente me via.

— Eu nem sei o nome dele — sussurrei as palavras enquanto ele inclinava sua cabeça para que descansasse contra o meu ombro. — Nem sei como ele é.

Cable bufou e aumentou seu aperto na minha mão.

— Ele estava parado bem do seu lado, Reed. Ele estava tocando você.

Havia ciúme ali, e eu tinha que admitir que não me importava.

— Ele poderia estar bem na minha frente, e isso não importaria. Você é a única pessoa que vejo. Você é o único que sinto aqui. — Levei meus dedos ao meu peito e senti meu coração bater acelerado. — Ninguém mais pode afastar o frio.

Ele virou a cabeça para que seus lábios pudessem tocar minha bochecha. Esse pequeno toque me fez estremecer da cabeça aos pés.

— O gelo nada mais é do que água congelada, e você sabe como me sinto em relação à água. — Eu o senti sorrir antes que seus lábios tocassem o canto da minha boca. — É basicamente a minha coisa favorita. Eu adoro você, Affton. Quero aprender a amar você. Me mostre como.

Eu fiz tudo certo.

Nunca dei um passo errado.

Eu era cuidadosa, controlada e tinha todos os planos.

Era focada, atenta e motivada. Trabalhei pra caramba para chegar exatamente onde estava.

Eu disse a mim mesma que nada e nem ninguém iria me segurar ou me atrasar. Passei por cima de todos que estavam no meu caminho e nunca olhei para trás.

Eu nunca tive nada entregue a mim em uma bandeja de prata e nada veio fácil.

Incluindo o amor. Nada era mais desafiador do que amar Cable James McCaffrey. Acho que era bom eu saber que nada seria mais gratificante do que aprender a ser amada por ele.

capítulo 22

CABLE

Eu estava sentindo muitas coisas. Levei um minuto para isolar e me encontrar através de todas as emoções diferentes, mas estava conseguindo e estava grato por ter o problema de sentir demais. Foi como soube que ela era a escolha certa para mim, mesmo que eu não fosse a melhor escolha para ela.

Eu estava com ciúmes. Cego e obsessivo. Isso me deixou um pouco louco, e eu queria encontrar o cara que estava andando ao lado dela, aquele que a tocou como se tivesse o direito; queria quebrar todos os seus dedos. Queimei ao vê-la com alguém que não era eu. Senti um nó em minhas entranhas quando percebi o quão bom ele parecia ao lado dela, como outra pessoa seria certa para ela. Eu teria ido embora, desaparecido antes que ela pudesse me ver, se ela parecesse feliz. Eu a teria deixado em paz, se ela dissesse que se importava com o cara de calça jeans skinny e óculos de grau. Em vez disso, ela voltou a ser o que era durante todos aqueles anos no colégio. Ela estava voando alto acima dele, e o cara estava tentando o seu melhor para alcançá-la. Affton ainda era intocável. Eu fui o único que conseguiu tocá-la. Quando colocasse minhas mãos sobre ela, nunca a deixaria ir.

Eu estava feliz. Meu coração inchou e bateu mais forte assim que sua cabeça loira apareceu. Seu cabelo estava mais comprido e as ondas praianas do verão haviam sumido. Ela tinha feito algo para domá-lo; os fios claros estavam severamente retos enquanto caíam ao redor de seu rosto. Seu bronzeado dourado também havia desvanecido, fazendo suas sardas aparecerem na ponta do nariz. Ela tinha perdido peso, e seu rosto tinha aquela expressão vazia e controlada que ela costumava ter quando sonhava em deixar Loveless. Eu sabia que algumas das mudanças em sua aparência eram por minha causa, mas estava tão animado por vê-la, por estar perto dela, que deixei a culpa passar.

Fiquei aliviado porque, quando nossos olhos se encontraram, o mundo ainda parou. O idiota ao seu lado não importava. Os meses separados não importavam. As perguntas e preocupações que irradiavam dela em ondas, não importavam. A única coisa que importava era como ela me via, realmente me via, da mesma forma de sempre. Ela não olhou através de mim ou ao meu redor. Ela olhou diretamente para mim e se moveu na minha direção porque ela não se conteve. Eu estava tão grato de que nossa conexão não foi quebrada, que o tempo e a distância não fizeram nada para diluir a química que pulsava entre nós. Estava exultante, honestamente, emocionado por ela concordar em falar comigo e ainda se sentir confortável comigo o suficiente para não exigir que o fizéssemos em um local público e com testemunhas.

Eu estava triste. Infeliz porque ela parecia muito triste. Odiei ter feito isso com ela. Odiava ser eu quem fazia seus olhos ficarem com aquela expressão magoada e colocá-la de volta no pedestal, onde ninguém poderia alcançá-la. Eu estava preocupado que ela me contasse que seguiu em frente. Não necessariamente de mim, mas de ter que lidar comigo. Eu sabia que ela se importava; estava claro em seus olhos e na maneira como ela lutava para se controlar. Ela merecia alguém mais fácil, e eu não a culparia se ela saísse e encontrasse tal pessoa. Eu estava preocupado que ela tivesse se cansado de amar um viciado, que não tivesse mais fé. Estava nervoso por não ter feito o suficiente para provar a ela que eu realmente queria amá-la e que era digno de ser amado por ela.

Mas então ela me convidou para entrar, me deu tempo para dizer a ela o que eu precisava e agora eu estava sentindo coisas que eram muito mais familiares no que dizia respeito a ela. Estava perdido no tipo de emoção e sensação que associei a ela e à maneira como ela me abalava desde o início.

E agora, aqui estávamos nós, neste minúsculo apartamento, e eu estava excitado. Ela parecia tão linda naquela pequena cama estreita. Affton ainda era deslumbrante, mesmo sem nem tentar, e minhas mãos estavam morrendo de vontade de deslizar sobre o gelo em que ela se envolveu quando se afastou de mim meses atrás. Ela parecia a princesa do gelo que sempre foi acusada de ser, mas eu sabia que não demoraria muito para derretê-la. Estive sem ela por tempo suficiente. Eu precisava familiarizar minhas mãos com sua pele macia e minha boca com seu sabor ensolarado e picante. Queria agarrá-la e deixar seu cabelo rebelde novamente. Eu queria quebrar aquela cama barata e lembrá-la de que ela poderia ser gelada com todo mundo, mas que para mim, ela queimava.

Eu disse a ela que tínhamos que terminar, que não me encaixava na sua vida, mas estava errado. O que precisávamos fazer era começar. Precisávamos de uma chance real de começar algo sem meus demônios e suas ambições pairando sobre nós. Precisávamos ver o que havia entre nós quando não havia um relógio marcando nosso tempo juntos, nos lembrando que íamos seguir caminhos separados em questão de minutos. Precisávamos ver se tínhamos o necessário para que as coisas funcionassem entre nós, porque nunca seria fácil. Eu nunca seria fácil de amar.

Eu queria perguntar se provei meu valor. Queria saber se ela sentia que eu finalmente era digno de tudo o que ela era. Queria que me dissesse que podia ver que eu estava realmente tentando pela primeira vez, e entendi que todas as minhas ações tiveram consequências que afetaram mais do que apenas a mim... finalmente percebi. Mas fiquei quieto. Ela me disse que eu precisava descobrir qual era a escolha certa para mim e foi o que fiz. Eu não podia pressioná-la porque estava pedindo a ela que fizesse a escolha errada ao me escolher no futuro próximo.

Finalmente, depois do que pareceu uma eternidade e meia, ela virou a cabeça de modo que nossas testas se tocassem. Seus lábios estavam a menos de um fôlego dos meus, e quando ela falou, jurei que pude provar suas palavras e sentir o toque de seus cílios enquanto ela fechava os olhos.

— Você não precisa aprender a me amar, Cable. — Ela ergueu a mão e a colocou na lateral do meu rosto. Suspirei enquanto seu polegar fazia círculos largos sobre minha pele. Aquilo me fez estremecer, e todas as outras emoções que estavam lutando por reconhecimento desapareceram por trás da quantidade esmagadora de paixão e fome que eu tinha por essa garota. — Acho que você sempre me amou, do seu jeito. Eu só precisava reconhecer que era isso.

Fiz um barulho com minha garganta e cerrei meus punhos para não agarrá-la e jogá-la na cama quando a ponta da sua língua apareceu para tocar o centro do meu lábio inferior. Senti aquele toque minúsculo por todo o meu ser. Isso fez meu corpo ficar tenso e esvaziar o balão de pressão que estava no centro do meu peito para que eu pudesse finalmente respirar normalmente pela primeira vez em meses.

— Passei quase noventa dias com você e mais de noventa dias sem você. Tenho que dizer que preferia os dias com você, Affton. Mesmo quando pensei que você era o inimigo. — Mal sabia eu que ela sempre seria minha maior aliada. Affton percebeu que eu era meu pior inimigo antes mesmo de saber quem eu realmente era, e ela nunca teve medo de lutar por e contra mim quando eu precisava tão desesperadamente.

Envolvi meus dedos em torno de seu pulso e senti sua pulsação vibrar fortemente contra meus dedos. Seus lábios se curvaram em um pequeno sorriso que eu queria beijar permanentemente em seu rosto.

— Tudo bem. Preferia os dias que passei com você mesmo quando pensava que o odiava. Eu realmente nunca odiei você. Eu queria, acreditava que sim, mas meu coração nunca me deixou. Ele não ouviu e amou você mesmo assim.

Movi minha outra mão para que eu pudesse agarrar sua nuca. Enfiei meus dedos em seu cabelo e toquei meus lábios nos dela.

— Graças a Deus, seu coração não é tão inteligente quanto o resto de você, Reed.

Seu sorriso alargou, e não pude evitar beijá-la. Ela era a luz que eu precisava para ver no escuro. Ela era a bondade que ocupava todo o espaço dentro de mim onde o mal tentava se esconder. Eu sempre teria meus demônios, mas essa garota fez o possível para domá-los. Eu a amava do meu jeito quebrado e sempre a amei. Eu só tinha que ter certeza de que era o suficiente para mantê-la.

Seus lábios eram açucarados e doces. Ela sempre tinha um gosto bom, mas o que quer que fosse, não era ela. Quando afastei a cabeça para trás e estalei meus lábios, ela riu um pouco. Levantei uma sobrancelha e corri minha língua sobre a camada pegajosa da minha boca.

— Morango?

Ela estendeu um dedo e traçou a trilha molhada que deixei no meu lábio inferior. Seus olhos ficaram pesados e suas bochechas adquiriam aquele lindo rosa que eu amava. Ela mordeu o lábio inferior e assentiu.

— Brilho labial. Jordan me convenceu de que preciso me esforçar mais agora que estou na faculdade. Ela me disse que estive planejando a minha vida inteira e desperdicei o ensino médio me recusando a me encaixar. Ela me levou para fazer compras antes de eu ir embora de Loveless e me encheu de coisas que ela insistiu que eram necessárias. — Affton revirou os olhos e mudou seu toque para o meu lábio superior, traçando o desenho e parando no canto da minha boca. — Quase fiquei cega tentando descobrir como fazer um delineado gatinho perfeito, e minhas sardas parecem estranhas sob todas aquelas coisas que ela escolheu para o meu rosto. O brilho labial é o que fica melhor.

Coloquei minha língua para fora novamente e desta vez lambi seu polegar.

— É o suficiente. Você não precisa de nenhuma maquiagem. — Baixei a mão que estava em seu cabelo até a nuca e a puxei para baixo até que estivéssemos de frente um para o outro na pequena cama estreita.

— Você não tem muito espaço para trabalhar aqui, Reed. — Tentei ser casual, mas ela precisava saber aonde eu queria chegar. Esta cama era muito pequena para duas pessoas dormirem e eu esperava com toda a esperança, que ela tivesse estado nela sozinha enquanto estive na reabilitação.

— Não preciso de muito espaço. Sou só eu. Foi só eu durante todo o semestre. Estudo e durmo; é basicamente isso.

Cobri sua bochecha com a palma da mão e me inclinei para frente para que pudesse beijá-la novamente. Desta vez, a doçura não me surpreendeu, e lambi seus lábios até que ela me deixou entrar na doçura natural que eu ansiava. Seu gosto familiar tomou conta da minha língua e fez as memórias explodirem na minha cabeça. Ela era tudo o que estava certo no meu mundo, e eu duvidava que algum dia seria capaz de ter o suficiente dela. Girei minha língua contra a dela e deixei meus dentes beliscarem seu lábio inferior. A mão de Affton se fechou em volta do meu bíceps e uma de suas pernas se ergueu e envolveu meu quadril.

Eu me afastei para recuperar o fôlego e disse a ela:

— As camas na reabilitação também eram estreitas. Havia espaço apenas para um, e não posso dizer que me importei com isso.

Ela me encarou por um longo momento e então perguntou em voz baixa:

— E antes de você sair para o programa? Sua cama em Port Aransas é definitivamente grande o suficiente para duas pessoas.

Ela passou noites suficientes enrolada em volta de mim nua e suada para saber que era verdade.

Claro, ela queria saber sobre quando eu poderia ter feito o meu melhor para ferrar sua importância e sua lembrança. Usei garotas para fugir dos meus problemas por anos, então não fiquei surpreso por ela pensar que seria facilmente substituída.

— Quando saí do hospital, minha mão estava muito ruim. Eu estava com raiva de mim mesmo, da minha mãe. Estava com raiva de você. Talvez a ideia de voltar aos velhos hábitos tenha passado pela minha cabeça uma ou duas vezes, mas foi um pensamento rápido. Era a mesma coisa com todas aquelas garotas do início do verão, um hábito que usei para evitar os problemas reais que estavam me destruindo. Tomei um monte de remédios diferentes para tentar controlar a depressão e a ansiedade. Alguns deles realmente me deixaram confuso. Eu mal conseguia funcionar, e a última coisa em que queria pensar era em sexo. Quando finalmente encontrei uma combinação que funcionou para mim, foi fácil entender que se eu perdesse meu tempo fazendo sexo com alguém que não fosse você, nunca teria a chance de fazer sexo com a única pessoa que eu realmente queria. Essas consequências para minhas ações foram claras como cristal, e o pensamento de nunca ter você sob mim ou sobre mim de novo, só porque eu estava cego, foi o suficiente para me fazer repensar algumas das escolhas erradas pelas quais sou tão conhecido.

Ela me estudou por um segundo enquanto tentava descobrir quanta verdade havia na minha declaração. Affton deve ter decidido acreditar em mim, porque quando nossos lábios se encontraram novamente, ela estava me beijando. Era sua língua provocando a minha e seus dentes me mordendo. Ela colocou as mãos sob a minha jaqueta nos meus ombros e começou a empurrar o tecido pelos meus braços. Não pude ajudá-la a tirar o tecido pesado do caminho rápido o suficiente. Eu também consegui colocar minhas mãos debaixo do suéter volumoso que ela estava vestindo e o puxei pela sua cabeça. Seu cabelo flutuou ao redor do seu rosto em uma avalanche sedosa. Nos encaramos, respirando pesadamente, de volta a este lugar que nós dois conhecíamos tão bem, mas agora não estávamos apenas visitando. Nós íamos ficar aqui permanentemente... juntos.

Ela colocou as mãos sob a minha camiseta e começou a puxar o algodão pelo meu torso. Affton suspirou quando descobriu meu abdômen e soltou um pequeno gemido quando alcançou meus ombros tatuados. Agarrei a parte de trás da gola e puxei a camiseta pela cabeça. Agarrei seus quadris e rolei para ficar de costas, com ela montada em minha cintura. Sua legging não fez nada para impedir que o calor e a dureza da minha ereção pressionassem contra seu centro. Seus olhos se arregalaram e sua respiração se tornou errática. Ela colocou as mãos no centro do meu peito e se inclinou para frente para que seu cabelo cercasse nossos rostos. Seus olhos claros eram intensos com uma vasta gama de emoções, algumas que não consegui identificar porque eram muito grandes e ousadas para nomear. Fiquei surpreso que ela teve compostura suficiente para perguntar:

— O que acontece a seguir, Cable?

Ri e levantei meus quadris para que ela rebolasse um pouco.

— Eu sei que já faz um tempo, mas duvido que você tenha se esquecido de como fazer isso nesse curto espaço de tempo. Você teve um professor incrível. Essas lições tinham que durar.

Ela fez uma careta para mim e moveu uma de suas mãos, então estava gentilmente segurando meu pau. Seus olhos se cravaram nos meus, sem ceder um centímetro, exigindo que eu lhe desse cada grama da minha sinceridade e honestidade recém-adquirida.

— Você sabe o que eu quero dizer. Eu nem estava pensando em voltar para o Texas nas férias. Meu pai está vindo aqui para me ver. Como faremos isso quando não estivermos no mesmo estado?

Eu sabia que o *isso* não queria dizer sexo. Affton sempre foi melhor em pensar no futuro do que eu. Com um pequeno grunhido de esforço, eu a rolei para baixo de mim e comecei a me movimentar para tirar a blusa rendada que ela ainda estava usando. Uma coisa que eu sentiria falta no Texas era o clima. Ela nunca usava tantas roupas em casa.

— Não vamos estar em estados separados. Você precisa estar aqui, e eu preciso estar onde você está, então estarei por perto.

Eu tinha tirado sua blusa e estava estendendo a mão para trás para abrir o fecho de seu sutiã quando de repente ela se ergueu para cima de modo que estava sentada na minha frente. Ela jogou o sutiã no chão, e foi uma verdadeira luta continuar a conversa com seus lindos seios na minha cara. Estendi minha mão cheia de cicatrizes e a esfreguei sobre a superfície aveludada, satisfeito em ver que ela ainda reagia ao menor toque e à mais leve carícia.

— O que você quer dizer com você estará por perto? O que você fez, Cable? — Ela parecia igualmente satisfeita e em pânico.

Decidi que ela precisava de uma distração, então me levantei, tirei o cinto e comecei a abrir a calça jeans. O olhar selvagem com que ela observava o meu rosto desceu imediatamente para baixo da minha cintura quando libertei meu pau. Estava pressionando insistentemente contra o material fino da minha boxer, o contorno rígido e a cabeça claramente visíveis. Ela lambeu os lábios e começou a levantar a mão para me tocar, mas ela sempre estava muito focada para o seu próprio bem.

— Eu quero você na minha vida, mas tenho que terminar meus estudos. Devo isso ao meu pai, devo isso a todas aquelas jovens que podem perder suas mães, e devo isso a mim mesma. Isso é tudo pelo que lutei toda a minha vida e quero você tanto quanto quero isso. — Ela apontou um dedo entre nós dois. — Meu futuro não é algo que eu possa desistir para ter você.

Joguei minha carteira na cama ao lado dela, então dei um passo para trás para poder tirar os sapatos e terminar de descer a calça pelas minhas pernas. Eu a ouvi abafar um gemido e escondi meu sorriso. Enquanto estava de joelhos na frente dela, tirei seus sapatos e puxei aquela legging elástica pelas suas pernas deliciosamente longas.

— Eu não quero que você desista de nada.

Beijei a parte interna do seu joelho e usei minhas mãos para separar suas pernas. Ela disse meu nome, mas a ignorei porque fazia muito tempo desde que estive tão perto de seu centro doce. Ela já estava molhada e lânguida, e estremeceu sob o meu toque, ficando tensa quando me inclinei mais perto para que pudesse respirá-la enquanto deslizava um dedo por entre suas dobras rosadas e carnudas.

— Tudo o que quero é fazer parte do futuro que você está criando. Eu só preciso de um pedaço, e vou lhe dar um pedaço do meu. — Ela não podia ser a única coisa que importava para mim, porque meu mundo inteiro desmoronaria se as coisas não funcionassem entre nós. Eu tinha ido longe demais para cair naquela encosta escorregadia. — Lembra do cara com quem eu disse que estive preso? Aquele que era dono de um estúdio de tatuagem?

Ela murmurou uma afirmativa, mas mal foi um som porque meus dedos estavam acariciando-a, deslizando dentro dela e sobre seu clitóris, girando e pressionando a cada toque. Seus quadris se levantaram na beirada da cama e ela não discutiu nem um pouco quando levantei uma das suas pernas e a apoiei no meu ombro. Afundei meus dentes na parte interna de sua coxa e sorri contra a pele enquanto ela gemia em resposta. Ainda bem que sua colega de apartamento não estava por perto. Não haveria como confundir isso com ficar de conchinha.

— Conversei com ele antes de sair do Texas. Ele sai da prisão em mais ou menos um mês, e perguntei se teria interesse em deixar a vida na gangue para trás. Achei que talvez ele pudesse se mudar para cá e poderíamos abrir um negócio juntos. Você estava certa sobre a arte. Eu adoro isso, mas não consigo me imaginar sentado em uma sala de aula tendo outra pessoa criticando o que eu faço. Achei que Emilio poderia me ensinar não apenas a administrar um estúdio de tatuagem, mas também a tatuar. Acho que é algo que eu gostaria de fazer e, se não for o meu caso, posso simplesmente cuidar do negócio. Não acho que seria ruim ser um investidor oculto, e gosto da ideia de dar uma saída a alguém que está em uma situação de merda.

Apertei meu dedo contra sua passagem de seda e encontrei o local que fazia seus olhos revirarem e seus dedos dos pés se curvarem. A maneira como ela se movia contra mim e colocava a mão em volta do meu pulso, era a mesma de todas as minhas memórias favoritas. Arrastei meu nariz ao longo do vinco onde sua perna encontrava seu quadril e suspirei quando seus quadris se ergueram em direção à minha boca aberta. Soltei um pequeno murmúrio de aprovação e disse a ela:

— Estarei por perto, mas não no seu caminho. Faremos isso funcionar.

Não dei a ela uma chance de responder. Minha boca estava salivando, e eu precisava prová-la antes de perder a cabeça. Cobri seu clitóris com meus lábios e chupei. Ela se levantou da cama e agarrou meu cabelo com as mãos. Havia muito menos para se agarrar agora, mas ela conseguiu. Affton ergueu a perna que não estava sobre meu ombro para a beirada da cama, cravou o calcanhar no colchão enquanto montava em meu rosto e se contorcia contra minha língua. Ela fodeu meus dedos até que sons ilícitos e sexy encheram o quarto e a minha cabeça. Arrastei a ponta dos meus dentes sobre a carne trêmula que eu tinha entre os lábios e senti todo o seu corpo se curvar. Ela sussurrou meu nome e puxou meu cabelo com força suficiente para doer.

Eu nunca mais queria ficar sem isso.

Eu nunca mais queria ficar sem ela.

Affton fez as escolhas certas com facilidade e fez de tentar ser a escolha certa para ela um desafio que eu estava pronto para enfrentar.

Ela choramingou e se contorceu descontroladamente sob minha boca e mãos. Não havia um único lugar nela que eu considerasse frio. Affton derreteu contra mim e ficou quente e lânguida em todos os lugares que toquei. Ela estava perto do orgasmo, emoções reprimidas puxando-a para mais perto e levantando-a cada vez mais alto quanto mais eu a chupava e a tocava, mas eu não queria que ela gozasse sem mim.

Este não era o fim que nenhum de nós enfrentaríamos sozinhos, era o começo que enfrentaríamos juntos.

Chupei com força aquele pequeno ponto de prazer e dei um último movimento com a minha língua. Eu a deixei montar meus dedos um pouco mais, batendo em seu ponto G e a excitando até o ponto que eu pudesse ver que ela estava pronta para explodir. Seu peito estava vermelho. Seus olhos estavam arregalados e escuros. Seus mamilos contraídos em pontas tão apertadas que pareciam doloridas, e seus dentes estavam cravados em seu lábio inferior tão profundamente que fiquei surpreso que não tenha sangrado.

Ela era linda.

Ela era quebrada.

Ela era minha e eu faria o que fosse necessário para mantê-la comigo.

Pedi a ela que me entregasse minha carteira. Enquanto eu lutava com as mãos trêmulas para tirar um preservativo, Affton finalmente colocou a mão no meu pau e quase caí em cima dela quando minhas pernas se transformaram em gelatina. Ela envolveu meu pau com a mão e usou o polegar para traçar a veia latejante que corria ao longo da parte de baixo. Affton circulou a ponta, lenta e deliberadamente. Seus lábios pousaram nos músculos tensos logo acima do meu umbigo, e tive que estender a mão e segurar seu queixo antes que ela explodisse minha mente ao me chupar. Eu não duraria muito tempo. No segundo que sua boca tocasse a ponta, eu estaria perdido, e este era um momento que eu queria durar.

— Teremos que guardar isso para mais tarde, Reed. Quero passar pelo primeiro ato antes que você coloque sua boca em mim.

Suas sobrancelhas levantaram, mas ela se moveu na cama para dar espaço para mim enquanto eu engatinhava entre suas pernas abertas e me acomodava entre elas. Suspirei com satisfação quando seu calor me envolveu e me sugou enquanto deslizava minha ereção através de suas dobras escorregadias. A cabeça do meu pau bateu em seu clitóris inchado e nós dois trememos em resposta. Dei um beijo ardente e chupei a ponta de um de seus seios, fechando minha mão sobre o outro enquanto me apoiava em meu antebraço acima de sua cabeça. Esta pequena cama realmente não tinha muito espaço para qualquer um de nós se mover, então ela enlaçou as pernas nos meus quadris e afundou os calcanhares na curva acima da minha bunda enquanto eu me colocava na sua entrada.

Gemi contra a sua garganta, e seu suspiro soprou meu cabelo enquanto eu me deixava afundar nela, lenta e firmemente. Em qualquer lugar que ela estivesse era meu lugar favorito, mas estar dentro dela, me sentir em casa contra suas paredes sensíveis e em seu calor úmido, era meu segundo lugar favorito. Eu pertencia ali; era um lugar que ela mantinha secreto e especial só para mim.

Affton ainda estava dolorosamente tensa e escandalosamente responsiva. Ela apertou e agarrou meu pau da melhor maneira possível, e seu peito subia e descia para roçar no meu como se ela estivesse tentando recuperar o fôlego depois de uma corrida. Estava claro que ela sentia falta disso tanto quanto eu. Era óbvio que ela pertencia a mim, assim como eu pertencia a ela.

Rocei o seu mamilo aveludado para frente e para trás e comecei a me mover enquanto beijava seu pescoço. Ela estremeceu contra mim e balançou os quadris de uma forma faminta. Eu ri em seu ouvido e coloquei minha boca sobre a dela para que eu pudesse tomar e saborear cada gemido e cada súplica. Suas pernas se apertaram ao meu redor quando comecei a me mover mais rápido, estocar mais fundo, pedindo mais, tomando o que era meu.

Ela pulsava ao meu redor, o corpo acelerando e vibrando a cada golpe. Affton me deixou mais duro do que pensei ser possível. Sua suavidade era inebriante e sensual enquanto ela se contorcia e implorava por liberação debaixo de mim. Eu a deixei suar até que ela estava praticamente resistindo contra cada impulso e exigindo que eu fosse mais fundo, estocasse com mais força, fodesse mais rápido. Quando ela estava tão fora de controle como sempre parecia me deixar, eu soltei o mamilo que estava torturando e movi meus dedos de volta entre suas pernas. Ela praguejou de alívio e imediatamente deixou a sensação levá-la ao limite. Seu prazer correu furioso e frenético pela minha ereção latejante, e seu corpo se apertou a ponto de eu quase não conseguir me mover. Eu estava sendo estrangulado de desejo e sufocado de paixão, e nunca me senti melhor.

Meu orgasmo explodiu da base da minha espinha e correu pelo resto do meu corpo. Ele queimou cada centelha de prazer em mim, deixando meus membros pesados e flácidos enquanto eu desabava em cima de Affton, suado e exausto. Beijei o lado da sua cabeça enquanto lutava para rolar para longe dela para não esmagá-la. Fiquei surpreso quando Affton se recusou a me soltar, então, quando terminei de rolar, ela acabou esparramada no meu peito arfante, seu cabelo espalhado em todos os lugares enquanto estávamos grudados juntos com sexo e transpiração.

Ela estava traçando a forma de um coração no meu peito quando perguntou:

— Você tem tudo planejado, não é, McCaffrey?

Enfiei meus dedos no cabelo em suas têmporas e beijei o topo de sua cabeça. Eu precisava sair dela e me livrar da camisinha antes que todos aqueles planos nos quais estive meticulosamente trabalhando fossem destruídos. Embora a ideia de prendê-la a mim para sempre por meio de um bebê não me assustasse tanto quanto pensei, éramos muito jovens, muito novos e muito instáveis para esse tipo de complicação. Além disso, prometi a ela que não iria atrapalhar seu futuro, e fui sincero.

Eu a levantei e a coloquei ao meu lado para que eu pudesse ficar de pé.

— A primeira vez em toda minha vida que olhei para além do dia em que estava lutando para sobreviver. Mas foi fácil... quando olhei para frente, tudo que vi foi você, Afftôn.

Ela sorriu, e aquilo me fez sorrir. Eu estava tão feliz por não estar mais entorpecido. Seria uma pena não experimentar todas as coisas incríveis e emocionantes que essa garota me fazia sentir. Ela estava certa... Eu estava presente. Ela me forçou a abrir os olhos.

— Você também é tudo que vejo, Cable. E amo ver você no meu futuro.

Eu nunca iria parar de provar a ela que ganhei meu direito de estar lá ou fazê-la questionar seu lugar na minha eternidade.

Este era o nosso começo...

epílogo

AFFTON

Ink Addict Tattoo Shop ~ Quatro anos depois

Passei pelas portas do estúdio de Cable e fui imediatamente saudada não apenas pela garota bonita e toda tatuada atrás do balcão, mas também pelo zumbido sempre presente de máquinas de tatuagem ocupadas. Passei muito tempo no prédio decorado de forma eclética e com pinturas vivas, então o som não era novidade. A arte de Cable estava espalhada pelas paredes e não havia mais dúvidas em sua mente, ou em qualquer outra pessoa, se ele era de fato um artista. Eu mal percebi isso por causa da excitação formigante que estava chicoteando por todo o meu corpo. Eu tinha um sorriso no rosto que se estendia por quilômetros, e estava praticamente pulando na ponta dos pés quando cheguei ao balcão.

A garota sentada atrás dele ergueu sua sobrancelha roxa e me deu um sorriso.

— Imagino que você tenha boas notícias...

Eu gostava de todos os funcionários de Cable, mas Van era minha favorita. Ela tinha a mesma idade que eu e estava terminando a faculdade para se formar em Design Gráfico. Ela queria criar capas de livros e sites para autores, o que presumi que seria um trabalho muito legal. Cable a contratou depois que sua terceira recepcionista perguntou se ela poderia passar a ser aprendiz com Emilio. O antigo companheiro de cela de Cable só estava na cidade há alguns anos e já havia se tornado um dos melhores tatuadores da Costa Oeste. Cansado de contratar ajuda e acabar sem ela, Cable fez questão de encontrar um substituto que amasse a indústria, apreciasse a arte, mas não tivesse interesse em se tornar um artista. Ele não era apenas um bom chefe, mas também um empresário experiente. Van era uma dádiva de Deus, e ela era a coisa mais próxima que eu tinha de uma melhor amiga, depois de Jordan.

— Ótimas notícias. Ele está ocupado?

Era uma pergunta idiota. Cable estava sempre ocupado. Seu cérebro e suas mãos não paravam. Ele foi o primeiro aprendiz e melhor aluno de Emilio. Para alguém que quase não tinha experiência quando se tratava da arte e de tatuar, Cable aprendeu como se tivesse sido feito para isso. Acho que ele prosperou ainda mais no ambiente criativo. Ele encontrou sua saída. E embora o Ink Addict fosse seu bebê e seu orgulho e alegria, era apenas a ponta do iceberg no que se referia aos seus investimentos. Cable investiu em uma loja de surf em San Diego. E também em um bar. Ele ofereceu o investimento inicial em uma *start-up* de roupas e ajudou a desenvolver um aplicativo que ajudava dependentes químicos que queriam encontrar ajuda a encontrá-la rapidamente. Então, embora tenha esgotado uma grande parte de seu fundo fiduciário pagando todas as dívidas que acumulou com o acidente, construindo este lugar, transformando a barbearia vazia ao lado em um espaço habitável que ele poderia chamar de lar, e me pagando a quantia que sua mãe me devia, ele estava muito bem ganhando a vida sozinho. Quem poderia imaginar que, uma vez que ficasse sóbrio e começasse realmente a viver uma vida saudável, ele teria tanto tino para negócios?

— Ele está com uma cliente, mas eles estão trabalhando há bastante tempo, então eu diria que ele só tem mais vinte minutos com ela. — Van olhou para o relógio em forma de T-Rex quando respondeu.

Assenti com a cabeça e deslizei ao redor da mesa para que eu pudesse caminhar através do estúdio até a parte de trás onde Cable estava tatuando. A estação dele era a única fechada e privada. Isso costumava me incomodar, considerando a quantidade de mulheres nuas que ele tinha lá dia após dia, mas quando ele explicou que precisava excluir todos os outros para se concentrar no que estava fazendo, não pude culpá-lo por querer a barreira entre ele e a atividade do resto do estúdio.

Parei quando Van estendeu a mão tatuada e agarrou meu braço.

— Ei. Estou muito orgulhosa de você. Todos nós estamos.

Assenti e franzi o nariz para não chorar na frente dela.

— Obrigada.

Todos eles sabiam o quão importante este próximo passo era para mim. E sabiam como eu trabalhava duro e o quanto me sacrificava para chegar ao próximo nível. Era emocionante ter minhas realizações reconhecidas em vez de ridicularizadas.

Ela apertou meu braço e piscou para mim quando o sino sobre a porta soou.

— Vamos beber depois para comemorar. — Não foi uma pergunta.
— Claro.

Acenei para alguns dos outros caras, que ergueram o queixo em saudação. Emilio estava curvado sobre sua prancheta e não com um cliente, então balancei sua cadeira bem rápido para receber um abraço de parabéns. Milo era tão atraente quanto Cable. Van foi quem começou a chamá-lo pela versão abreviada de seu nome, e como ele nunca disse a ela para parar com aquilo, meio que pegou. Ele realmente não parecia um Milo, e era muito perigoso para isso; de cabelo escuro e olhos dourados que viam demais e revelavam muito pouco. Ele era tão áspero e rude quanto Cable e, a princípio, fiquei com medo dele. Ele não era imprevisível e selvagem como Cable. Era muito quieto, muito contemplativo. Tive a sensação de que ele sempre estava tramando alguma coisa e nada disso era bom.

Eventualmente, superei todas as reservas que tinha sobre o ex-presidiário. Ele foi um bom mentor para Cable e era um excelente parceiro de negócios. Emilio parecia ter deixado a maioria dos seus demônios para trás quando se mudou para a Califórnia, mas de vez em quando eu podia ver que eles o assombravam. Ele não era apenas o confidente de Cable, ele também era seu amigo mais próximo. Meu garoto ainda lutava para se conectar, para se apegar e permitir que outros se apegassem a ele, mas Milo conseguira transpor suas barreiras. Ele era como da família. Ele era amado.

Depois de mais felicitações pelas minhas boas notícias e outra promessa de bebidas para comemorar mais tarde, caminhei até a estação de Cable. Uma tela deslizante de seda pintada com flores de cerejeira que parecia algo saído de um restaurante de sushi sofisticado servia como porta de entrada. Era quase transparente, mas oferecia privacidade suficiente para que ele pudesse trabalhar em paz e seu cliente não se sentisse confinado ou exposto no pequeno espaço. Bati com os nós dos dedos no batente de madeira para alertá-los do fato de que eu estava lá e abri a tela.

Ele estava trabalhando em uma garota que provavelmente tinha a minha idade. Ela tinha o cabelo tingido de preto, franja de corte reto e um piercing no lábio inferior. Ela estava deitada de lado, de frente para mim, sua camisa puxada para cima e enfiada na parte inferior do sutiã enquanto Cable trabalhava em algo que cobria todas as suas costelas. Parecia ser uma borboleta inspirada no Steampunk, intrincada e detalhada. Era muito legal, e eu disse isso a ela. A garota fez uma careta para mim, obviamente com dor, mas soltou um curto, "obrigada".

Cable tinha fones de ouvido sem fio, caros, cobrindo os ouvidos. Eu sabia que ele estava ouvindo algo alto e agressivo enquanto trabalhava. Ele não era de conversar com seus clientes. Se queriam ser amigáveis e falantes, iam com um dos outros artistas do estúdio. Se queriam arte, e se queriam algo caro, iam até ele. Ele não fazia coisa barata e nem remendada. Tudo o que ele fazia eram peças personalizadas, únicas, que eram brilhantes e lindas. Ele era exigente sobre com quem trabalhava e para quem dava sua arte, então foi uma boa coisa ele ganhar dinheiro de outras maneiras. Ninguém gostava de um tatuador temperamental.

Cable terminou a linha em que estava trabalhando e afastou a máquina da pele da garota. Sentindo alguém atrás de si, ele olhou para mim, aqueles olhos escuros ainda capazes de me desfazer com pouco esforço. Ele usava luvas de látex que estavam escorregadias com sangue e tinta, então estendi a mão e baixei os fones de ouvido de sua cabeça para que pendessem em seu pescoço. Beijei o canto de sua boca enquanto ele erguia uma sobrancelha questionadora em minha direção.

— Você conseguiu? — Ele estava quase tão ansioso quanto eu enquanto esperávamos pela carta de aceitação. Ninguém sabia o quão importante era para mim, tão bem quanto ele.

Bati as mãos na minha frente e sorri como uma lunática.

— Consegui. — Eu queria gritar a plenos pulmões, mas saiu como um sussurro.

Seu sorriso era tão grande quanto o meu e meu coração inchou com o orgulho que iluminou seus olhos.

— Claro que conseguiu, Reed. E ainda tinha alguma dúvida?

Revirei meus olhos para ele. Claro, eu tinha minhas dúvidas.

Meu segundo ano foi muito mais difícil do que eu esperava. Manter minhas notas altas foi uma luta. Não apenas os trabalhos foram mais difíceis do que eu imaginava, mas meu pai havia sofrido um leve ataque cardíaco enquanto escalava uma montanha no Colorado. Tudo isso me desequilibrou, assim como equilibrar a pressão da faculdade e meu relacionamento com Cable. Ele morava em uma área industrial artística de San Francisco chamada Dogpatch, e converteu uma loja vazia em um amplo apartamento ao lado do estúdio de tatuagem. Não era a viagem mais longa do mundo, mas entre suas horas de trabalho e meus estudos intermináveis, nós dois nos encontramos deixando nosso relacionamento deslizar. Ele estava cansado demais para vir até mim e eu estava estressada demais para ter tempo para ele. Antes que qualquer um de nós percebesse, passamos semanas com apenas um telefonema entre nós ou qualquer tipo de contato.

Estávamos nos afastando um do outro e não parecia que nenhum de nós tinha forças para puxar o outro de volta. A correnteza estava nos levando cada vez mais para longe um do outro.

Mas então meu pai quase morreu, e antes que eu conseguisse explicar o que aconteceu para Cable entre uma crise de choro e outra de pânico, ele nos colocou em um avião e a caminho do Colorado. Ele não saiu do meu lado nenhuma vez enquanto meu pai passava por uma cirurgia. Ele não fraquejou e nem quebrou. Ele me segurou quando eu desmoronei, e eu queria me chutar por não tentar mais para segurá-lo. Lembrei de como me senti quando o deixei ir embora antes e nunca mais quis estar naquela posição. Ele também não. Quando voltamos para casa depois que meu pai foi declarado saudável e recuperado, tivemos uma conversa sincera sobre tornar nosso relacionamento uma prioridade, sobre colocar um ao outro em primeiro lugar. Decidi que preferia ir e vir de sua casa para a faculdade do que arriscar que o abismo se abrisse novamente. Eu me mudei e aproveitava cada segundo que compartilhava minha vida com ele.

Quando eu estava longe da faculdade, em vez de estar lá 24 horas por dia, sete dias por semana, eu podia desligar meu cérebro. Podia estudar no estúdio enquanto ele trabalhava. O zumbido das máquinas ao fundo era surpreendentemente calmante. Eu podia estar na cama esperando por ele quando Cable fosse dormir tarde, e ele podia ficar acordado e assistir filmes comigo quando eu tivesse alguma maratona de estudos. Além disso, eu adorava sua casa, nossa casa. Era única e a cara dele. Extrema, mas com muitos cantos e reentrâncias suaves para se esconder. Sua arte decorava as paredes. Sua saída para acalmar sua mente inquieta ainda era a coisa mais linda que eu já tinha visto. Também foi bom eu não ter mais que me preocupar em encontrar o namorado nu da minha colega de quarto saindo do banheiro. O único namorado nu que eu queria encontrar era o meu, mas para mim estava tudo bem. Eu não me cansava dele e nunca recusava uma oportunidade de colocar minhas mãos em seu corpo nu. Era muito melhor estar ancorada nele do que flutuando para longe dele.

Cable esfregou a testa com o antebraço e olhou para o relógio de metal retorcido e de vidro pendurado na parede.

— Me dê meia hora, e vou lhe dar os parabéns de forma adequada. Estou muito orgulhoso de você, Reed. — Ele sorriu para mim enquanto sua cliente se mexia desconfortavelmente na frente dele. Ela se viu no meio de um momento íntimo alheio e ela sabia disso. Felizmente, a garota teve tato suficiente para nos deixar falar sem palavras por um minuto. Finalmente, ele pigarreou e me disse:

— Mal posso esperar para chamá-la de doutora Reed. Isso vai ser sexy pra caralho.

Inclinei a cabeça para trás e ri. Eu ainda estava muito longe de ganhar esse título na frente do meu nome, mas minha aceitação no programa de pós-graduação me deixava um passo mais perto. Eu estava quase lá. Eu teria um doutorado, eventualmente, e ele poderia me chamar de doutora Reed junto com todas as outras pessoas que eu planejava ajudar.

Dei um beijo em sua boca quando ele ergueu a cabeça na minha direção. Ele perguntou a sua cliente se ela estava pronta para terminar e quando ela deu um aceno rígido, ele me pediu para colocar seus fones de ouvido de volta em sua cabeça para que pudesse terminar. Eu obedeci e desejei boa sorte à garota antes de praticamente ir pulando de volta para a recepção do estúdio. Van me parou para um abraço antes que eu chegasse às portas da frente e eu a abracei, feliz. Mandei uma mensagem para meu pai e Jordan com a boa notícia enquanto saltava na porta ao lado para o espaço convertido que eu chamava de lar.

Meu pai ainda estava viajando. Ele convenceu Cable e eu a passarmos uma semana com ele no Grand Canyon. Achei que Cable iria odiar ser enfiado na lata que meu pai chamava de casa, mas ele adorou. Deveríamos nos encontrar com ele novamente no final do verão, quando ele planejava dirigir por Baja. Cable queria surfar e eu não abriria mão de passar um tempo com meu pai ou sua nova namorada. Ele conheceu a companheira errante nas Badlands de Utah. Ela era uma motoqueira chamada Bianca, e eu gostava muito dela. A mulher colocou a motocicleta em um reboque atrás do trailer do meu pai e nunca olhou para trás. Ela era boa para ele e vinha de uma cidade rica. Ela não tinha o dinheiro que a família de Cable tinha, mas se casou bem e se divorciou ainda melhor, então não me preocupei mais com o fato de meu pai ficar sem dinheiro e preso em algum lugar.

Jordan estava grávida de seis meses. O cara de Austin, aquele que não a deixou expulsar meu agressor sozinha, naquela noite na praia, estava falando sério sobre querer conhecê-la e começar algo. Ele a importunou até que ela lhe deu uma chance. Acontece que ele era um bombeiro, um verdadeiro tipo de herói, e provou ser impossível para ela resistir. Jordan ficou noiva antes dos vinte e um anos e agora tinha um bebê a caminho. Ela não poderia estar mais feliz. Ainda conversávamos pelo menos uma vez por semana, e Cable e eu tínhamos voltado para Loveless para o casamento. Eu fui sua madrinha.

Também mandei uma mensagem para Melanie McCaffrey. Ela ainda não era minha pessoa favorita no planeta, mas nós duas amávamos Cable, então nos forçamos a encontrar um meio-termo. Ela ligava com frequência para ver como ele estava e, surpreendentemente, também para ver como eu estava. Ela queria o que era melhor para ele, e já que ele tinha decidido que era eu, ela fez o seu melhor para ficar de bem com ele. A mãe de Cable ainda se preocupava com o filho. Nos acostumamos com ela aparecendo sem avisar, mas nenhum de nós nunca pedia que ela fosse embora. Ela começou a namorar um dos advogados que contratou para representar Cable tantos anos atrás, então parecia menos infeliz do que quando nos conhecemos. Não era ruim que o pai de Cable estivesse no meio de um processo de paternidade feio com duas mulheres diferentes. Ele estava ganhando as manchetes em Loveless que eram muito mais inflamadas do que aquelas das quais Cable fizera parte.

Melanie frequentemente me fazia perguntas investigativas sobre sua sobriedade e o controle que ele tinha sobre isso. Eu sempre disse a ela que Cable estava trabalhando nisso porque essa era a verdade. Ele escorregava de vez em quando. Ele ainda fumava como uma chaminé e gostava de uísque nos fins de semana. Ele nunca exagerava e se mantinha no limite firme de dois drinques. Não era algo que encorajei porque sabia como era fácil para aqueles dois drinques se transformarem em quatro ou cinco, mas também não brigava com ele sobre isso. Eu confiava em Cable e, contanto que ele fosse honesto comigo sobre como estava indo, eu acreditava nos limites que estabeleceu para si mesmo. Eu confiava nele para não cruzar seus limites. Milo era meio chapado, e havia dias que Cable chegava em casa cheirando a maconha. Eu sabia que não era simplesmente por estar no mesmo local que o amigo. Ele sempre era sincero quando eu perguntava se ele estava usando e ele sempre concordava em falar com o doutor Howard sobre isso se eu pedisse. Cable tinha um terapeuta aqui em San Francisco, que ele consultava algumas vezes por mês, mas ainda assim consultava o homem que originalmente lhe deu um lugar seguro para lidar com seus sentimentos. Doutor Howard tinha até vindo para a Califórnia para uma visita. Ele e Cable se encontraram em San Diego para um fim de semana de surf. A linha entre paciente e amigo havia desaparecido neste ponto, mas não importava. Cable se sentia confortável com o homem mais velho, e era evidente que o médico também tinha um carinho especial por ele.

A indulgência ocasional não era saudável para um dependente, nós dois sabíamos disso, mas enquanto ele abordasse o assunto, enquanto ele continuasse tentando, eu o apoiaria. Ele conhecia minha história e sabia que eu me recusava a ter outro final como o que tive com minha mãe. Eu confiava nele para nunca me colocar naquela posição novamente. Ele sabia que eu não amaria um viciado de novo, mas não tive problemas para entregar meu coração a um dependente enquanto a recuperação durasse.

Passei pela porta da frente e parei para acariciar a bola branca e cinza de pêlo que Cable tinha me dado no nosso último aniversário. Ele chamou o gatinho de Razor por causa de suas garras e a maneira como ele tendia a afundá-las em qualquer dedo do pé que passasse por ali. Eu o chamava de Docinho porque ele era tão fofo e adorável. Eu amava aquele carinha quase tanto quanto o homem que o trouxe para mim. Cable me disse que era um bom treino para quando tivéssemos filhos. Eu ri, mas era algo sobre o qual conversamos.

Nosso futuro era juntos. Não importava como fosse. Ele não era um grande fã de casamento, considerando como seus pais acabaram, mas ele queria começar uma família em algum momento no futuro. Cable havia se tornado cada vez mais próximo de suas meias-irmãs nos últimos anos e era incrivelmente bom com elas. Não me surpreendia que ele quisesse filhos, mas fiquei um pouco chocada com o quão aberto e honesto ele era sobre suas preocupações de que, quando chegássemos àquele ponto, ele acabaria passando adiante alguns de seus traços menos desejáveis para seu filho. Eu não poderia dizer a ele para não se preocupar. A depressão era parcialmente influenciada pela genética, mas lhe assegurei que qualquer filho nosso teria dois pais que entendiam contra o que estavam lutando. Nós o reconheceríamos e resolveríamos antes que tomasse conta de toda a sua vida, como aconteceu com ele. Era uma guerra para a qual sabíamos nos preparar e sabíamos como vencer.

Por enquanto, tínhamos um gatinho ridiculamente fofo e uma quantidade absurda de sexo enquanto desfrutávamos o processo de construir uma vida juntos. Não consegui encontrar muito do que reclamar no dia a dia, mesmo quando era um dia em que Cable escorregava ou desaparecia dentro de sua própria cabeça. Enquanto ele estivesse se atrapalhando ou lutando em algum lugar por perto, eu estava feliz e sempre disposta a ajudar de qualquer maneira que pudesse.

Distraída pelo gatinho, entrei na cozinha em busca daquele drinque para comemorar um pouco mais cedo. Nunca tínhamos bebidas fortes em casa, mas Cable sempre tinha um engradado de cerveja na geladeira para quando Milo aparecia para assistir futebol ou conversar, e eu geralmente bebia uma garrafa de vinho branco nos dias realmente difíceis depois das aulas. Às vezes, aprender era difícil.

Parei de repente quando vi o balcão de concreto cimentado da bancada central da cozinha coberto com uma variedade de buquês de flores. Havia pelo menos vinte deles de todas as formas, tamanhos e cores. Eles eram vívidos e de tirar o fôlego. Eu não tinha ideia de como não notei o glorioso perfume floral enchendo a casa quando entrei. Havia um ursinho de pelúcia vestido como Sigmund Freud com um balão gigante que tinha PARABÉNS escrito em letras brilhantes. Havia também um balde de prata entre as flores que tinha uma garrafa de champanhe muito cara entre os gelos. Coloquei a mão trêmula sobre minha boca e observei tudo.

Ouvi o gatinho miar e a voz baixa de Cable murmurar algo para ele enquanto seus tênis rangiam no chão. Olhei para ele por cima do ombro enquanto ele se aproximava. Seus olhos castanhos estavam profundos e escuros de emoção, e tudo o que eu queria fazer era me afogar na maneira como ele estava olhando para mim.

— Como você sabia que consegui? — Minha voz tremeu e eu praticamente desabei contra ele quando Cable finalmente se desvencilhou do gato para que pudesse colocar seus braços em volta da minha cintura.

Senti seus lábios tocarem o topo da minha cabeça enquanto ele murmurava:

— Tenho verificado a caixinha do correio por algumas semanas e colocado de volta antes de você voltar para a faculdade. Eu sabia que a carta estava chegando e queria fazer uma surpresa para você.

Soltei algo que poderia ter sido um gemido e descansei minha cabeça em seu ombro.

— Você viu a carta, mas não sabia que era uma carta de aceitação. E se eu não conseguisse entrar no programa?

Ele riu e me abraçou com mais força contra seu corpo forte.

— Não precisei abrir para saber que era uma carta de aceitação. Eu conheço você muito bem, Reed. Sei que você trabalha duro. Não poderia ser nada além de um sim. Isso é o que você merece.

Virei-me em seu abraço e joguei meus braços em volta do seu pescoço. Ele fedia a cigarros e ao desinfetante que usavam no estúdio. Dei um beijo estalado e molhado em sua boca e ri quando ele me ergueu para que eu pudesse envolver minhas pernas em volta da sua cintura magra. Ele caminhou comigo no colo até que a minha bunda batesse na bancada e ele não perdeu tempo em se acomodar entre minhas pernas.

Corri meu nariz pela sua orelha e sussurrei:

— Você vai me fazer chorar.

Ele me empurrou um pouco para trás para tirar meus sapatos e a calça jeans e um dos vasos de flores caiu no chão. Ele olhou para mim por baixo dos cílios, com a sobrancelha erguida enquanto aquele sorriso que eu amava mais do que qualquer coisa brincava em sua boca.

— Eu não sou mais o cara que faz você chorar, lembra?

Isso era mentira.

Ele me fazia chorar... o tempo todo. Às vezes, eram lágrimas de felicidade como as que ameaçavam cair agora. Às vezes, eram lágrimas de raiva que queimavam e escaldavam quando escorriam pelo meu rosto. Às vezes, eram lágrimas tristes que eu não conseguia controlar quando ele ainda parecia perdido e à deriva. E, às vezes, elas eram uma combinação dos três, porque ele me oprimia com tudo o que ele era e tudo o que trouxe para a minha vida... de bom e de ruim.

Uma vez que eu estava nua da cintura para baixo, ele puxou minha camiseta pela minha cabeça e tirou meu sutiã pelos braços. Quando eu estava totalmente nua na frente dele, Cable sorriu e deslizou suas mãos talentosas sobre minha clavícula.

— Eu sou o cara que faz você gozar repetidamente. Só eu.

Bem, isso era verdade.

Puxei sua camiseta e suspirei quando ele deixou cair a sua calça jeans e se colocou entre as minhas pernas mais uma vez. A cabeça do seu pau tocou meu clitóris como se fosse guiado por um farol, e meus olhos reviraram enquanto eu envolvia meus braços em volta do seu pescoço e brincava com o cabelo macio e desgrenhado na parte de trás de sua cabeça.

— Você é o cara que faz as duas coisas.

Ele riu e abaixou a cabeça para que pudesse tocar sua boca na minha.

— Não posso discutir com isso. Eu amo você, Affton.

Suspirei e gemi quando seus dentes mordiscaram meu lábio inferior.

— Eu também amo você, Cable James McCaffrey.

Ele me beijou para me calar. Eu o beijei de volta para dizer obrigada. Ele então começou a me fazer gemer enquanto as flores tombavam no balcão.

Graças a Deus eu fiz a escolha certa ao escolher o cara absolutamente errado para amar e o cara perfeito para odiar.

obrigada!

    Se eu sou uma nova autora para você, obrigada por ter escolhido ler Recuperado.

    Se você amou Cable e Affton, recomendo dar uma olhada nos meus outros livros New Adult, começando pela série best-seller internacional, Homens Marcados.

    Se você conhece alguém que está com problemas com vício ou depressão, por favor, não deixe a pessoa ir por essa estrada sozinha mesmo com todos os altos e baixos.

CVV - Centro de Valorização da Vida
188 – linha telefônica disponível 24 horas

NA – Narcóticos Anônimos
https://www.na.org.br

AA – Alcoólicos Anônimos
https://www.aa.org.br

    Se você chegou até aqui, muito obrigada por ler Recuperado! Ficaria muito agradecida se você deixasse sua opinião em qualquer plataforma onde você ler, ou escutar, este livro. Uma resenha, boa ou ruim, é o melhor presente que um leitor pode deixar para um autor. É também uma ótima maneira de ver mais sobre os livros e personagens que você ama!

agradecimentos

Obviamente, tenho que agradecer ao primeiro cara que quebrou meu coração. Sem ele, não haveria Cable. Se ele esbarrar com este livro, tenho certeza de que vou levar uma bronca... Hahaha.

Se você comprou, leu, comentou, promoveu, emprestou, postou em um blog, vendeu, ou reclamou de algum dos meus livros... obrigada.

Se você faz parte do meu grupo de leitores muito especial, The Crowd... obrigada.

Se você me ajudou a tornar este sonho realidade... obrigada.

Se você ajudou a tornar minhas palavras melhores e me ajudou a compartilhá-las com o mundo... obrigada.

Se você segurou minha mão e me ajudou nos momentos difíceis em que parece que todos estão contra mim... obrigada.

Estou jogando aqui um agradecimento aleatório à minha mãe. Ela tem lido Recuperado na minha *newsletter* junto com todos vocês. Eu nunca a deixei conhecer o garoto que inspirou Cable porque éramos completamente errados e eu não sabia como lidar com ele e nós quando era mais jovem. Ela me disse que sente que finalmente conseguiu conhecê-lo por meio deste livro, o que é o maior elogio em minha mente. Se eu tornasse Cable real o suficiente para ela reconhecer tudo o que eu sentia naquela época, bem, então fiz meu trabalho direito.

Eu também tenho uma grupo de garotas muito especial e profissional que me ajudam a transformar minhas palavras em um livro de verdade. Em primeiro lugar, minha incrível agente Stacey. Depois, meu guru de relações públicas KP Simmon, que garante que eu me comporte. E como sempre, minha maravilhosa assistente Melissa Shank que merece uma medalha por me aturar. Eu não sobreviveria a um lançamento ou a um dia normal sem este time de mulheres impressionantes.

Se você está procurando um revisor, só posso recomendar Elaine York. Eu amo trabalhar com ela. Adoro suas percepções e seu compromisso com cada projeto que lhe mando. Ela não faz rodeios e não tem medo de me dizer quando ainda não está bom o bastante. Ela me faz trabalhar para isso e, como resultado, meus leitores têm o melhor livro possível. Ela imediatamente reconheceu Cable e Affton como pessoas que eu conhecia intimamente e podia dizer que essa história veio de algum lugar real. Eu acho isso especial. Ela é muito inteligente e tem um jeito de ver as nuances de uma história que admito que nunca percebi. Ela também é muito boa em apontar quando meus personagens magicamente perdem roupas durante as cenas sensuais... Hahaha. Ao contrário de quando eu publico de forma tradicional, escolho com quem eu gostaria de trabalhar quando se trata de autopublicação. Para mim, Elaine é a única escolha.

A mesma coisa vale para Hang Le e Donya Claxton. Hang é minha única escolha para trabalhar quando se trata das minhas capas. Ela é brilhante. Eu amo seu estilo e seu brilho. Ela pega o que eu quero e torna melhor do que eu poderia imaginar. Tenho certeza de que suas lindas capas vendem mais meus livros do que qualquer coisa que eu faço. Donya encontrou e capturou o Cable perfeito. Enviei a ela uma ideia e ela pegou suas habilidades especiais e me enviou a magia da imagem perfeita.

Se você quiser que as páginas e a essência do seu livro sejam bonitas, você precisa falar com a minha amiga Christine Borgford. Ela é uma das pessoas mais gentis e solidárias que já conheci, e não apenas por ser canadense! Ela realmente adora livros, romance e a comunidade literária. Ela quer que nossas palavras sejam as mais bonitas possíveis. A formatação é importante. Ponto final. Faz seu livro parecer organizado e profissional. Deixe Christine brincar com suas páginas; você não vai se arrepender.

Minha amiga, Beth Salminen, cuidou de todas as minhas revisões e leituras finais. Beth é incrivelmente inteligente e superengraçada. A única coisa melhor do que escrever livros é começar a trabalhar neles com pessoas que se preocupam em tornar suas palavras o melhor que podem ser. É um bônus quando essa pessoa também deseja que o escritor seja o melhor que pode ser. Se você está procurando uma loira bonita para cruzar seus "t" e pingar seus "i", você precisa dar a Beth todo o seu dinheiro.

Quero agradecer a Pam Lilley, Karla Tamayo, Meghan Burr-Martin, Sarah Arndt e Traci Pike por abrirem mão do seu valioso tempo e momentos preciosos para revisar o rascunho desta história. Se você leu em minha *newsletter*, sabe que meus rascunhos são GRANDES. É preciso uma alma intrépida para continuar com todas as minhas frases corridas. Elas não ganham nada com isso, a não ser minha gratidão eterna e meu agradecimento inabalável. Existem alguns leitores muito especiais por aí em no mundo literário, e eu sinto que tive a sorte de ter a maioria deles ao meu lado desde o início. Se você notar menos erros de continuidade e menos erros de digitação neste livro, é tudo graças a essas lindas senhoras.

Sinta-se à vontade para me stalkear em todas as redes sociais. Amo conversar com meus leitores.

A The Gift Box é uma editora brasileira, com publicações de autores nacionais e estrangeiros, que surgiu no mercado em janeiro de 2018. Nossos livros estão sempre entre os mais vendidos da Amazon e já receberam diversos destaques em blogs literários e na própria Amazon.

Somos uma empresa jovem, cheia de energia e paixão pela literatura de romance e queremos incentivar cada vez mais a leitura e o crescimento de nossos autores e parceiros.

Acompanhe a The Gift Box nas redes sociais para ficar por dentro de todas as novidades.

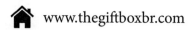 www.thegiftboxbr.com

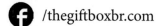 /thegiftboxbr.com

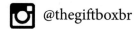 @thegiftboxbr

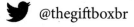 @thegiftboxbr

Impressão e acabamento